ZS-Gastronomic Mysteries

MICHAEL BOND

MONSIEUR PAMPLEMOUSSE BLICKT DURCH

Ein Kriminalroman
für Feinschmecker mit Rezepten von
Vincent Klink

Aus dem Englischen von
Brigitte Rapp
und Werner Richter

Zabert Sandmann

ZS-Gastronomic Mysteries

Titel der Originalausgabe:
Monsieur Pamplemousse takes the Cure
Hodder & Stoughton, London, Sydney, Auckland Toronto, 1989

ISBN 3-924678-36-7

Satz: Fotosatz Reinhard Amann, Aichstetten
Druck und Bindung: Franz Spiegel Buch GmbH, Ulm
Printed in Germany

Der ideale Inspektor

»*Entrez!*«

Die Stimme des Direktors klang schroff und geschäftsmäßig. Ohne Zweifel gehörte diese Stimme jemandem, der es gewohnt war, Befehle zu erteilen und deren strikte Befolgung zu erwarten.

In dem kurzen Augenblick, der ihm zwischen dem Klopfen und dem Griff nach dem Türknauf zur Verfügung stand, unternahm Monsieur Pamplemousse eine noch eingehendere Analyse dieser Stimme.

Handelte es sich *par exemple* um die Stimme eines Mannes, der es gewohnt war, Befehle zu erteilen und deren strikte Befolgung zu erwarten, der zugleich aber auch bereits den neusten von ihm, Monsieur Pamplemousse, verfaßten Beitrag für *L'Escargot*, die Hauspostille der Mitarbeiter von *Le Guide*, zum Thema *cassoulet* in seinen zahlreichen Varianten und regionalen Abwandlungen gelesen hatte? Wenn ja, handelte es sich dann zugleich auch um die Stimme eines Mannes, der es kaum erwarten konnte, mehr darüber zu erfahren?

Eine knappe halbe Sekunde, bevor er den Türknauf drehte, unterbrach ein trockenes Husten seine Gedanken. Zweifellos war es das Räuspern eines Menschen, der zur Sache kommen wollte. So hustete nur schwerlich jemand, der seine Spannung kaum zu unterdrücken vermochte, eher jemand, dem im nächsten Moment der Geduldsfaden zu reißen drohte.

Wenn aber die Aufforderung, in des Direktors Büro zu

Cassoulet de Toulouse

Zutaten für 6–8 Personen

Für die Bohnen:
700 g getrocknete, weiße Bohnen
300 g Rippenspeer gepökelt
250 g Schweineschwarte
2 Karotten
1 Zwiebel
2 mittelgroße, geschälte und
in kleine Würfel geschnittene Tomaten
1 Gewürzsträußchen
2 gepreßte Knoblauchzehen
Salz

Vorbereitung:
Bohnen und Rippenspeer über Nacht getrennt einweichen. Die Schweineschwarte zu einer Rolle binden und eine Minute in kochendem Wasser blanchieren. Die Karotten schälen.

Zubereitung:
Das Bohnenwasser und die Fleischlake abgießen. Alle Zutaten mit 2 l Wasser in einen großen Topf geben und ca. 1 ½ Stunden kochen bis die Bohnen weich sind.

kommen, nichts mit seinem Artikel zu tun hatte, warum hatte er dann in seinem Anruf über das Haustelephon das Wort »Toulouse« fallenlassen? Toulouse, die Urheimat des *cassoulet.* Und weshalb dann der ungeduldige Ton? »Lassen Sie alles stehen und liegen, Pamplemousse, und kommen Sie umgehend in mein Büro«, hatte der Tagesbefehl gelautet.

Vielleicht hatte der Direktor Grippe. Das war es – Grippe. Die grassierte zur Zeit wieder einmal. Er mußte wohl in der Dezemberausgabe den Artikel über Knoblauch und seinen Einsatz im Kampf gegen dieses häufigste Leiden des Menschen gelesen haben.

Die nächsten Worte bestätigten jedoch seine schlimmsten Befürchtungen. Der Direktor war alles andere als gut gelaunt. In seine Stimme hatte sich ein gereizter Unterton geschlichen.

»Nur nicht so zögerlich. Herein, wenn's kein Schneider ist.«

Monsieur Pamplemousse holte tief Luft, und mit der Todesverachtung eines frühchristlichen Märtyrers vor der Höhle des Löwen tat er, wie ihm befohlen.

Drinnen wartete er auf das Nicken, das ihm sonst immer bedeutete, auf dem Sessel vor dem Schreibtisch des Direktors Platz zu nehmen, einem Schreibtisch, der so aufgestellt war, daß das Gesicht des Direktors im Dunkeln lag, während sein Gesprächspartner vom hellen Licht geblendet wurde. Genauso hatte auch Pamplemousse in seiner Zeit bei der Sûreté seinen Schreibtisch zurechtgerückt, wenn er in seinem Büro am Quai des Orfèvres ein Kreuzverhör durchführen wollte.

Diesmal jedoch wartete er vergeblich. Statt dessen ächzte der Direktor vernehmlich und nahm ein Formular von einem Stoß, der ordentlich gestapelt vor ihm lag. Er rückte

Zutaten für das Fleisch:
1 EL zerlassenes Gänseschmalz
400 g Lammschulter, in Würfel geschnitten
2 gehackte Zwiebeln
2 gehackte Knoblauchzehen
1 ganze Knoblauchzehe
2 geschälte, entkernte und
in Würfel geschnittene Tomaten
Salz und frisch gemahlener Pfeffer
1 kleines Gewürzsträußchen
1 rohe Schweinswurst, in 6–8 Stücke geschnitten
1 Knoblauchwurst, in 6–8 Stücke geschnitten
1 TL Schweineschmalz
2 Stücke Gans, ca. 450 g (Confit)
150 g getrocknete Weißbrotkrumen

Vorbereitung:
Den Backofen auf 180 Grad vorheizen.

Zubereitung:
Das Gänseschmalz in einer eisernen Pfanne erhitzen. Die Lammfleischwürfel dazugeben und rundherum bei starker Hitze bräunen. Die Zwiebeln und die gehackten Knoblauchzehen dazugeben und durchbraten.
Aus dem Bohnentopf Flüssigkeit zufügen, so daß das Fleisch gerade bedeckt ist. Salzen und pfeffern. Die Tomaten und das Gewürzsträußchen zufügen und 1 ½ Stunden bei geringer Hitze köcheln lassen.
Die Schweinswurstscheiben in dem Schweineschmalz anbraten und mit der Knoblauchwurst zum Fleisch geben. 10 Minuten mitkochen.
Aus den Bohnen das Gewürzsträußchen, die Karotten und die Zwiebel entfernen. Die Schwarte und den Rippenspeer in mundgerechte Stücke schneiden.
Einen großen Tontopf mit der verbliebenen Knoblauchzehe ausreiben und die Hälfte der Bohnen einfüllen. Lammfleisch, Schwarte, Rippenspeer und Gänsefleisch dazugeben und mit den restlichen Bohnen auffüllen. Aufkochen und dünn mit ⅙ der Brotkrumen bestreuen.
Den Topf in den Ofen schieben und weitere 1 ½ Stunden backen. Alle 15 Minuten die Kruste zerbrechen und unterziehen. Wieder Brotkrumen darüberstreuen und so weiter. Den Vorgang 5–6 mal wiederholen. Die letzte Kruste vor dem Servieren bräunen lassen.

seine Brille zurecht und warf einen vorwurfsvollen Blick auf das Blatt.

»Ich habe hier den Befund Ihrer ärztlichen Untersuchung, Pamplemousse.«

Monsieur Pamplemousse trat unbehaglich von einem Bein auf das andere. »*Oui, monsieur le directeur?*«

»Eine sehr unerfreuliche Lektüre.«

Monsieur Pamplemousse fühlte sich versucht zu entgegnen, in diesem Falle könne man sich die Mühe durchaus sparen. Warum es nicht statt dessen mit einer lohnenderen Lektüre versuchen? Zum Beispiel mit seinem Bericht über die Unverzichtbarkeit frischer Zutaten in der französischen *cuisine*. In weiser Voraussicht verkniff er sich diesen Einwurf jedoch. Der Direktor war eindeutig nicht zum Plaudern aufgelegt. Im übrigen hatte er bereits wieder das Wort ergriffen und zitierte aus dem Formular wie ein Provinzschauspieler, der mit einem Telephonbuch in der Hand für die Rolle des Hamlet vorsprechen soll.

»Geboren: neunzehnhundertachtundzwanzig.

Größe:« – Monsieur Pamplemousse richtete sich instinktiv auf – »hundertzweiundsiebzig Zentimeter.

Gewicht: *achtundneunzig Kilogramm.*«

All das las der Direktor, als wären es lauter Druckfehler, jeder eine schlimmere Verzerrung der Tatsachen als der vorhergehende.

»Ich habe starke Knochen, *monsieur le directeur.*«

»Die brauchen Sie auch, Pamplemousse«, entgegnete der Direktor scharf. »Diesen Knochen könnte es mit zunehmendem Alter nämlich schwerfallen, Ihr Gewicht zu tragen. Wenn nicht... etwas dagegen unternommen wird.

Teint: *pique-nique*. Dieses Wort höre ich zum erstenmal.«

Cassoulet d'oie aux châtaignes
Cassoulet von der Gans mit Kastanien

Zutaten für 6–8 Personen

1 Gans von ca. 3 kg
1 kg Zwiebeln, in Scheiben geschnitten
2 Zwiebeln, in grobe Würfel geschnitten
1 l Geflügelfond
300 g Kastanien
1 TL frischer, geraspelter Ingwer
1 Messerspitze Pimentpulver
1 Nelke
1/4 l kräftiger Rotwein
4 cl Calvados
Salz und Pfeffer

Vorbereitung:
Den Ofen auf größtmögliche Hitze stellen und, falls vorhanden, den Grill dazuschalten.
Die Kastanien mit dem Messer einritzen, für 10 Minuten in den Ofen geben, bis die Schale aufspringt. Schälen.

Zubereitung:
Die Gans kräftig salzen und pfeffern und ohne Fett und Wasser ins Bratrohr schieben. Nach etwa 1 Stunde müßte die Haut knusprig sein. Aus dem Ofen nehmen, etwas erkalten lassen, Brust und Keulen herausschneiden, entbeinen und in mundgerechte Stücke schneiden.
Die Knochen kleinhacken und mit den gehackten Zwiebeln goldbraun rösten. Mit dem Geflügelfond ablöschen und 1 Stunde kochen. Passieren und die Flüssigkeit um 3/4 der Menge reduzieren. Die Gewürze hinzufügen, nochmals aufkochen. Zur Seite stellen und die Sauce nach einiger Zeit gründlich entfetten.

»Ein seltener medizinischer Fachterminus, *monsieur le directeur.* Er bedeutet: rosa, sehr gesund. Sogar Doktor Labarre war beeindruckt.«

Der Direktor unterdrückte ein verächtliches Schnauben. »Blutdruck...«, er unterbrach sich erneut und hielt das Papier ins Licht, als traue er seinen Augen nicht. »Blutdruck... kann diese Angabe denn stimmen?«

»Der Tag, an dem ich untersucht wurde, *monsieur le directeur,* war kein guter Tag. Madame Pamplemousse war etwas schwierig, wenn Sie verstehen, und das schlug sich mir ein wenig aufs Gemüt. Es hatte geregnet und Pommes Frites war unglücklicherweise auf seinem Morgenspaziergang in etwas Ungehöriges getreten. Nun hatten wir den neuen Teppich erst vor kurzem gekauft...«

Monsieur Pamplemousse' Stimme erstarb, als der Direktor ihn mit einer weltverdrossenen Handbewegung unterbrach.

»Fakten, Pamplemousse. Fakten sind nun einmal Fakten, daran führt kein Weg vorbei. Es wird höchste Zeit, daß wir uns auf die von unserem Gründer, Hippolyte Duval, dereinst festgelegten Grundprinzipien besinnen. Ohne seine Integrität, Hingabe und Zielstrebigkeit, ohne seine Klarsicht, seinen Weitblick und sein Pflichtbewußtsein wäre wohl keiner von uns dort, wo er heute ist.«

Während er sprach, wanderte der Blick des Direktors zu einem großen Ölgemälde, das die Mitte der Wand zu seiner Rechten einnahm. Das von einem Punktstrahler beleuchtete Porträt zeigte einen Mann von asketischem Äußeren, der, allein vor einem Hotel am Ufer der Marne sitzend, eine Mahlzeit zu sich nahm. Gekleidet nach der Mode der Zeit, blickte er den Künstler und die Welt mit Augen an, die ebenso kühl und blau waren wie die Muschelschalen, die sich auf einem Teller neben ihm türmten. In

Die Gänsestücke in eine große gußeiserne Pfanne geben und mit den in Scheiben geschnittenen Zwiebeln solange rösten, bis alles rundherum dunkelbraun ist. In ein Sieb geben und mit einem Schaumlöffel pressen, um so viel Fett wie möglich zu entfernen. (Das Fett kann als Brotaufstrich oder für die Zubereitung von Sauerkraut weiterverwendet werden.)
Die Fleisch-Zwiebelmasse in eine Auflaufform geben, mit der Sauce und dem Rotwein bedecken und im Ofen bei 160 Grad 2 Stunden lang backen. Wenn die Fleischstücke mit einer Stricknadel gut durchzustechen sind, die Kastanien hinzugeben und ca. 15 Minuten lang mitbacken.
Den Topf aus dem Ofen nehmen und in schräger Lage ungefähr 10 Minuten ruhen lassen. So setzt sich das Fett ab, das abgeschöpft werden muß. Calvados zugeben, umrühren und mit Salz und Pfeffer abschmecken.

Anrichten:
Mit frischem Baguette und Salat servieren.

Cassoulet de chevreuil aux trompette-des-morts
Cassoulet vom Reh und Trompetenpilzen

Zutaten für 6 Personen

2 Vorderläufe vom Reh
2 EL Butterschmalz
1 Zwiebel
1 Karotte geschält
1/4 Sellerie geschält
1 Knoblauchzehe
20 g Speck gewürfelt
2 EL Balsamicoessig
1 TL zerdrückte Wacholderbeeren
1 geriebenes Brötchen
50 g getrocknete Trompetenpilze
Salz und Pfeffer

der einen Hand hielt er ein Glas Weißwein – einen Sancerre möglicherweise, wenn der Maler das Flaschenetikett richtig getroffen hatte. Mit der anderen zupfte er an seinem aufgezwirbelten Schnurrbart, der genau wie die Lenkstange eines an einen nahen Baum gelehnten Fahrrades geschwungen war. Überhaupt waren jede Menge Velozipede über das Bild verstreut, da der motorisierte Wagen erst noch erfunden werden mußte. *Le Guide* steckte selbst noch in den Kinderschuhen und beschränkte seine Nachforschungen auf jene Restaurants in und um Paris, die Monsieur Duval auf zwei Rädern oder per Pferdekutsche erreichen konnte.

Während Monsieur Pamplemousse mit dem Direktor durchaus insofern konform ging, als er ohne Hippolyte Duval nicht dort wäre, wo er war, konnte er sich des Gedankens nicht erwehren, daß die damit angeblich verbundenen Vorteile unter den gegebenen Umständen einer näheren Betrachtung bedurften. Insgeheim hatte er schon immer den Verdacht gehegt, daß er und der Gründer von *Le Guide*, wäre es ihnen je beschieden gewesen, einander zu begegnen, nicht unbedingt ein Herz und eine Seele gewesen wären. Er argwöhnte, daß Monsieur Duval keinerlei Sinn für Humor gehabt hatte. Das kaum merkliche Lächeln auf seinem Gesicht nahm sich deplaziert aus, als hätte er es sich eigens für diese Gelegenheit abgerungen. Möglicherweise lächelte er gar nur deshalb, weil einer der anderen *vélocipédistes* vor Monsieur Duvals Augen soeben die Kontrolle über sein Fahrrad verlor.

Was nun folgte, bestärkte Monsieur Pamplemousse in seinem Argwohn. Der Direktor griff in eine Schreibtischschublade und holte eine Plastikschachtel hervor, öffnete sie und entnahm ihr einen kleinen roten Gegenstand, den er Monsieur Pamplemousse unter die Nase hielt.

Vorbereitung:
Die Trompetenpilze in kaltem Wasser 10 Minuten einweichen, die Wurzelstrünke abschneiden und unter fließendem Wasser gründlich waschen. Zwiebel und Gemüse in feine Würfel hacken.

Zubereitung:
Die Rehläufe entbeinen und von den Sehnen befreien. Pfeffern. (Da der Speck salzig ist, wird das Gericht erst zum Schluß mit zusätzlichem Salz abgeschmeckt.) Das Fleisch in 2 cm große Würfel schneiden. In einer vorgeheizten Pfanne mit dem Speck, den Zwiebeln und dem gewürfelten Gemüse bei größter Hitze in dem Butterfett rundherum braun braten.
Mit dem Essig und den Wacholderbeeren in einen Dampfkochtopf geben, vorsichtig auf Druck bringen und 15 Minuten kochen. Den Topf unter kaltem Wasser abkühlen und öffnen.
Die Fleischstücke aus der Flüssigkeit nehmen und in eine feuerfeste Form schichten. Die Flüssigkeit pürieren und mit den Trompetenpilzen zu den Fleischwürfeln geben. Mit den Brotbröseln bestreuen und bei ca. 160 Grad im Ofen backen.

Anrichten:
Mit frischem Baguette oder Nudeln servieren.

»Als unser Gründer älter wurde«, erklärte er, »führte er eine großangelegte Studie über die möglichen Folgen überhöhter Nahrungszufuhr für den menschlichen Körper durch. Er gelangte zu dem Schluß, daß der Mensch von einem Apfel pro Tag glücklich und zufrieden leben kann – eine Maxime, Aristide, die zu beherzigen ich Ihnen, wenn Sie gestatten, empfehle.«

Als der Direktor wie zur Bekräftigung seiner letzten Aussage in den Apfel biß, beschlich Monsieur Pamplemousse leises Entsetzen. Bekanntermaßen passen manche Menschen ihr Aussehen allmählich dem ihrer Haustiere an – er selbst war mehr als einmal mit Pommes Frites verglichen worden, doch das war schließlich etwas anderes, ein größeres Kompliment konnte er sich gar nicht wünschen. Hier aber hatte er zum allerersten Mal jemanden vor sich, dessen Züge immer mehr dem Porträt eines anderen Menschen glichen. Wenngleich es ihm noch nie aufgefallen war, konnte er nun nicht mehr darüber hinwegsehen, daß der Direktor eine immer frappantere Ähnlichkeit mit seinem Amtsvorgänger, dem verehrten Monsieur Hippolyte Duval, aufwies. In seinen Augen lag dasselbe fanatische Leuchten, das weder Einmischung noch Widerspruch duldete.

»Mit dem größten Respekt, Monsieur«, entgegnete er schließlich, »aber sich mit einem Apfel pro Tag zufriedenzugeben, würde ich nicht ›leben‹ nennen wollen, ebensowenig wie ich das Wort ›glücklich‹ damit in Verbindung bringen würde. Außerdem halte ich diese Philosophie aus tiefster Überzeugung für eines Mannes unwürdig, der sich zeit seines Lebens der Leitung eines Gourmet-Führers widmete. Ich jedenfalls könnte meine Arbeit für *Le Guide* wohl kaum fortsetzen, wenn ich mich auf eine solche Diät beschränken müßte. Ein Inspektor muß die Speisen selbst kosten und schmecken. Er muß selbst vergleichen und bewerten. Vor allem muß er Erfahrungen sammeln – Erfahrungen, die Gutes wie Schlechtes beinhalten. Bisweilen muß er ein Mahl verzehren, obwohl all seine natürlichen Instinkte ihm davon dringend abraten. Die Leute glauben, das sei so einfach. Die wenigen – und es sind wirklich wenige –, die wissen, wie ich meinen Lebensunterhalt verdiene, sagen mir immer, ›Pamplemousse, du bist ein Glückspilz. Dieser Beruf muß herrlich sein‹. Wenn sie nur wüßten... Müßte ich mich auf einen Apfel pro Tag beschränken, dann...«

Monsieur Pamplemousse spähte aus dem Fenster auf der Suche nach einem passenden Vergleich; sein Blick schweifte zum Ufer der Seine und fiel auf ein Gebäude am Quai des Orfèvres. »Das wäre nicht anders, als wenn ein Inspektor der Sûreté einem Mörder ins Ohr flüsterte: ›Verschwinde, aber laß dich nie wieder dabei erwischen.‹ Es würde meinen Beruf zum Gespött der Leute machen.

Ein wenig Übergewicht ist bei meiner Arbeit einfach unvermeidlich, Monsieur. Das ist eben das Berufsrisiko – ein Kreuz, das wir Inspektoren nun einmal zu tragen haben – ebenso wie die Verdauungsbeschwerden, die uns gelegentlich befallen, wenn wir abends in unseren Hotelbetten liegen.«

»Ja, ja, Pamplemousse.« Der Direktor unterbrach ihn in einem Tonfall, der nur allzu deutlich »Nein! Nein!« meinte.

Er durchwühlte die Papiere auf seinem Schreibtisch und zog schließlich ein weiteres Blatt hervor. Monsieur Pamplemousse sank der Mut, als er das wohlbekannte Hellgelb eines P39er-Formulars erkannte. Ein rotes Sternchen prangte darauf, wie sie Madame Grante von der

Buchhaltung verwendete, wenn eine Entscheidung von höherer Stelle erforderlich war.

»Ich habe ihre Spesenabrechnung durchgesehen, Pamplemousse. Auch das ist keine erfreuliche Lektüre. Etwas anderes wäre es freilich, wenn wir in Erwägung zögen, bei einer Mäzenatenstiftung um Unterstützung nachzusuchen. Unter solchen Umständen würde sie sich als Nachweis für die wachsenden Kosten unseres Unternehmens anbieten.

Wenn Ihre Verdauung Sie so bekümmert, so darf ich sagen, daß gelegentlich eine Flasche *eau minérale* anstelle von Wein ihre Wirkung gewiß nicht verfehlen würde.

Am zehnten Januar zum Beispiel haben Sie und Pommes Frites allein eine ganze Flasche Château Lafite zum *bœuf bourguignon* getrunken. In Anbetracht einiger Bemerkungen in Ihrem Bericht über gewisse Entgleisungen der *cuisine* – wie ich hier sehe, vergleichen Sie die Qualität des Fleisches mit einer bestimmten Sorte Schuhleder – hätte es doch möglicherweise auch ein Wein von einem weniger klingenden *château* getan? Vielleicht sogar eine Karaffe Rotwein aus hauseigenem Anbau?«

»Bei einer Überprüfung meines P41er-Formulars, *monsieur le directeur*, wäre Ihnen gewiß aufgefallen, daß ich am zehnten Januar Geburtstag hatte. Rennes ist ohnehin schon nicht der aufregendste aller Orte, um Geburtstag zu feiern – vor allem nicht Mitte Januar. Außerdem regnete es...«

»Wie dem auch sei, Pamplemousse, es ist nicht zu leugnen, daß Sie deutlich übergewichtig sind, und es wird höchste Zeit, dagegen etwas zu unternehmen.« Der Direktor zeigte zum anderen Ende des Raumes. »Gehen Sie bitte dort hinüber und werfen Sie einen Blick in den Spiegel.«

Als er sich umwandte, erschrak Monsieur Pamplemousse. In der Ecke hinter der Tür stand eine Gestalt. Einen Augenblick lang dachte er, jemand habe ihrem Gespräch beigewohnt, und wollte seiner Empörung unmißverständlich Ausdruck verleihen, doch irgend etwas in der Haltung dieser Gestalt hielt ihn davon ab. Es war eine Puppe, eine außergewöhnlich lebensechte, bis auf den allerletzten Jackenknopf vollständige zwar, aber nichtsdestotrotz eine Puppe.

»Darf ich Ihnen unseren neusten Zuwachs vorstellen, Pamplemousse.« Man hörte es seiner Stimme an, wie erfreut der Direktor über die gelungene Überraschung war. »Er heißt Alphonse. Zweifellos fragen Sie sich, warum er hier ist.«

Erfreut darüber, das Gespräch von seinem P39er-Formular ablenken zu können, stimmte Monsieur Pamplemousse mit einem Murmeln zu. Spesenabrechnungen waren immer ein heikles Thema, und es war kein leichtes Unterfangen, die Waage zwischen den beiden Extremen zu halten – einerseits mußte man in den teuersten Restaurants Frankreichs speisen, andererseits sollte man nicht gegen die von der stets auf der Lauer liegenden Madame Grante verordneten strengen Einschränkungen verstoßen, zumal selbst manche ihrer Günstlinge in Schwierigkeiten gerieten, wenn sie öfter als zweimal die Woche im *bistro* speisten.

Der Direktor erhob sich. »Pamplemousse, Alphonse ist der *ideale Inspektor.* Ein Ideal, dem wir in Zukunft alle nacheifern müssen. Ich habe die zahlreichen Schriften unseres Gründers studiert, anschließend wurde der Computer mit meinen Ergebnissen gefüttert, und was dieser dann auswarf, diente als Vorlage für dieses Modell.

Ich glaube«, der Direktor legte die Fingerspitzen zu einem spitz zulaufenden Dach aneinander und tippte mit den Zeigefingern nachdenklich an seine Nasenspitze, während er im Zimmer auf und ab ging. »Ich glaube, ich kann mit Fug und Recht behaupten, daß ich seinen Werdegang und seine Gewohnheiten so gut kenne wie meine eigenen.

Ich weiß, wo er geboren wurde und welche Schule er besuchte. Ich weiß, wo er lebt. Ich weiß, wie viele Zimmer seine Wohnung hat und wie diese möbliert sind, wann er zu Bett geht und wann er wieder aufsteht. Ich kenne seinen Geschmack, ich weiß, bei wem er sich einkleidet und wo er seinen Urlaub verbringt. Ich weiß genauestens Bescheid darüber, was ihn in Schwung hält.

Der ideale Inspektor in den Diensten von *Le Guide*, Pamplemousse, wiegt sechsundsiebzig Komma acht Kilo. Er führt ein aktives Leben, steht täglich um sechs Uhr dreißig auf und nimmt eine kalte Dusche. In seiner Freizeit spielt er Tennis, ab und an auch ein bißchen Squash – aber nur gerade so viel, daß er in Form bleibt. In seinem ganzen Leben hat er nicht mehr als zwei Komma sechs Geliebte –«

Je mehr Eigenschaften der Direktor aufzählte, desto bedrückter wurde Monsieur Pamplemousse, konnte er doch nicht umhin, dabei seiner eigenen Unzulänglichkeiten gewahr zu werden, und schließlich platzte ihm endgültig der Kragen.

»Bei allem gebotenen Respekt, Monsieur«, rief er mit einem angewiderten Blick auf Alphonse aus, »in den Armen dieser Kreatur ist selbst der null-komma-sechste Teil einer Geliebten nur schwer vorstellbar, ganz zu schweigen von einer ganzen.«

»Wenn dem nur so wäre, Pamplemousse«, erwiderte der Direktor knapp. »Aber für so manchen von uns sind sogar zwei Komma sechs noch knapp bemessen. Diese unselige Geschichte mit den Damen in den Folies-Bergère – der

Grund für Ihre frühzeitige Pensionierung bei der Sûreté – allein damit dürften *Sie* dem nationalen Durchschnitt um Jahre voraus sein.«

Monsieur Pamplemousse gab sich geschlagen. Wenn der Direktor einen Vogel hatte, erübrigte sich jede Diskussion, diesmal aber hatte er es gleich mit einem ganzen Schwarm zu tun. Innerlich stellte er sich bereits auf den nächsten Schlag ein, wenn er sich auch völlig im unklaren darüber war; wie und wohin dieser ihn treffen würde.

»Pamplemousse«, fuhr der Direktor fort, »bedauerlicherweise können Sie dem Ideal in vielem nicht das Wasser reichen, wenn ich auch fairerweise zugeben muß, daß Sie nicht der einzige sind. Wenn ich das Gruppenphoto vom letzten Betriebsausflug nach Boulogne betrachte, würden viele Ihrer Kollegen neben unserem Freund zweifellos nicht minder schlecht abschneiden. Aber auch deren Tag wird kommen. Aus Gründen, auf die ich hier nicht näher eingehen möchte, haben wir jedoch Sie für die ehrenvolle Aufgabe des Versuchskaninchens auserkoren.

Unser Aufsichtsrat prüft seit längerem verschiedene Möglichkeiten, unsere Aktivitäten auszudehnen – unseren Horizont zu erweitern, gewissermaßen. Obwohl uns dabei manchmal das Herz blutet, so muß man doch mit der Zeit gehen, und im übrigen haben viele unserer Konkurrenten bereits nachweislich zu ähnlichen Maßnahmen greifen müssen. Schon vor vielen Jahren wagte Michelin den Schritt ins Ausland. Gault Millau engagiert sich zur Zeit in Bereichen, die unseren Gründer sich im Grabe umdrehen ließen, würde er je davon erfahren – Zeitschriften, Werbeaktionen… Nun, immerhin bin ich zuversichtlich, daß es so weit bei uns nie kommen wird.

Dennoch beabsichtigen wir, von Zeit zu Zeit andere Gewässer zu erforschen, wenn ich so sagen darf. Und ganz zuoberst auf der Liste steht ein Überblick über Frankreichs Gesundheitsfarmen.

Pamplemousse, morgen werden Sie unsere Zehen in die Gewässer der östlichen Pyrenäen tauchen. In einem Etablissement nördlich von Perpignan ist ein Zimmer für Sie reserviert. Ich wünsche Ihnen viel Glück und freue mich schon darauf, in zwei Wochen einen neuen Pamplemousse willkommen zu heißen.«

Als der Direktor diese Salve, eine wahre Breitseite von unerwarteten Tatsachen, abgefeuert hatte, blieb er, nunmehr bar jeder Munition, vor Monsieur Pamplemousse stehen und reichte ihm die Hand.

»*Bon voyage*, Aristide«, wünschte er und sah ihn mit einem Anflug von Nervosität an.

»Zwei Wochen!« Monsieur Pamplemousse wiederholte die Worte mit so viel Unmut und Erbitterung, wie er nur aufbringen konnte. »In einer *Gesundheitsfarm*! Kennen Sie die Pyrénées-Orientales im März überhaupt, *monsieur le directeur*? Die Schneeschmelze setzt ein, und das Tauwasser stürzt in eiskalten Bächen von den Hängen. Nicht die Zehen von *Le Guide* werden leiden, *monsieur le directeur*, sondern die meinen. Gar nicht auszudenken, was ihnen alles zustoßen könnte, wenn ich riskierte, sie in derartige Gewässer zu tauchen. Wenn man noch Glück hat, bekommen sie nur Frostbeulen. Wahrscheinlich jedoch erfrieren sie, und *pouf!* – ehe man sich's versieht, fallen sie ganz ab.«

»Also bitte, Aristide, Sie dürfen mich nicht so wörtlich nehmen.« Der Direktor warf einen verstohlenen Blick auf seine Uhr, als er Monsieur Pamplemousse mit einer Geste den Besuchersessel anbot. Wie er befürchtet hatte, war es fast Mittag. Nun dauerte es doch länger als geplant. Ein guter Mann, dieser Pamplemousse, aber drängen durfte man ihn nicht. Er mußte die Nachricht erst verdauen und überschlafen. Ein typischer Steinbock, noch dazu aus der Auvergne – eine schwierige Kombination; das neue Modell – der *ideale Inspektor* – war hingegen eindeutig Löwe und stammte zudem aus einer weniger gebirgigen Gegend.

»Es mag sein, daß die Formulierung mit den Zehen nicht eben glücklich gewählt war, aber meinen Sie nicht auch, daß Ihnen die Abwechslung guttun wird, Aristide?«

Aus den Tiefen des Armsessels hörte Monsieur Pamplemousse zu, als durchlebte er einen bösen Traum, in dem seine Beine immer schwerer und schwerer wurden, je verzweifelter er zu entkommen versuchte. Ein plötzlicher Gedanke erlöste ihn von seiner Lähmung.

»*Monsieur le directeur,* eben fällt mir ein, daß es leider nicht gehen wird. Mein Wagen muß nämlich zum Zweihunderttausend-Kilometer-Service. Aber ich könnte ja später fahren, wenn es wärmer ist.«

»Großartig!« Die Freude des Direktors über diese Nachricht war allzu überschwenglich, und so setzte er anstandshalber eine leicht verlegene Miene auf. »Das läßt sich doch hervorragend während Ihrer Abwesenheit erledigen«, fuhr er eilends fort. »Ich werde gleich alles Nötige veranlassen. Nach zwei Wochen auf Château Morgue werden Sie ohnehin kaum in der Verfassung zum Autofahren sein. Dafür werden der gute Herr Schmuck und seine Frau schon sorgen.«

Dem Direktor war sofort bewußt, daß er sich im Ton vergriffen hatte, und er trat hastig an einen Aktenschrank, dem er eine grüne Mappe entnahm. Er öffnete sie und breitete den Inhalt auf seinem Schreibtisch aus. Als Monsieur Pamplemousse das typische Schriftbild der Bewertungsfragebogen erkannte, die jedem Exemplar von *Le Guide* beigeheftet waren, fragte er sich, was wohl jetzt auf ihn zukam.

»Diese Bewertung hier klingt gar nicht so schlecht. Wir haben ja bereits erste Erkundigungen eingeholt.« Nach kurzem Blättern in seinen Unterlagen fand der Direktor, wonach er gesucht hatte. »Greifen wir einfach ein beliebiges Blatt heraus. Ich lese es Ihnen vor: ›Wie daheim und doch nicht zu Hause. Das Essen war einfach, aber gesund, auch wurde auf die vielerorts übliche übermäßige Verwendung von Sahne verzichtet. Zum erstenmal auf unseren Frankreichreisen wurden wir mit einem warmen Lächeln empfangen. Besonders haben meine Frau und ich die Morgenwanderungen im Schnee genossen (Teilnahme ohne ärztliches Attest obligatorisch). Etwas auszusetzen hatten wir einzig und allein an den Betten: sie hätten weicher sein können, auch hätten wir Kissen sehr zu schätzen gewußt. Von Vorteil wäre es wohl, die Fahrradständer mit Schlössern auszustatten. In vielem haben wir uns an unseren seinerzeitigen Militardienst erinnert gefühlt (meine Frau war eine At).‹«

»Eine *At*!« wiederholte Monsieur Pamplemousse. »Was ist das denn?«

Der Direktor lockerte seinen Hemdkragen und überlegte mit einem nervösen Blick zum Fenster, ob er es nicht öffnen sollte. Es wurde warm im Zimmer. »Das war wohl eine Art paramilitärische Frauenorganisation – der *Auxiliary Territorial Service*, der während des Krieges von *Grande Bretagne* aus operierte.« Er versuchte, die Erklärung so beiläufig wie möglich klingen zu lassen.

»Wollen Sie damit etwa sagen, daß dieser Bericht von *Engländern* verfaßt wurde?« fragte Monsieur Pamplemousse entrüstet.

Das paßte genau ins Bild. Die Erinnerungen an eine Woche, die er in einem besonders kalten Winter nach dem Krieg in Torquay verbracht hatte, schlugen wie Wellen über ihm zusammen. Es war sein erster Aufenthalt in England gewesen, und damals hatte er sich geschworen, es werde auch sein letzter bleiben. Ein ungeheiztes Zimmer, und beim Frühstück herrschte allgemeines Geflüster, weil man sich auf keinen Fall den Zorn der Vermieterin zuziehen wollte, einer wunderlichen Person von unberechenbarem Temperament, die sich völlig unverständlich ausdrückte und bis 17.30 Uhr sämtlichen Gästen den Zutritt zu ihrem Haus überhaupt verwehrte. Was er dort alles durchgemacht hatte. Vierzehn Tage nichts als matschige *fish and chips* – in Zeitungspapier eingewickelt! Die meiste Zeit hatte er damit verbracht, hinter einem Windschutz auf der Strandpromenade sitzend, das Kreuzworträtsel zu lösen.

»Die Übersetzung läßt leider zu wünschen übrig«, räumte der Direktor ein.

»Darf ich bitte die anderen sehen, *monsieur le directeur*? Die – äh, *weniger* beliebigen?«

»Ganz einhelliger Meinung sind sie wohl alle nicht.« Der Direktor sammelte sie zusammen. »Mag sein, daß einige Zuschriften die rechte Begeisterung vermissen lassen.«

»*S'il vous plaît, monsieur le directeur.*«

Der Direktor seufzte. Einen Versuch war es immerhin wert gewesen.

»Begeisterung!« Monsieur Pamplemousse tat sich schwer, seinen Abscheu beim Durchblättern des Papierstoßes zu verhehlen. »*Sacrebleu!* Das ist ja wie überreifer Camembert – es stinkt zum Himmel! So etwas ist mir noch nicht untergekommen, noch *nie*. In meiner ganzen Laufbahn nicht. Hören Sie sich das einmal an:

›Dieser Mann sollte verhaftet werden... ebenso seine Frau... Herr Schmuck ist ein...‹«

Hier brach der Satz ab, und das Papier war voller Tintenkleckse. Offenbar hatte der Verfasser es in seiner Erregung nicht mehr fertiggebracht, seine Anschuldigungen noch näher auszuführen, und statt dessen die Tinte auf dem Papier verspritzt.

»Damit steht meine Entscheidung fest!« Er erhob sich. »Es tut mir leid, *monsieur le directeur.*«

Der Direktor seufzte noch tiefer als beim letzten Mal. »Auch mir tut es sehr leid, Aristide. Ich hatte gehofft, Ihr berühmtes Pflichtbewußtsein, vor dem wir von der alten Garde bei *Le Guide* den Hut ziehen, würde eine ausreichend starke Triebkraft sein. Leider...« Er machte eine Miene, als wäre seine letzte Illusion in bezug auf die Mitmenschen ein für allemal zerstört, und spielte seinen letzten Trumpf aus. »Nun bleibt mir allerdings keine andere Wahl, als die Autorität meiner Stellung zum Tragen zu bringen. Es ist daher meine Pflicht, Pamplemousse – eine traurige Pflicht, wenngleich ich doch als Ihr Freund zu sprechen hoffe –, Sie daran zu erinnern, daß Sie sich dieser Autorität nur allzu bereitwillig unterwarfen, als Sie zu uns kamen. Sie werden morgen früh den Zug um 7.41 Uhr nach Perpignan nehmen. Madame Grante hält die Fahrkarten für Sie bereit.«

Monsieur Pamplemousse sank in seinen Stuhl zurück. Er wußte, wann er sich geschlagen geben mußte. Es stimmte, was der Direktor sagte. Er hatte *Le Guide* viel zu verdanken. Jener verhängnisvolle Tag, an dem er gegen den Rat vieler seiner Kollegen bei der Sûreté sein Abschiedsgesuch eingereicht hatte, weil er sich moralisch dazu verpflichtet fühlte, war ihm noch allzu deutlich im Gedächtnis: Ein plötzliches Gefühl der Kälte und des Alleinseins in der Welt hatte ihn beschlichen, als er das Gebäude am Quai des Orfèvres zum letztenmal verlassen hatte, ohne zu wissen, ob er sich nach links oder rechts wenden sollte. Heute wußte er, daß es das Schicksal damals gut mit ihm gemeint hatte. Einer momentanen Eingebung folgend, war er nach rechts gegangen, in Richtung des siebenten *arrondissement*. Der Zufall hatte es gewollt, daß er auf seinem Weg am Bürohaus von *Le Guide* vorbeikam und dem Direktor in die Arme lief. Der Direktor stand von früher her wegen der diskreten Aufklärung eines Falles in seiner Schuld, der bei weniger geschickter Handhabung Frankreichs älteste und angesehenste Feinschmeckerbibel ziemlich in Verruf hätte bringen können.

Aber wenn der Direktor in seiner Schuld stand, so war es umgekehrt genauso. Kaum hatte ihm Monsieur Pamplemousse sein Leid geklagt, hatte der Direktor ihm auf der Stelle und ohne zu zögern Arbeit angeboten. Im Laufe einer einzigen Stunde war Monsieur Pamplemousse von einem Büro in das andere übergewechselt und hatte den Beruf, der bis dahin sein Lebenselixier gewesen war, gegen einen ebenso erquicklichen getauscht.

Er erhob sich. Es war seinerzeit eine großzügige, edle Tat des Direktors gewesen. Eine Geste der Freundschaft, die er ihm wohl niemals würde vergelten können. Es blieb ihm nichts anderes übrig, als den Wünschen des Direktors Folge zu leisten. Deshalb zu streiten, wäre ungehörig gewesen, hätte er sich doch damit der glücklichen Fügung seines Schicksals unwürdig erwiesen.

»Kommen Sie, Aristide«, der Direktor gestattete sich den Luxus, Monsieur Pamplemousse den Arm um die Schultern zu legen, als er ihn zur Tür begleitete. »Es sind ja nur zwei Wochen. Zwei Wochen Ihres ganzen Lebens. Sie werden vergangen sein, ehe Sie noch richtig wissen, wie Ihnen geschieht.«

Während er das sagte, zog der Direktor mit der anderen Hand einen langen weißen Briefumschlag aus der Innentasche seines Jacketts. »Hier wären noch ein paar Notizen, die Ihnen bei Ihrer Mission von Nutzen sein könnten. Sie brauchen sie nicht gleich zu lesen. Am besten nehmen Sie sie mit und lesen sie erst, wenn Sie an Ihrem Ziel angekommen sind. Wie lautet das Sprichwort? *La corde ne peut être toujours tendue.* Immer Arbeit, niemals Spiel, wird dem kleinen Jacques zuviel. Wer weiß, vielleicht helfen sie Ihnen sogar, gleich zwei *oiseaux* auf einen Streich zu erwischen.«

Monsieur Pamplemousse kniff die Augen zusammen. Die enervierende Gewohnheit des Direktors, Sprachen und Metaphern durcheinanderzumischen, wenn sich die Gelegenheit dazu ergab, brachte ihn kurzfristig aus der Fassung. Geistesabwesend steckte er den Briefumschlag ins Jackett, ohne einen weiteren Blick darauf zu werfen.

»Ach ja, noch etwas.« Der Direktor blieb mit der Hand am Türknauf stehen. »Nehmen Sie Pommes Frites mit. Auch er hat in letzter Zeit etwas Speck angesetzt. Er laboriert wohl immer noch an den Folgen Ihres Besuches im Les Cinq Parfaits. Im übrigen könnte er sich bei Ihren Aktivitäten gewiß als hilfreich erweisen.«

Monsieur Pamplemousse wurde noch verzagter. Nie im Leben wäre ihm eingefallen, Pommes Frites nicht mitzunehmen. Sein Partner begleitete ihn überall hin. Er war froh, daß er diese Möglichkeit noch gar nicht in Erwägung gezogen hatte, sonst wäre ihm wohl mehr entschlüpft, als ihm ohnehin auf der Zunge lag, und das hätte er gewiß bereut.

»Hunde sind in Kurbädern normalerweise verboten«, erklärte der Direktor, als könne er Gedanken lesen, »nicht einmal gegen Aufzahlung werden sie aufgenommen. Es ist wohl eine Frage der Hygiene.« Als sei allein der Gedanke schon empörend, wehrte er mit entsprechender Geste ab: »Nicht daß es auch nur den leisesten Zweifel an Pommes

Frites' Reinlichkeit gäbe. Aber offenbar sind auf Château Morgue *chiens* besonders unerwünscht. Man verwehrt ihnen entschieden die Gastfreundschaft, deshalb mußte ich zu einem Vorwand greifen: Ich habe darauf bestanden, daß Pommes Frites wegen Ihrer tragischen Behinderung aufgenommen wird.«

»Welche Behinderung denn, *monsieur le directeur*?«

Der Direktor seufzte. Pamplemousse benahm sich leider außergewöhnlich schwierig. Entweder schwierig oder bewußt unkooperativ; er hegte den starken Verdacht, letzteres sei der Fall.

»Nun, Ihr Augenlicht, Aristide. Erst gestern nachmittag habe ich angerufen, um Ihren Zustand zu erläutern. Ich bin sicher, Pommes Frites wird einen ganz hervorragenden Blindenhund abgeben. Das sollte einem Bluthund doch liegen. Sein Spezialgeschirr, Ihre dunkle Brille und den weißen Stock können Sie zusammen mit den Fahrkarten abholen.«

Monsieur Pamplemousse starrte den Direktor an, als zweifle er an dessen Verstand. »Wäre es Ihnen recht, *monsieur le directeur*, wenn ich auf der Fahrt in die Pyrenäen die Blindenschrift erlerne?«

Sein Sarkasmus stieß auf taube Ohren. »Welche Hingabe, Aristide! Nun, ich wußte von Anfang an, daß Sie der richtige Mann für diese Mission sind.«

»Aber...« Monsieur Pamplemousse klammerte sich an Strohhalme, die ihm schon aus der Hand gerissen wurden, noch ehe er richtig danach gegriffen hatte. »Wäre es nicht unendlich einfacher und sinnvoller, wenn jemand anders das übernähme?«

»Einfacher, Pamplemousse – *oui*.« Wie ein Schuß aus der Pistole durchschnitt die Stimme des Direktors seine Frage. »Aber sinnvoller... *non*! Wir brauchen jemanden mit Ihrem Wissen und Ihrer Erfahrung, der für neue Ideen aufgeschlossen ist und außerdem fähig, Informationen zu sammeln und zu kombinieren. Eine vollkommen unbestechliche Person.

Und noch ein Letztes« – die nun etwas weichere Stimme des Direktors drang wie durch einen Schleier an Monsieur Pamplemousse' Ohr – »Ich gehe davon aus, daß Ihre Diät ab sofort in vollem Umfang einsetzt. Nun führt der Frühzug nach Toulouse, der *Capitole*, soweit ich weiß, einen Speisewagen mit. Ich erwarte jedoch keinesfalls, irgend etwas von dem, was die Speisekarte dort zu bieten hat, später auf Ihrer Spesenabrechnung zu entdecken. Das wird eine gute Übung für Sie und Pommes Frites sein, und es wird Sie auch gleich in die richtige Stimmung für die vielen auf Château Morgue zur Wahl stehenden Extras bringen – Massagen, Kneippkuren und derlei mehr. Nützen Sie dieses Angebot ruhig voll und ganz aus. Halten Sie sich hier nicht zurück. Mit Madame Grante werde ich das schon regeln.

Und nun« – der Direktor reichte ihm die Hand und setzte seine offizielle Miene auf – »*au revoir*, Aristide, *et... bonne chance*.«

Obwohl er ihm nicht ohne Wärme die Hand schüttelte, stand glasklar fest, was er damit zum Ausdruck bringen wollte, denn er tat es mit der Endgültigkeit eines Menschen, der bereits alles gesagt hat, was zu sagen war, und nur noch den Wunsch hat, zum Schluß zu kommen.

Der Direktor war überzeugt, daß die Geschäftsführung von *Le Guide* die Effizienz einer militärischen Operation erforderte, und Monsieur Pamplemousse war eindeutig vor seinem geistigen Auge bereits zu einem Fähnchen auf der großen Frankreichkarte geworden, die eine ganze Wand der Einsatzzentrale im Kellergeschoß einnahm – ein magnetisches Fähnchen, das am nächsten Tag in dem Maße stetig und unerbittlich südwärts wandern würde, wie der *Capitole* an Geschwindigkeit gewänne und Toulouse und den östlichen Pyrenäen zustrebte.

Nachdenklich ging Monsieur Pamplemousse den Korridor entlang zum Fahrstuhl. Als er um die Ecke bog, stieß er mit einem aus der entgegengesetzten Richtung kommenden Küchenmädchen zusammen. Es trug ein großes Tablett mit einem Tontopf, einem Teller, Brot, Besteck, einer Serviette und einer Flasche Wein – eincm 72er Pommard.

»Hoppla!« Das Mädchen konnte den Zusammenprall geschickt ausbalancieren und hob das Tablett demonstrativ triumphierend in die Höhe, als es Monsieur Pamplemousse erkannte. »*Alors!* Das war knapp. *Monsieur le directeur* hätte bestimmt keine Freude gehabt, wenn sein *cassoulet* auf dem Fußboden gelandet wäre. Der Küchenchef wohl ebensowenig – wo er es doch extra für ihn gemacht hat. Gerade eben sagte mir *monsieur le directeur* noch am Telephon, wie sehr er sich darauf freue. Er hatte wohl einen sehr schlechten Vormittag.«

»*Cassoulet!*« Monsieur Pamplemousse wiederholte das Wort voller Erbitterung, als das Mädchen davoneilte. »*Cassoulet!*« Das Bild des Direktors, der scheinheilig in den Apfel biß, während er die Regeln für die anderen aufstellte, tauchte kurz vor seinem geistigen Auge auf. Welche Farce! Welche Heuchelei!

Er zögerte einen Augenblick und fragte sich, ob er schnell noch einen Happen essen sollte, ehe er Madame Grante aufsuchte, entschied sich aber dann doch dagegen. Der Zustand seines Verdauungstraktes war schon prekär genug, und er wollte ihn nicht noch weiteren Belastungen aussetzen.

Außerdem blieb noch viel zu tun, wenn er den Frühzug erwischen wollte. Er mußte die unerledigten Papiere von seinem Schreibtisch abtragen und den Einsatzkoffer von *Le Guide* überprüfen. Er hatte das Gefühl, daß einiges aus dem Inhalt dieses Koffers ihm in den nächsten zwei Wochen noch nützlich werden könnte – die mobile Kochvorrichtung zum Beispiel.

Dieser Gedanke löste gleich einen weiteren aus. Er könnte den alten Rabiller im Magazin zu überreden versuchen, ihm für die zwei Wochen eine Fernsteuerung für seine Leica mitzugeben. Monsieur Pamplemousse hatte gehört, daß eine angeschafft worden sei, um sie in Feldversuchen zu testen. Zeit würde er gewiß reichlich zur Verfügung haben, also könnte er sich einmal in Naturaufnahmen versuchen und zum Beispiel einen Adlerhorst photographieren. Oder einen Gebirgsbären, der nach dem langen Winterschlaf seine Glieder streckt. Vorsichtshalber würde er sich mit Filmen eindecken.

Zudem war es gewiß ratsam, früher als gewohnt nach Hause zu kommen, um Madame Pamplemousse die Nachricht so schonend wie möglich beizubringen. Erfreut würde sie nicht sein. Er hatte ihr fest versprochen, noch vor dem Frühling die Küche zu tapezieren. Das mußte nun warten; wer mochte schon sagen, wann er sich von den Strapazen der »Kur« soweit erholt haben würde, daß er sein Versprechen in die Tat umsetzen konnte.

Und dann war da noch Pommes Frites. Der schätzte es, wenn die Dinge ihren gewohnten Lauf nahmen. Spätestens um halb sieben mußten sie sich auf den Weg machen, also würde er auf seinen Morgenspaziergang verzichten müssen. Und bevor sie sich auf den Weg machten, mußte auch noch die kleine Schwierigkeit überwunden werden, ihn an sein neues Geschirr zu gewöhnen.

Monsieur Pamplemousse beschleunigte fast unmerklich seine Schritte. Es war wirklich noch eine Menge zu erledigen, und die Zeit war knapp.

Der Doppelgänger

Nachdem Monsieur Pamplemousse in einem Abteil am Ende des Waggons seinen Koffer verstaut und Mantel und Hut oben auf der Gepäckablage untergebracht hatte, nahm er die dunkle Brille ab, sammelte seine letzten Kräfte und sah düster aus dem Fenster des *Capitole*, der sich langsam von den verlassenen Bahnsteigen des Gare d'Austerlitz löste und dann rasch sein Tempo beschleunigte.

Der Tag hatte sich schlecht genug angelassen. Kaum waren sie aus dem Haus getreten, hatten die Schwierigkeiten begonnen, was Pommes Frites, der jetzt eingerollt auf dem Boden lag und entschlossen schien, den versäumten Schlaf zumindest teilweise nachzuholen, nur allzu bereitwillig bestätigt hätte, wäre er danach gefragt worden.

Monsieur Pamplemousse hatte eigentlich die Hoffnung gehegt, sein »Zustand« werde ihm auf der Reise gewisse kleine Vorrechte einbringen, mußte jedoch alsbald erkennen, wie trügerisch diese Hoffnung war. Die leidvolle Erfahrung, daß die Milch der frommen Denkungsart an diesem Tag recht früh sauer geworden war, machte er schon, als er in der Station Lamarck-Caulaincourt in einen vollbesetzten Zug der Pariser *métro* steigen wollte. Das Gezische und Gemecker, das sich von allen Seiten erhob, als er sich zu den Sitzen durchzukämpfen versuchte, die den *mutilés de guerre*, den *femmes enceintes* und sonstigen schutzbedürftigen Reisenden in absteigender Reihenfolge vorbehalten waren, mußte man mit eigenen Ohren gehört haben, so unglaublich war es. Im Nu stand er wieder draußen auf dem Bahnsteig, die Brille saß schief auf seiner Nase, und der Koffer drohte an den Nähten auseinanderzuplatzen. Und hätte er nicht seinen Stock mehrmals schnell und gezielt eingesetzt, so wäre zumindest Pommes Frites der Schwanz eingeklemmt worden, als die Türen hinter ihnen zukrachten und der Zug anfuhr.

Gerade als ihnen der Zug davonbrauste, trat ein Pendler – einer von der hilfsbereiteren Sorte – auf den Bahnsteig und eilte in Verkennung der Situation herbei, um ihnen den Weg zu dem wartenden Fahrstuhl zu weisen. Seine guten Umgangsformen verboten es Monsieur Pamplemousse, diese menschliche Geste zurückzuweisen, und so gestattete er seinem unbekannten Wohltäter, ihn in den Fahrstuhl zu geleiten, wobei er im Hintergrund Ankunft und Abfahrt des nächsten Zuges wahrnehmen mußte.

Beim Verlassen des Fahrstuhls war er mit einem ehemaligen Kollegen von der Sûreté zusammengestoßen. Dem Mann stand die Empörung und Verachtung deutlich ins Gesicht geschrieben, als er eines Monsieur Pamplemousse ansichtig wurde, der seine dunkle Brille abnahm, um sich zu orientieren. Inzwischen hatte die Nachricht gewiß in allen Polizeirevieren, wahrscheinlich sogar bis zum Quai des Orfèvres die Runde gemacht: »Der alte Pamplemousse ist völlig am Boden. Jetzt spielt er schon den ›Blinden in der *métro*‹. Es muß ihm wirklich schlecht gehen. Zuerst die Folies-Bergère und jetzt das. Eindeutig ein *œuf mauvais*, ein faules Ei.«

Der Ausblick aus dem Fenster des *Capitole*, den er dann endlich doch erreicht hatte, war ganz in Grau getaucht. Die Seine, die einige Male kurz vor seinen Augen vorbeizog, sah dunkel und abweisend aus. Weiter vorn blinzelten die Lichter anonymer Büroblocks durch den Nebel und winkten den langsam herbeitröpfelnden Frühaufstehern, die sich beeilten, dem morgendlichen Gedränge zuvorzukommen.

Als draußen vor dem Fenster die Seine die Marne in sich aufnahm und dann aus seinem Blickfeld verschwand, war er plötzlich froh, nach Süden zu fahren und der Hektik der Hauptstadt zu entkommen. Er verspürte eine innere Wärme, die ebensogut von der Spannung einer Reise ins Unbekannte wie von dem ungewohnten Frühsport herrühren mochte. Dieses Gefühl verstärkte sich noch, als fast unmittelbar darauf die Einladung zum Frühstück im Speisewagen aus dem Lautsprecher ertönte. Zum Teufel mit dem Direktor und seinen Anweisungen!

Mit einem dezenten Stups weckte er Pommes Frites und setzte sich in Bewegung. Falls andere Fahrgäste seine Gefühle teilten, gäbe es bald einen Ansturm auf die Tische.

Wäre nur Ananas nicht im selben Zug gewesen! Aber es kam noch schlimmer: Er saß sogar im selben Waggon. Ein harter Schlag für Monsieur Pamplemousse, so, als streute man ihm noch Salz in die Wunde. Wieder einmal ereignete sich einer jener bizarren Zufälle, auf die er gerne verzichtet hätte. Seine Geheimdiensterfahrung lehrte ihn, daß fast jeder Mensch irgendwo auf der Welt einen Doppelgänger hatte, dessen Wege er jedoch nur selten kreuzte – und auch dann ging man vermutlich ahnungslos auf der Straße aneinander vorüber und war sich höchstens eines seltsamen Déjà-vu-Gefühls bewußt.

Monsieur Pamplemousse hatte das besondere Pech, einen Doppelgänger zu haben, dessen Gesicht ständig in der Öffentlichkeit zu sehen war und überlebensgroß auf Plakatwänden kreuz und quer durch Frankreich prangte, was ihn in seinen Augen – ungeachtet der damit verbundenen Selbstkritik – nicht eben sympathisch machte.

Als er den Korridor entlang dem Speisewagen zustrebte, spähte er kurz in das Abteil, in dem Ananas hofhielt. Sein Doppelgänger hatte sich so in Pose gesetzt, daß niemand vorbeigehen konnte, ohne sein Profil zu sehen, und war ins Gespräch mit einem Mann von höchst unerfreulichem Äußeren vertieft. Insgeheim traute Monsieur Pamplemousse dem Begleiter von Ananas noch zweifelhaftere Neigungen zu als seinem Herrn und Meister, und das wollte etwas heißen.

Wenn Ananas in Monsieur Pamplemousse sein Spiegelbild erkannte, so ließ er sich jedenfalls nichts anmerken, zudem waren für ihn gewiß auch nicht dieselben Probleme damit verbunden. Gelegentlich konnte schon das Essen in einem Restaurant für Monsieur Pamplemousse zur Tortur werden, wenn er ständig allen möglichen Gästen, die sich nicht einigen konnten, ob sie nun den Echten vor sich hatten oder nicht, zu verstehen geben mußte, das er eben nicht der sei, für den man ihn hielt.

Croissants, Toast, *confiture* und *café* wurden in Windeseile serviert, und als sie Brétigny durchfuhren, nippte Monsieur Pamplemousse bereits an einem Glas Orangensaft und fühlte sich wieder wohler.

Träge überlegte er, wohin Ananas zu dieser Jahreszeit wohl fahren mochte. Es war durchaus denkbar, daß seine Fernsehshow gerade eine Zeitlang Pause hatte. Ananas war überaus gewitzt und raffiniert, und es stand zu viel auf dem Spiel für ihn, als daß er seinen Platz einem Ersatzmann abgetreten hätte. Mochten die Zuschauer ihn derzeit noch so bejubeln, sie waren ein wankelmütiges Volk, und Ananas kannte gewiß das doppelte Risiko, das ein Stellvertreter mit sich brachte. Dieser konnte ihn durchaus um die Gunst des Publikums bringen, indem er entweder wesentlich besser oder wesentlich schlechter war.

Beides hätte fatale Konsequenzen für die eigene Popularität.

Vor einigen Jahren war Ananas als Onkel Hubert im Kinderprogramm aufgetaucht. Onkel Hubert verstand sich ausgezeichnet auf kleine Kinder, ganz besonders – wie sich später herausstellen sollte – auf kleine Mädchen.

Den zahlreichen Ananas-Fanclubs hätte Monsieur Pamplemousse über ihren Star so einiges erzählen können. Es hatte fast einen Skandal gegeben, und wäre die Wahrheit tatsächlich ans Licht gekommen, so hätte die Karriere des Fernsehonkels angesichts der damals herrschenden größeren Sittenstrenge wohl ein jähes Ende gefunden. Offenbar hatte aber jemand in den höchsten Kreisen seine Hand schützend über Onkel Hubert gehalten, denn dieser verschwand unter dem Vorwand, durch die Arbeitsüberlastung einen Nervenzusammenbruch erlitten zu haben, lediglich eine Zeitlang von der Bildfläche.

Später tauchte er unter seinem neuen Namen im Nachmittagsprogramm als Gastgeber eines höchst infantilen Quizspiels wieder auf, das beim Publikum seltsamerweise enorm einschlug. Die Einschaltquoten schossen in kurzer Zeit in die Höhe und mit ihnen stieg auch Ananas' Popularität: Fortan trat er zweimal wöchentlich zur besten Sendezeit im Abendprogramm auf. Seine Vergangenheit hatte er einfach abgelegt. Fast über Nacht wurde er zum ›gefeierten Fernsehstar‹ – jenem seltsamen Produkt des zwanzigsten Jahrhunderts, dem die Öffentlichkeit in gewichtigen Belangen Gehör schenkt. Vermutlich nahm Ananas sich seither sehr in acht, keinen neuen Skandal heraufzubeschwören.

Um 8.25 Uhr befanden sie sich bereits nördlich von Orléans, am Anfang jener etwa fünfundzwanzig Kilometer langen einschienigen Trasse aus Beton, die früher einmal die Teststrecke für einen geplanten Luftkissenzug gewesen war. Inzwischen lugte die Sonne durch die Wolkendecke, und Monsieur Pamplemousse' Laune besserte sich zusehends. Selbst der Anblick seines Doppelgängers, der sich ebenfalls an einem Tisch des Speisewagens niedergelassen hatte, konnte seiner Stimmung keinen Abbruch tun. Ananas, der sich gern gebärdete, als wäre er von königlichem Geblüt, fand es unter seiner Würde, sich die Finger mit Geld zu beschmutzen, und wenn es ausnahmsweise einmal nicht zu vermeiden war, ließ er seinen Begleiter die Rechnung begleichen, wie es auch jetzt geschah. Ein beträchtlicher Teil von Ananas' Einkommen wurde gewissermaßen in Naturalien ausgezahlt. Er war allerdings sorgfältig darauf bedacht, nur solche Produkte zu bewerben, die ihm das Leben zu versüßen vermochten: Schuhe, Hemden und Anzüge bis hin zur Innenausstattung seiner diversen Villen – alles vom Feinsten. Wohin er auch kam, erwartete ihn ein Wagen, alle Türen öffneten sich ihm. Wenn er doch einmal einen Scheck mit seiner Unterschrift zierte, so wurde dieser einem Gerücht zufolge kaum je eingelöst, da der Empfänger ihn oft lieber einrahmen ließ – in der Hoffnung, sein Wert würde mit der Zeit um ein Vielfaches steigen.

Als Monsieur Pamplemousse seine Mahlzeit beendet hatte, lehnte er sich zurück und strich dabei Pommes Frites sanft über den Kopf. Die Antwort war ein gemächliches und genußvolles Dehnen und Strecken, das durch den ganzen Körper seines Partners ging, von den Spitzen der Vorderpfoten bis in den allerletzten Schwanzwirbel. Pommes Frites genoß Zugfahrten. Hier hatte er viel mehr Bewegungsspielraum als im Wagen seines Herrn, auch mußte er weder mit unerwarteten, ruckartigen Abbiegemanövern rechnen, noch mit plötzlich einsetzenden Klopfkonzerten auf dem *volant*. Bis jetzt war derartiges jedenfalls unterblieben. Eine beruhigende Geste hatte er im übrigen bitter nötig, denn der bisherige Verlauf des Tages war nicht eben dazu angetan, seine Selbstsicherheit zu stärken.

Tatsache war, daß sich Pommes Frites in einem Zustand absoluter Verwirrung befand. Er war sich nicht im klaren, ob er nun kam oder ging. Anders ausgedrückt, er wußte zwar, daß es *irgendwo* hinging, hatte aber keine Ahnung, wohin und zu welchem Zweck.

Das allein hätte ihn eigentlich noch nicht beunruhigt, denn sonst freute er sich immer darauf, mit seinem Herrn auf Reisen zu gehen, ganz gleich wohin sie führen mochten, aber diese Reise war anders. Seit Monsieur Pamplemousse am vergangenen Nachmittag nach Hause gekommen war, ließ sich sein Verhalten nur als höchst sonderbar bezeichnen. Es begann mit der seltsamen Brille. Kaum hatte er die Tür hinter sich geschlossen und die Schuhe abgestreift, hatte er diese dunkle Brille aufgesetzt. Sie war viel dunkler als die Sonnenbrille, die er manchmal beim Autofahren trug; seine Augen waren hinter ihr vollkommen unsichtbar. Dann hatte er sich durch die Wohnung getastet, als sähe er nicht, wo er hintrat – was allerdings auch nicht weiter verwunderlich war. Madame Pamplemousse war nicht eben erfreut gewesen, als er eine volle Blumenvase umgestoßen hatte, besonders da diese gerade auf jenem Teppich landete, auf dem erst wenige Tage zuvor er, Pommes Frites, in einen »Zwischenfall« verwickelt gewesen war.

Aber nicht genug damit, anschließend hatte Monsieur Pamplemousse ihm auch noch dieses sonderbare Korsett präsentiert, das er nun um den Leib trug. Er hatte zunächst angenommen, es handle sich um eine Art Gepäckträger, und es hätte ihm auch nicht das geringste ausgemacht, damit die Einkäufe nach Hause zu transportieren. Pommes Frites ging gerne einkaufen und pflegte seinen Herrn stets auf den Markt zu begleiten. Aber offenbar hatte es doch eine andere Bewandtnis damit. Welche Bewandtnis, das hatte er noch nicht herausbekommen, immerhin wußte er unterdessen, daß es etwas mit dem Überqueren der Straße zu tun hatte. Oder genauer gesagt, mit dem *Nicht*-Überqueren von Straßen.

Auch das gab Anlaß zu Beunruhigung: Normalerweise übernahm nämlich Monsieur Pamplemousse die Führung im Straßenverkehr, und Pommes Frites folgte ihm dankbar in der festen Gewißheit, daß ihm nichts geschehen könne, wenn er seinem Herrn nur auf dem Fuß folgte.

Neuerdings jedoch verhielt sich Monsieur Pamplemousse zögerlich, klammerte sich an Pommes Frites' neues Geschirr und klopfte die Gehsteigkanten mit einem Stock ab – fast als fürchte er bei jedem Schritt, den er sich weiterwagte, um sein Leben. Sie hatten erst einen einzigen solchen Spaziergang unternommen, aber Pommes Frites genügte diese Erfahrung vollauf. Er war heilfroh gewesen, unversehrt wieder nach Hause zu gelangen. Jedenfalls hatte dieses Erlebnis sein Vertrauen kräftig erschüttert.

Als ob das alles nicht schon schlimm genug gewesen wäre, mußte er zu alledem auch noch dem zweiten Monsieur Pamplemousse begegnen – beim Einsteigen in den Zug hatte er den Doppelgänger mit einem Blick gestreift.

Freilich, eine eingehendere Analyse förderte die Unterschiede zwischen dem Verschnitt und dem von Pommes Frites seit Jahren geliebten und verehrten Original umgehend zutage. Um ihn zu dieser Erkenntnis gelangen zu lassen, hatte ein kurzes Beschnuppern genügt. Die äußere Ähnlichkeit war dennoch verblüffend: Was die Figur, den

Gang und die Gesichtszüge betraf, glich der andere Monsieur Pamplemousse aufs Haar, sogar seine Brille war ähnlich, wenn auch nicht ganz so dunkel.

Das alles verwirrte Pommes Frites über die Maßen und entzog sich, zumindest einstweilen, seinem Verständnis. Also fand er sich kurzerhand damit ab und dachte nicht weiter darüber nach. Pommes Frites war nämlich ein Verfechter jener Philosophie, die davon ausgeht, daß Probleme sich in der Regel von selbst lösen, wenn man nur lange genug wartet, und daß es daher sinnlos ist, sich von ihnen um den Schlaf bringen zu lassen.

Gleichwohl war er jetzt froh, die Hand seines Herrn zu spüren. Sie signalisierte ihm, daß letztendlich allmählich mit einer Normalisierung der Lage zu rechnen war, und als er hinter Monsieur Pamplemousse aus dem Speisewagen trottete, hatte sich seine Gemütsverfassung bereits so sehr gebessert, daß er an der Ersatzausgabe von Monsieur Pamplemousse vorbeiging, ohne sie eines längeren Blickes zu würdigen.

Wieder im Abteil angekommen, warf Pommes Frites einen flüchtigen Blick aus dem Fenster, ehe er sein Schläfchen wieder aufnahm, während Monsieur Pamplemousse sich hinter einer Zeitung verschanzte.

Châteauroux und Limoges zogen unbeachtet vorbei, und nachdem sie Brive-la-Gaillarde verließen, war Monsieur Pamplemousse bereits bestens informiert über den aktuellen Stand der Weltereignisse. Er erhob sich und lenkte seine Schritte erneut in Richtung des Speisewagens, um das Angebot für ein etwas verfrühtes *déjeuner* zu erkunden. Diesen Gedanken mußte er jedoch sofort wieder verwerfen. An einem der Tische thronte bereits Ananas und beschwerte sich weithin hörbar über die *Coquilles Saint-Jacques*, die ihm der Kellner serviert hatte, da sie seinem Gaumen offenbar nicht behagten. Er kanzelte gerade rücksichtslos den Kellner ab, und die anderen Gäste mußten die Szene peinlich berührt mit anhören. Monsieur Pamplemousse dachte kurz über Ananas' passende Wahl nach – immerhin war *Saint Jacques*, der heilige Jakob, der Schutzpatron der Geschäftemacher. Die Episode hinterließ bei ihm einen unangenehmen Nachgeschmack und verdarb ihm einigermaßen den Appetit. Er war froh, Pommes Frites nicht geweckt zu haben, denn es wäre schwer gewesen, ihm diesen Sinneswandel zu erklären. Um Pommes Frites vom Essen abzubringen, mußte man schon sehr gewichtige Argumente ins Treffen führen.

In Cahors quälte Monsieur Pamplemousse bereits der Hunger, und er begann seine Entscheidung zu bereuen. Aber als sie um exakt 13.14 Uhr in den Bahnhof von Toulouse einfuhren, trat eines jener seltenen Ereignisse ein, die dem Sonnenschein selbst bei einer noch so dichten Wolkendecke zum Durchbruch verhelfen und das Vertrauen in die Welt alsbald wiederherstellen.

Als der Zug zum Stillstand kam, erhob sich ringsum ein begeisterter Beifallssturm, und weiter vorn spielte eine Militärkapelle Marschmusik. Monsieur Pamplemousse öffnete die Tür am Ende des Wagens und erblickte eine Gruppe von Männern, die ein großes Transparent schwenkten.

Toulouse feierte allem Anschein nach ein Fest, und die Ankunft des *Capitole* bildete offenbar den Höhepunkt des Tages.

Ananas reagierte ein wenig schneller als seine Mitreisenden, erfaßte die Situation auf einen Blick und kämpfte sich, der Menge zuwinkend, an Monsieur Pamplemousse vorbei. Er setzte sich eine Sonnenbrille auf – schließlich mußte er wenigstens so tun, als wollte er unerkannt bleiben –, hielt einen Augenblick inne, und seine Züge nahmen einen passenden Ausdruck an. Dann entstieg er dem Zug, um seine Verehrer zu begrüßen.

Die Wirkung war märchenhaft. Beifall erhob sich allenthalben, als man ihn erkannte und die Kunde von seiner Ankunft sich in der wartenden Menge wie ein Lauffeuer verbreitete. Ananas tauchte in einem Meer von Bewunderern unter, doch schon im nächsten Moment wurde er von seinen Fans auf die Schultern gehoben und präsentierte sich der Menge mit einem strahlenden Lächeln. Auf Monsieur Pamplemousse wirkte es fast ein wenig verkrampft, so, als wäre Ananas von diesem lautstarken Empfang doch etwas überrascht.

In Monsieur Pamplemousse regte sich beinahe ein Anflug von Mitleid für seinen Doppelgänger, und er fragte sich, ob dieser wohl überall auf diese Weise begrüßt wurde. Ihm selbst war seinerzeit hin und wieder ebenfalls öffentliche Aufmerksamkeit zuteil geworden, doch war der Ruhm, den ihm die Lösung eines besonders heiklen und skandalträchtigen Falles eintrug, stets nur von kurzer Dauer gewesen. Meist war er schon am nächsten Tag dem Vergessen anheim gefallen, von neuen Ereignissen aus den Schlagzeilen verdrängt. Heute war er dankbar für die strikte Anonymität, die seine Arbeit für *Le Guide* erforderte. Er stellte es sich jedenfalls höchst unerfreulich vor, immer und überall einen derartigen Wirbel um sich zu haben.

Kurz darauf kämpfte sich der Assistent des Fernsehstars mit einer umfangreichen Kollektion von monogrammgeschmückten Koffern durch den Gang. Allzu vergnügt wirkte er dabei nicht.

Auch Monsieur Pamplemousse sammelte nun seine Habseligkeiten zusammen. Wenigstens war der Bahnsteig inzwischen leer. Er warf einen Blick auf die Uhr. Bis zur

Abfahrt des Anschlußzuges nach Perpignan blieb noch reichlich Zeit.

Bevor er aus dem Zug kletterte, wechselte er noch einige Worte mit dem Oberkellner.

»*Au revoir. Merci.*« Monsieur Pamplemousse drückte dem Mann ein Trinkgeld in die Hand. Die Geschicklichkeit, mit der dieser es zum Verschwinden brachte, ließ den Schluß zu, daß er einen nicht unbeträchtlichen Teil seines Lebensunterhalts mit derartiger Fingerfertigkeit bestritt. Er hatte seine Belohnung jedoch redlich verdient, denn als ihm aufgefallen war, daß Monsieur Pamplemousse sein Frühstück mit Pommes Frites teilte, hatte er dafür gesorgt, daß sie größere Portionen bekamen.

»*Merci, M'sieur.*« Der Oberkellner machte einen hocherfreuten Eindruck. Nach seinem Zusammenprall mit Ananas beim *déjeuner* schien es allerdings ausgeschlossen, daß der grandiose Empfang für Ananas ihn in derartige Hochstimmung versetzte.

»Glauben Sie an Gerechtigkeit, *M'sieur*?«

Monsieur Pamplemousse zuckte die Achseln. »Normalerweise schon. Wenn ich auch gestehen muß, daß mich bei einer Beifallskundgebung, wie wir sie soeben erlebt haben, gewisse Zweifel überkommen.«

Der Ober lachte. »*Non, M'sieur,* das war ja gerade die ausgleichende Gerechtigkeit. Sie wird sich noch deutlicher zeigen, wenn beide Seiten erst ihren Fehler bemerken. Begeisterte Fans waren das vorhin nämlich nicht, sondern demonstrierende Eisenbahner. Das war ein wilder Streik, bei dem es um die Dienstpläne geht. Unser Zug war der letzte, der heute hier einfahren durfte.

Diese Gratiswerbung dürfte Monsieur Ananas wohl ausnahmsweise einmal bereuen – besonders wenn sein Bild morgen in den Zeitungen erscheint. Die Sache könnte ihn durchaus um seine Dauerfreikarte der SNCF bringen.«

Er sah Monsieur Pamplemousse mitfühlend an. »Hat *M'sieur* noch eine weite Reise vor sich?«

Monsieur Pamplemousse nickte. »Wir wollten nach Perpignan.«

»Dann sollten Sie sich beeilen. Der Zug fährt auf Bahnsteig 3 ein. Den Anschlußzug lassen sie deshalb raus, weil der Lokführer in Narbonne wohnt. Aber man kann nie wissen, sie könnten sich's immer noch anders überlegen. Vielleicht kommen Sie damit nicht bis ganz nach Perpignan, aber es ist immerhin ein Anfang.«

Monsieur Pamplemousse dankte ihm und eilte die Stufen hinunter und auf der anderen Seite wieder hinauf zum gegenüberliegenden Bahnsteig, wo eben ein Zug aus Bordeaux eingefahren war.

Er blickte auf, als der Oberkellner ihm von drüben zurief: »*M'sieur.*«

»*Oui?*«

»Verzeihung, aber hat Ihnen schon mal jemand gesagt, wie ähnlich Sie...«

»*Oui*«, antwortete Monsieur Pamplemousse. »Schon oft.«

Der Oberkellner zuckte die Achseln. »*Tant pis. C'est la vie.*«

»*C'est la vie*!« Ganz recht – es war sinnlos, sich darüber Gedanken zu machen. Monsieur Pamplemousse kletterte in den wartenden *Corail*. Nach dem *Capitole* war es ein Gefühl, als stiege man in ein Flugzeug. Fast rechnete er damit, einen Sicherheitsgurt anlegen zu müssen.

Vom anderen Bahnsteig klang nur noch sporadischer Beifall herüber, und Monsieur Pamplemousse meinte, bereits erste Anzeichen einer Ernüchterung herauszuhören.

Ananas versuchte wohl, Öl auf die Wogen zu gießen, ohne sich dabei unter den Demonstranten allzu unbeliebt zu machen. Monsieur Pamplemousse beneidete ihn nicht im geringsten um diese Aufgabe.

Als der Zug den Bahnhof verließ, sah er das Faktotum seines Doppelgängers mit finsterer Miene auf dem Kofferberg sitzen. Falls die beiden ebenfalls die Absicht gehabt hatten, den Anschlußzug zu nehmen, so war ihre Glückssträhne jetzt jedenfalls zu Ende.

Monsieur Pamplemousse machte es sich bequem, um den letzten Teil der Fahrt zu genießen, solange sie noch dauern mochte. Das kurze Zwischenspiel war höchst merkwürdig, dabei aber doch durchaus lohnend gewesen. Es hatte ihn für so viele der ihm zugefügten kleinen Kränkungen entschädigt, und nun war er wieder im Einklang mit sich und der Welt. Schon malte er sich genüßlich aus, wie er die kleine Geschichte beim nächsten Betriebsausflug zum besten geben würde.

Er ging sie immer noch in Gedanken durch, feilte und schliff daran, als sie in Carcassonne ankamen, das einen überaus einladenden Anblick bot, wie es so in der warmen Nachmittagssonne dalag, während die Altstadt mit ihrer düsteren Geschichte im Schatten der mittelalterlichen Mauern verborgen blieb. Der Bahnsteig war leer und verlassen. In einigen Monaten würden sich hier die Früchte der umgebenden Felder und Obstplantagen türmen.

Bald darauf fuhr der Zug durch endlose Weinberge. Eine halbe Stunde später kündigte vor ihnen eine Hügelkette Narbonne an, wo sich schließlich die Voraussage des Oberkellners bewahrheitete: An diesem Tag würde kein Zug mehr fahren. Die Fahrgäste mußten sich selbst um ihr Weiterkommen bemühen.

Als Monsieur Pamplemousse sich in der Unterführung

unter die mißmutig dem Ausgang zustrebenden Mitreisenden mischte, beschloß er, seine Requisiten wieder hervorzuholen. Vielleicht brachten die guten Leute von Narbonne einem Menschen in seiner bedauernswerten Lage mehr Verständnis entgegen als die Pariser. Die Stadt war ihm von seinem letzten Besuch noch in guter Erinnerung; er hatte in einem reizenden kleinen Restaurant gespeist, wo ein Halleluja aus dem Lautsprecher erklang, wenn der Wagen mit den Desserts herangerollt wurde. Er warf einen Blick auf die Uhr. Da es noch nicht spät war, schien es ihm durchaus angebracht, das Restaurant der ohnehin wieder einmal fälligen Prüfung zu unterziehen.

Monsieur Pamplemousse ließ das Gepäck in der Obhut seines Partners zurück, ergriff seinen weißen Stock und versuchte sich noch rasch zu orientieren, ehe er die dunkle Brille aufsetzte.

Schwarze Nacht senkte sich über ihn, und er spürte, wie die schreckliche Hoffnungslosigkeit, die plötzliches Erblinden mit sich bringen mußte, sich erneut seiner bemächtigte. Gott allein mochte wissen, wo der Direktor diese Brille aufgestöbert hatte. Möglicherweise hatte Madame Grante sie aufgetrieben, um sich wieder einmal für seine Spesenabrechnungen zu rächen. Sich an der Außenmauer des Bahnhofsgebäudes entlangtastend, faßte Monsieur Pamplemousse den Entschluß, für den Fall, daß man ihn nochmals mit einer ähnlichen Mission betrauen sollte, unbedingt auf einem vorbereitenden Schulungskurs zu bestehen – obwohl er nie wieder in eine solche Situation geraten würde, falls er ein Wörtchen mitzureden hätte.

Krampfhaft über den Brillenrand lugend, erspähte er endlich das *Office de Tourisme*. Es war geschlossen.

Vor dem Bahnhof prangte eine große Tafel mit der Aufschrift *Taxi*, aber der Standplatz war leer. Überhaupt schien hier im Moment ein auffallender Mangel an Taxis zu herrschen. Vermutlich hatten die behenderen Reisenden sich sämtlicher Taxis im Sturm bemächtigt und wurden von ihnen bereits zu weit entfernten Zielen transportiert.

Sein Mut sank, und er wollte schon aufgeben, als er hörte, wie ihn jemand ansprach. Er nahm die Brille ab und sah einen Mann in Chauffeursuniform die Motorhaube eines großen schwarzen Mercedes zuschlagen und auf ihn zukommen. »Pardon, Monsieur, Sie wollen zum Château Morgue?«

Monsieur Pamplemousse nickte. »Das war meine Absicht, doch scheint es mit Schwierigkeiten verbunden zu sein.«

Der Mann führte ihn zum Wagen. »Ich werde Sie hinfahren. Wir haben von dem Streik erfahren. Ich soll Ihnen herzliche Grüße von Herrn Schmuck bestellen.«

Diese Nachricht hatte nachhaltige Wirkung auf Monsieur Pamplemousse und sein Urteil über Narbonne. Er empfand schlagartig große Sympathie für diese Stadt, zumal sie auch den Sänger Charles Trenet hervorgebracht hatte, dessen Liebeslieder ihn stets zu rühren vermochten. Und auch was der Mann da sagte, klang wie Musik in seinen Ohren – Musik, die den Sprung in die Hitparade spielend geschafft hätte. Hier dürfte wohl der Direktor seine Hand im Spiel gehabt haben. Monsieur Pamplemousse zeigte in Richtung des geduldig wartenden Pommes Frites. »Das ist fürwahr eine gute Nachricht. Mein Gepäck ist dort drüben.«

Der Chauffeur folgte ihm. »Ich habe nicht damit gerechnet, daß Monsieur in Begleitung ist«, erklärte er mit wenig begeistertem Seitenblick auf Pommes Frites. »Davon hat man mir nichts gesagt.«

Monsieur Pamplemousse machte die Leine los. Er war nicht gewillt, sich schon jetzt auf eine Diskussion einzulassen. »Es ist so vereinbart«, stellte er in unnachgiebigem Ton fest.

Murrend griff der Mann nach dem Koffer und ging zum Wagen voran. Monsieur Pamplemousse folgte seinem unerwarteten Wohltäter und musterte ihn nachdenklich von hinten. Wirklich unfreundlich war der Chauffeur nicht – eher wenig entgegenkommend, ja, das traf es wohl besser. In seiner Stimme schwang ein Anflug von Arroganz, als wäre er es, der sonst die Befehle erteilte.

Kurz darauf machte Monsieur Pamplemousse eine Beobachtung, die mehr als seine Neugier weckte. Als der Mann sich bückte, um den Kofferraum zu öffnen, fiel Monsieur Pamplemousse eine deutliche Ausbuchtung auf der linken Seite seines Jacketts auf, die durchaus von einer wohlgefüllten Brieftasche herrühren konnte. Der Instinkt sagte ihm jedoch, daß dem nicht so war.

Er holte seine eigene Brieftasche hervor und fragte: »Könnten Sie mir wohl einen Zweihundert-Franc-Schein wechseln? Vielleicht auf zwei Hunderter?«

»*Non.*« Der Chauffeur dachte nicht daran, seine Brieftasche zu zücken. Monsieur Pamplemousse speicherte diese Reaktion im Gedächtnis, um sie später bei Bedarf abzurufen. Einen Versuch war es immerhin wert gewesen.

Der Kofferraum des Mercedes war so geräumig und makellos sauber, daß sich sein Koffer darin unzulänglich und etwas schäbig ausnahm. Genauso fühlte sich Monsieur Pamplemousse vor dem Spiegel, wenn der Schneider bei ihm für einen neuen Anzug Maß nahm.

Als Monsieur Pamplemousse bemerkte, daß sein weißer Stock skeptisch beäugt wurde, konzentrierte er sich wieder auf seine Rolle; er klammerte sich um so fester an den

Stock, rückte seine Brille zurecht und kletterte unsicher in den Wagen. Er war froh, durch eine Glaswand vom Fahrer getrennt zu sein – auf einer Fahrt von über hundert Kilometern konnte das Gespräch schließlich leicht ins Stocken geraten. Als er sich neben Pommes Frites niederließ, bemerkte er unter seiner rechten Sitzfläche einen harten Gegenstand. Er zog ein flaches Etui hervor und entdeckte darin eine Sonnenbrille von Bausch & Lomb mit phototropen Gläsern, die sich im Licht dunkler tönten. Wahrlich ein Geschenk des Himmels! Noch ehe der Chauffeur hinter dem Lenkrad saß, war der Tausch vollzogen. Falls dem Mann an seinem Fahrgast eine Veränderung aufgefallen war, so ließ er sich jedenfalls nichts anmerken.

Mit leisem Surren glitt die Glaswand auseinander. »Ist alles nach Wunsch, Monsieur?«

»*Oui*«, antwortete Monsieur Pamplemousse. »*Merci.*« Er fing den Blick des Chauffeurs im Rückspiegel auf. Offenbar war er mit der Antwort nicht ganz zufrieden, denn er wirkte etwas verunsichert, als habe er mehr als eine bloße Bestätigung erwartet. Nach einer unangenehm langen Pause drückte er einen Knopf auf dem Armaturenbrett, und die Glaswand schloß sich langsam wieder.

Als sie endlich losfuhren, entspannte sich Monsieur Pamplemousse und wandte seine Aufmerksamkeit Pommes Frites zu, der ihm jedoch den Rücken zukehrte. Was Autos betraf, war Pommes Frites wie die meisten Hunde ein Snob, und er genoß seinen unerwarteten Aufstieg und das halboffene Rückfenster in vollen Zügen. Mit ekstatisch verschwommenem Blick vermittelte er der Welt im allgemeinen und den Passanten auf der Straße im besonderen den Eindruck, als schwelge er tagtäglich in derartigem Luxus. Zum zweitenmal an diesem Tag argwöhnte Monsieur Pamplemousse, daß sein eigenes Gefährt einem Vergleich unterzogen wurde und daß dieser Vergleich gravierende Mängel zutage treten ließ.

Auf der Landstraße außerhalb von Narbonne beschleunigte der Fahrer, und als Monsieur Pamplemousse sich von der Zugluft zu sehr gestört fühlte, drückte er zu Pommes Frites' Verdruß den elektrischen Fensterheber.

Bei fast zweihundert Stundenkilometern schoß der Flughafen von Perpignan an ihnen vorüber. Im Sprichwort ziehen die Vögel nach Perpignan, wenn sie sich nach dem Tode sehnen. Falls darin ein Körnchen Wahrheit steckte, so spekulierte Monsieur Pamplemousse unwillkürlich, konnte der Mercedes bei diesem Tempo so manchem gefiederten Lebensmüden seinen Wunsch ohne weiteres erfüllen; er brauchte nur ihren Weg zu kreuzen.

In Le Boulou bogen sie auf die D115 ab, die stetig bergauf führte. Monsieur Pamplemousse döste eine Weile vor sich hin. Als er aufwachte, fuhren sie auf einer Nebenstraße, und der Abend dämmerte bereits. Grau und geheimnisvoll hoben sich die Pyrenäen gegen den helleren Himmel ab und sahen wie von Kinderhand gemalt aus, ganz einfache, schroffe Konturen. Auf den Gipfeln schimmerte im Mondlicht Schnee.

Die Scheinwerfer beleuchteten die ersten Häuser eines kleinen Dorfes, deren Fensterläden bereits für die Nacht fest verriegelt waren. Als sie über den Dorfplatz jagten, konnte Monsieur Pamplemousse eine kleine Bar und ein paar Lichter hinter der *mairie* erkennen, die jedoch nach wenigen Sekunden schon weit hinter ihnen lagen.

Gleich erreichten sie das Ende des Dorfes, und Monsieur Pamplemousse wollte die Augen schon wieder schließen, als sie eine scharfe Kurve nahmen und einen Parkplatz an der Talseite der Straße passierten, der bis auf eine einzige lange schwarze Limousine leer war. Vor dem leichenwagenähnlichen Fahrzeug stand der Fahrer und verrichtete an einem Felsen seine Notdurft. Im Vorbeifahren sah Monsieur Pamplemousse in dem Wagen drei schwarzgekleidete Gestalten sitzen, die ihnen zuwinkten, als der Chauffeur auf die Hupe drückte. Er war nicht ganz sicher, ob dies als Zeichen des Erkennens zu werten war, hatte jedoch den Verdacht, daß diese Männer auf etwas oder jemanden gewartet hatten. Natürlich mußten auch Leichenwagenfahrer einmal dem Ruf der Natur Folge leisten, dennoch verwunderte es ihn, daß Angehörige dieser Berufsgruppe so spät noch unterwegs waren.

Monsieur Pamplemousse drehte sich nach der Ortstafel um, konnte jedoch in der Dunkelheit den Namen des Dorfes nicht entziffern. Der steile Anstieg schien dem Mercedes überhaupt nichts auszumachen. Sein 2CV würde längst im ersten Gang dahinkriechen und hätte dabei noch große Probleme.

Zehn Minuten später kam Château Morgue in Sicht. Das dunkle, massive Gebäude wirkte unnahbar und unbezwinglich. Während es ursprünglich gebaut worden sein dürfte, um die Menschen draußen fernzuhalten, diente es jetzt wohl eher dazu, die Menschen drinnen festzuhalten. Allerdings, überlegte Monsieur Pamplemousse, während sie schwungvoll durch das Tor fuhren, blieb den Gästen wohl ohnehin nur das kleine Dorf, sollte einen von ihnen die Lust überkommen, sich einmal abzusetzen.

Das ursprüngliche Steingebäude war durch einen hoch aufragenden runden Turm verunstaltet, ein häßliches Ungetüm, das sich deutlich als Anbau des zwanzigsten Jahrhunderts zu erkennen gab und wie ein entzündeter Daumen von dem alten Haus abstand. Auf der obersten Etage schien Licht durch vorhanglose Fenster, das übrige Gebäude war fast gänzlich in Dunkel gehüllt. Wenn sich die

Bewohner von Château Morgue so früh zurückzogen, mußten sie ziemlich erschöpft von der Behandlung sein.

Ehe Monsieur Pamplemousse alle Eindrücke erfassen und die örtlichen Gegebenheiten richtig wahrnehmen konnte, nahm der Fahrer eine scharfe Kehre und sauste mit kaum vermindertem Tempo eine spiralförmig gewundene Auffahrt in eine riesige unterirdische Garage hinab, die zur gleichen Zeit wie der Turm errichtet worden sein mußte.

Als sie vor mehreren Fahrstuhltüren zu stehen kamen, warf Monsieur Pamplemousse einen Blick auf die anderen Fahrzeuge in der Tiefgarage. Die blitzenden Stoßstangen stellten den Reichtum ihrer Besitzer unverhohlen zur Schau. Er zählte fünf Mercedes 500 SEC, zwei Daimler und einen Rolls-Royce, alle drei mit englischen Kennzeichen, einen obszön überdimensionalen amerikanischen Wagen, den er nicht sofort zu identifizieren vermochte, dazwischen ein paar BMW 735 – zwei davon mit dem Schild des Diplomatischen Corps –, drei Ferraris aus Italien und einen Porsche mit deutscher Nummer. Völlig aus der Reihe tanzte ein kleiner Renault-Lieferwagen mit der Aufschrift CHÂTEAU MORGUE – CHARCUTERIE, der in einer Ecke parkte.

Der Chauffeur öffnete den hinteren Wagenschlag, hob das Gepäck aus dem Kofferraum und sprach rasch etwas in ein kleines, in die Wand eingelassenes Mikrophon. Was er sagte, war unmöglich zu verstehen. Gleich darauf glitten die Fahrstuhltüren auseinander. Ohne Monsieur Pamplemousse und seinen Dankesworten viel Beachtung zu schenken, schob der Chauffeur sie hinein, streckte den Arm aus und drückte auf den Knopf für das Erdgeschoß. Er trat zurück, so daß die Türen sich wieder schließen konnten. Seine Miene zeigte jetzt eine unverhohlene, wenn auch unerklärliche Abneigung, und er schien froh, sie endlich loszusein.

Der Aufzug war klein, aber luxuriös und mit einem ungewöhnlich dicken Teppich ausgestattet. An der Rückwand befand sich in Bodennähe eine jener herunterklappbaren Platten, die man oft in den Fahrstühlen großer Hochhaussiedlungen findet und die zum Transport von Särgen unerläßlich sind. Monsieur Pamplemousse mußte an die Begegnung wenige Minuten zuvor denken. Möglicherweise hatte einen der Patienten der Tod ereilt. Wollte man es genau wissen, so käme gewiß ans Tageslicht, daß auf Gesundheitsfarmen der Sensenmann ein häufiger Gast ist. Viele Besucher zog es ja wohl nur deshalb dorthin, weil sie ihn von ferne hatten winken sehen, quasi als Frühwarnsignal von oben, das man sich zu Herzen nimmt.

Der Fahrstuhl öffnete sich in ein kreisförmiges, nicht minder luxuriöses Foyer, wie man es in einem kleinen, aber exklusiven Hotel erwartet hätte. Die überaus diskrete Einrichtung verströmte elegantes *understatement*. In den Vasen prangten Blumen, die es zu dieser Jahreszeit eigentlich kaum gab. In einer Ecke stand ein Schreibtisch, dessen einziges Zugeständnis an die Funktionalität eine Fernsteuerungskonsole mit mehreren Knöpfen und ein rotes Tastentelephon waren. Der große Ledersessel hinter dem Schreibtisch war leer. Monsieur Pamplemousse erinnerte die Atmosphäre dieses Raumes an gewisse *établissements* im sechzehnten *arondissement* von Paris, in die ihn seine Arbeit früher gelegentlich geführt hatte – Etablissements, in denen für Geld alles zu haben war und wo man keine Fragen stellte.

Als sie aus dem Fahrstuhl traten, kam ein Mann in kurzem weißem Mantel hinter einem Paravent hervor, um sie zu begrüßen.

»*Bonsoir.*« Er klemmte sich ein Clipboard unter den Arm und deutete eine Verbeugung an. »Mein Name ist Doktor Furze. Herr Schmuck läßt sich entschuldigen. Er wird Sie etwas später willkommen heißen, da er sich gegenwärtig um einen Patienten kümmern muß. Einstweilen stehe ich zu Ihrer Verfügung.«

Während Doktor Furze sprach, fiel sein Blick auf Pommes Frites, und wie der Chauffeur schien auch er von dessen Anwesenheit höchst überrascht. Monsieur Pamplemousse trat erneut die Flucht nach vorn an, um jede Diskussion im Keim zu ersticken. »Das ist Pommes Frites«, erklärte er ohne Umschweife. »Wir trennen uns nie.«

Obwohl die aufblasbare Hundehütte für alle Fälle im tiefsten Winkel der Reisetasche verstaut war, sah Monsieur Pamplemousse keine Veranlassung, dies hier bekanntwerden zu lassen. Sollte jemand auf den Gedanken kommen, Pommes Frites im Stall unterzubringen, würde er sich jedenfalls ganz entschieden dagegen verwahren.

Nach kurzem Zögern wandte sich Doktor Furze um und führte sie zum Fahrstuhl, wo er in rascher Folge eine Reihe von Zifferntasten auf dem Bedienungsfeld drückte. Aus alter Gewohnheit versuchte Monsieur Pamplemousse, sich die Zahlen zu merken, doch leider erwies sich die dunkle Brille dabei als unüberwindliches Hindernis.

Im Fahrstuhl wirkte der Doktor noch irritierter, als habe er etwas an einem Platz vorgefunden, wo es nicht hingehörte, und wisse nun nicht, was er damit anfangen solle.

»Sie sind wohl sehr beschäftigt?« Kaum hatte Monsieur Pamplemousse die Frage gestellt, wurde ihm bewußt, daß sie ein wenig unvorsichtig war.

Doktor Furze schien dies jedoch nicht zu bemerken. Er drückte auf die Vier. »Im VIP-Bereich ist immer viel zu tun. Die regulären Patienten befinden sich im Hauptge-

Maigret de canard grillé au feu
Gegrillte Entenbrust

Zutaten für 2 Personen

4 Brüste von der Barbarieente
1 Zweig Rosmarin
1 in hauchdünne Scheiben geschnittene Orange
1 Knoblauchzehe
Pfeffer und Salz

Wurstfaden und Dressiernadel

Vorbereitung:
Die Entenbrüste jeweils in einen genügend großen Frischhaltebeutel geben und möglichst dünn klopfen. (Die Folie verhindert, daß das Fleisch beim Klopfen reißt.)

Zubereitung:
Die geklopften Entenbrüste pfeffern und salzen. Zwei Brüste mit der Haut nach unten auf den Tisch legen und die Fleischseite mit der Knoblauchzehe einreiben. Mit dem feingehackten Rosmarin bestreuen und die Orangenscheiben darauffächern. Die beiden anderen Entenbrüste darauflegen, so daß ein Sandwich entsteht. Ringsum mit dem Faden grob zunähen und auf einen Holzkohlengrill legen. Von beiden Seiten ca. 10 Minuten grillen.

Anrichten:
Mit weißen Bohnen, gedünstetem Fenchelgemüse und Kartoffelgratin servieren.

bäude. Sie haben keinerlei Beeinträchtigungen zu befürchten. Sollten Sie eine Behandlung benötigen, können wir entsprechende Vorkehrungen treffen.«

Diese Antwort beendete in ihrer nüchternen Sachlichkeit jede weitere Unterhaltung.

Wieder öffnete sich der Fahrstuhl auf einen kreisförmigen Flur, der sich kaum von jenem im Erdgeschoß unterschied, mit Ausnahme von vier in die Rundwand eingelassenen Türen. Erst jetzt fiel Monsieur Pamplemousse auf, daß er unten im Empfangsbereich keine einzige Tür gesehen hatte, vom Fahrstuhl einmal abgesehen. Vielleicht hatte das Gebäude einen mittelalterlichen Geheimgang.

Doktor Furze ging über den Flur und zog eine Kette aus der Tasche, an der ein Schlüsselbund hing. »Ich hoffe, daß alles hier Ihren Wünschen entspricht.« Vor einer der Türen blieb er stehen, um Monsieur Pamplemousse und Pommes Frites eintreten zu lassen.

»Sie werden gewiß auspacken wollen, bevor Sie das Abendessen bestellen. Ich will gern dafür sorgen, daß Ihr Gepäck heraufgebracht wird. Speisekarte und Weinkarte finden Sie im Schreibtisch. Die Fernbedienung für Fernsehen und Video sowie für die elektrische Steuerung der Fensterläden liegt neben dem Bett.«

Monsieur Pamplemousse sah sich erstaunt um. Der Direktor mußte sich einen Scherz mit ihm erlaubt haben. Auf seinen Reisen für *Le Guide* hatte er schon so manches feudale Plätzchen kennengelernt, aber diese Suite übertraf alles bisher Dagewesene. Nie zuvor hatte er so unverhohlenen Luxus erlebt. Allein der vordere Raum hätte genügend Stoff für einen Bildbericht in einem der arrivierten Pariser Hochglanzmagazine geboten: Tapeten von Canovas, Kristall von Baccarat, Porzellan und Tafelsilber von Christofle. Aus dem Wohnbereich sah er durch einen Bo-

Monsieur Pamplemousse wird leider bei der Lektüre des Menüs auf das ungezogenste gestört. Vinzent Klink empfiehlt als ersten und zweiten Gang die folgenden Speisen:

Selle de veau froide à l'huile d'olive
Kalter Kalbsrücken mit Olivensauce

Zutaten für 6 Personen

500 g Kalbsrücken
200 g frisch zubereitete Mayonnaise
100 g schwarze Oliven
2 Sardellen
1 EL kaltgepreßtes Olivenöl
100 g Ruccola

Vorbereitung:
Den Ruccola waschen und trockenschleudern.
Den Ofen vorheizen.

Zubereitung:
Den Kalbsrücken bei 180 Grad in ca. 15 Minuten rosa braten. Aus dem Ofen nehmen und nach 2 Minuten erst in Klarsicht- und darüber in Alufolie einwickeln. Auf diese Weise kühlt das Fleisch nur ganz langsam ab und zieht vom äußeren Rand bis zum Kern rosa durch.
Von den Oliven einige für die Garnitur beiseite stellen. Die restlichen Oliven mit den Sardellen zu einer feinen Paste pürieren. Abschmecken und mit einem Löffel gleichmäßig auf 4 Teller streichen. Das abgekühlte Fleisch in feine Scheiben schneiden und auf die Sauce fächern. Mit Olivenöl bestreichen, damit es glänzt. In die Mitte Ruccola häufen und mit den ganzen Oliven garnieren.

Anrichten:
Mit frischem Weißbrot servieren.

gen in das Schlafzimmer, in dem ein riesiges Himmelbett stand. Dahinter befand sich das Bad. Durch einen zweiten Bogendurchgang gelangte man ins Speisezimmer, wo bereits ein gedeckter Tisch wartete, und rechts davon führte eine wandhohe Glasschiebetür auf den Balkon. Monsieur Pamplemousse durchquerte die Suite, um den Blick auf die Landschaft zu genießen, doch leider schob sich gerade eine Wolke vor den Mond; bei Tageslicht mußte der Ausblick atemberaubend sein. Er beschloß, am nächsten Morgen draußen zu frühstücken, ganz gleich, wie das Wetter sein mochte.

Vielleicht handelte es sich auch um eine gelungene Überraschung der Geschäftsleitung. Immerhin wäre nach seinem letzten Auftrag eine Gratifikation fällig gewesen. Man hatte ihm diesbezüglich seinerzeit auch vage Versprechungen gemacht, deren Einlösung jedoch bislang auf sich warten ließ. Falls sich die Dicke des Teppichs in der Rechnung niederschlug, so war jedenfalls in zwei Wochen ein hysterischer Anfall von Madame Grante zu erwarten.

Doktor Furze holte ihn unversehens wieder auf den Boden der Realität zurück. »Wie gesagt, am ersten Abend werden Sie es wohl vorziehen, allein zu speisen.« Erneut war seiner Stimme ein vages Zögern anzumerken. »Sollten Sie es sich anders überlegen, lassen sich ›Vorkehrungen‹ treffen. Falls Sie Gesellschaft wünschen... vielleicht ein Mädchen oder auch zwei, wählen Sie bitte aus der Liste neben dem Telephon.« Mit einem Seitenblick auf Pommes Frites fügte er hinzu: »Auch wenn es etwas kurzfristig ist, könnten wir eventuell auch für Ihren Hund noch etwas arrangieren. Sie müßten mir nur mitteilen, wo seine Interessen liegen.«

Monsieur Pamplemousse vermied es, Pommes Frites in

Salpicon de Lotte
Salpicon vom Seeteufel auf Nudeln

Zutaten für 2 Personen

400 g Seeteufel (nicht das Stück eines großen Seeteufels verwenden, sondern ein kleines Tier)
1 feingeschnittene Schalotte
1 EL Noilly Prat
10 Blättchen frischer Estragon
1 EL Sahne
80 g Butter
1 EL Olivenöl
100 g Tagliatelle

Vorbereitung:
Den Fisch enthäuten. Dabei nicht nur die äußere dunkle Haut, sondern auch die dünne, fast unsichtbare Haut mit dem Messer vom Fleisch trennen.

Zubereitung:
Den Seeteufel samt Knochen in halbzentimeterdicke Scheiben schneiden und in heißem Olivenöl auf beiden Seiten kross braten. Aus der Pfanne nehmen und auf einem Küchentuch warmstellen.
Mit einem TL Butter Schalotten und Knoblauch glasig dünsten, mit Noilly Prat ablöschen, die Knoblauchzehe entfernen, Sahne hinzufügen und die Flüssigkeit um die Hälfte reduzieren. Mit einigen Butterflocken unter kräftigem Weiterkochen abbinden. Die Estragonblättchen grob hacken und mit den Seeteufelscheiben in die Sauce geben. Gut durchschwenken und warmstellen.
Die Tagliatelle al dente kochen, abgießen und die restliche Butter unterziehen.

Anrichten:
Die Nudeln auf vorgewärmte Teller geben und den Fisch und die Sauce auf den Nudeln anrichten.

die Augen zu sehen. Sein Partner musterte ihn bisweilen mit schrecklich kritischem Blick und vermittelte zudem den Eindruck, an den Lippen seines Herrn zu hängen, als verstünde er jedes Wort. Natürlich war das Unsinn, nichtsdestoweniger war Monsieur Pamplemousse immer wieder irritiert.

»Nach der langen Reise sind wir wohl beide ein wenig müde.« Er war versucht hinzuzufügen, daß er schon mit einem Mädchen nichts anzufangen gewußt hätte, ganz zu schweigen von zweien, verkniff sich diese Bemerkung jedoch. Und was Pommes Frites betraf, so fühlte er sich nicht befugt, über ihn oder seine Interessen Auskunft zu geben. Innerlich erschauerte er jedoch bei der Vorstellung, was Pommes Frites mit einer der Hundedamen aus der Gegend anstellen würde.

»Wie es Ihnen beliebt. Sollten Sie Ihre Meinung ändern, brauchen Sie nur anzurufen.« Er machte eine Verbeugung, und schlug dabei andeutungsweise die Hacken zusammen. »Ich lasse Sie jetzt allein. Sie werden gewiß ein Bad nehmen wollen.«

Doktor Furze brachte noch den Koffer herein, der draußen vor der Tür abgestellt worden war, ehe er sich endgültig zurückzog.

Monsieur Pamplemousse ging ins Badezimmer, und während er sich seiner Kleidung entledigte, musterte er sich in der riesigen Spiegelwand und dem in die Decke eingelassenen Spiegel, die sein Abbild auf enervierende Weise mehrfach zurückwarfen. Ein Mädchen? Zwei Mädchen? Wo war er nur gelandet? Mit den Berichten auf dem Schreibtisch des Direktors hatte dies nicht das geringste zu tun. Vielleicht war das alles nur ein Vorwand gewesen, und in der Zentrale lachte man sich gerade halb tot über ihn. Er ahnte, daß dieses Etablissement ihm seine Wünsche vermutlich ebenso problemlos erfüllen würde, wenn er sich für drei Mädchen interessiert hätte.

Drei Mädchen! Er überließ sich den Genüssen eines entspannenden *bain moussant* und malte sich aus, wie er den Fortgang seiner Untersuchungen auf den Postkarten an die Zentrale schildern würde.

Wie hatte der Direktor doch gesagt? »Meinen Sie nicht auch, daß Ihnen die Abwechslung guttun wird, Aristide?«

Monsieur Pamplemousse gab sich den von seiner Umgebung geweckten euphorischen Gefühlen hin, die noch gesteigert wurden durch das warme Bad und die ihm zugesetzten Badeöle und durch die feine englische Seife, ganz zu schweigen von der Rasur mit diesem herrlich weichen Wasser, vollendet durch das erfrischende Prickeln, welches das nach Louis-Philippe von Monaco benannte Rasierwasser auf seiner Haut erzeugte. Während er mit der Zehenspitze den Warmwasserhahn eine Spur weiter aufdrehte, streckte er eine Hand nach dem *kir royal* aus, den er sich mit Zutaten aus dem gut bestückten Kühlschrank neben dem Bett genüßlich gemixt hatte. Wenn sich die Dinge so weiterentwickelten, würde *monsieur le directeur* persönlich der Empfänger seiner allerersten Postkarte sein. »Schwierigkeiten leider größer als erwartet. Muß Aufenthalt evtl. um eine Woche verlängern.«

Doch halt – wenn er es recht bedachte, wozu eigentlich die falsche Bescheidenheit? Warum sollte er die Zentrale nicht mit ihren eigenen Waffen schlagen und gleich um zwei Wochen verlängern? Ein Monat auf Château Morgue würde ihm die lange Wartezeit bis zum Frühling angenehm überbrücken.

Wiewohl diese Gefühlsregungen unausgesprochen blieben, fanden sie eindeutig die uneingeschränkte Billigung seines gedankenlesenden Begleiters im angrenzenden

Raum, der sich am Luxus der neuen Umgebung ergötzte, während er geduldig auf Entscheidungen für das Abendessen wartete. Wie er seinen Herrn kannte, würden diese Entscheidungen zu gegebener Zeit rasch und präzise getroffen werden und bald darauf Früchte tragen, auf die zu warten sich unbedingt lohnte.

Leicht verdauliche Lektüre

Monsieur Pamplemousse war in seinem Element. Vom kulinarischen Standpunkt betrachtet, konnte er sich nicht entsinnen, seit seiner Zeit als junger Polizeioffizier jemals eine Mission so genossen zu haben. Sein erster großer Fall außerhalb von Paris hatte ihn damals zu Fernand Point nach Vienne geführt. In der Küche des großen Meisters zu stehen – in jenen Tagen war dies das Mekka der *haute cuisine* und Ausbildungsstätte vieler inzwischen berühmter Küchenchefs –, das war für ihn ebenso aufregend gewesen wie der Besuch im Cockpit einer Concorde für einen Jungen der achtziger Jahre.

Als Monsieur Pamplemousse nach dem Bad daranging, erste Aufzeichnungen für seinen Bericht zu Papier zu bringen, jagte die Feder förmlich über die Seiten seines Notizbuchs. Er studierte die Speisekarte und entwarf *déjeuners* und *dîners* für die kommenden Tage: Aus der Vielzahl der angebotenen Gaumenfreuden addierte, subtrahierte und komponierte er immer neue Kombinationen, um die Zeit des Aufenthaltes so gut wie möglich auszunutzen und für den Fall, daß unterdessen auch den Sportanlagen ein Besuch abzustatten war, einen entsprechenden Ausgleich für den durch ungewohnte gymnastische Übungen zu erwartenden Energieverlust zu schaffen.

Der Direktor mußte gescherzt haben, als er von Diät gesprochen hatte. Nirgends wäre dieses Wort wohl weniger angebracht gewesen. Hätte Monsieur Pamplemousse die Wahl für eine einzige Speisenfolge treffen müssen, wäre ihm die Entscheidung gewiß schwergefallen, aber da sie zwei Wochen und hoffentlich sogar länger auf Château Morgue verweilen würden, konnte er sich erlauben, seiner Phantasie freien Lauf zu lassen. Eine solche Gelegenheit bot sich schließlich nicht alle Tage.

War schon die Speisekarte eine der eindrucksvollsten, die er seit langem gesehen hatte, so schien auch die Weinkarte von jemandem zusammengestellt, der die guten Dinge des Lebens zu schätzen wußte und dem darüber hinaus ein unbeschränktes Budget zur Verfügung stand. Sie quoll geradezu über vor kostbaren Schätzen. Besonders das Angebot an Bordeaux las sich wie die Bibel des Weinhandels, Cocks et Féret. Château Lafite-Rothschild war in allen berühmten Jahrgängen seit der Jahrhundertwende vertreten. Die Vielzahl der Köstlichkeiten machte Monsieur Pamplemousse die Wahl um so schwerer – als hätte man nach langer Abstinenz endlich wieder die Gelegenheit zu einem Theaterbesuch, ginge aber schließlich doch nicht, weil die Wahl zu schwer fiel. Schließlich wählte er einen 78er Château Ferrière – einen relativ seltenen Rotwein vom kleinsten klassifizierten Weingut des Médoc. Monsieur Pamplemousse hatte ihn noch nie verkostet, doch nach allem, was er darüber gehört hatte, mußte er vorzüglich mit dem Roquefort harmonieren, der in dieser Gegend hergestellt wurde und daher ein absolutes Muß war. Auch zum Hauptgericht würde dieser *troisième cru* gut passen, was ihm einen Bonus von Madame Grante für seine Bescheidenheit einbringen würde.

Monsieur Pamplemousse machte einen entsprechenden Vermerk in seinem Notizbuch und las seine bisherigen Eintragungen Pommes Frites vor, der seine Zustimmung unüberhörbar zu erkennen gab. Sein Partner beherrschte ein ansehnliches Vokabular kulinarischer Begriffe, die er sich auf den Reisen mit seinem Herrn angeeignet hatte. Er brauchte nur ein Schlüsselwort zu hören – *bœuf* zum Beispiel –, schon wedelte er mit dem Schwanz; folgte das Wort *bourguignon*, so war er blitzschnell auf den Beinen und erpicht darauf, den Worten Taten folgen zu lassen. Diesmal erzielte die Formulierung *magret de canard grillé au feu de bois* eine beachtliche Wirkung, und wenn ihm nicht sofort der Speichel im Maul zusammenlief, so nicht etwa, weil seine Speicheldrüsen sich der Speisenwahl nicht vollinhaltlich angeschlossen hätten, sondern ganz einfach deshalb, weil sein Maul durch mangelnden Gebrauch bereits so ausgetrocknet war, daß ihre Funktion erst wieder in Schwung gebracht werden mußte.

Eigentlich wußte Pommes Frites nicht, worauf sein Herr noch wartete. Wenn die Entscheidung für eine über Holzkohlenfeuer gegrillte Ente als Hauptgericht bereits gefallen war, warum bestellte er dann nicht einfach und verschob die Wahl des *dessert* auf später? Aus Desserts machte Pommes Frites sich ohnehin am allerwenigsten, und das sprichwörtliche Steak auf dem Teller war ihm allemal mehr wert als zwei *meringues* im Ofen.

Schon bald übertrugen sich diese Überlegungen auf Monsieur Pamplemousse. Schließlich erforderte die Zubereitung der Speisen Zeit. Ging man davon aus, daß all diese Herrlichkeiten nicht bloß ein Tagtraum waren, aus dem er plötzlich erwachen konnte, ein Trugbild, das sich auflösen würde, sobald er danach griff, so verloren sie zweifellos wertvolle Zeit, die sich besser mit einem zweiten *kir royal* vertreiben ließ. Pommes Frites trottete rastlos auf und ab, und Monsieur Pamplemousse, der diesen Wink richtig zu deuten wußte, suchte nach dem Knopf, mit dem sich der Zimmerservice herbeiläuten ließ.

Dabei fiel sein Blick auf den weißen Stock und die dunkle

Brille, und es kam ihm wieder zu Bewußtsein, daß er eine Rolle zu spielen hatte. Zweimal schon hatte er unverzeihlichen Leichtsinn an den Tag gelegt, zuerst vor dem Chauffeur und dann vorhin beinahe ein weiteres Mal vor Doktor Furze. Noch einmal durfte ihm das nicht passieren.

Nachdem Monsieur Pamplemousse den Knopf gedrückt hatte, wurde umgehend unter Beweis gestellt, daß der Zimmerservice auf Château Morgue sich mit den übrigen Dienstleistungen messen konnte. Kaum hatte er Doucette eine knappe Ansichtskarte geschrieben, die er zwischen dem Briefpapier vorfand – sie zeigte Château Morgue, und wie immer markierte er die Stelle, wo er seine Suite vermutete, mit einem Kreuz –, als Pommes Frites seinen Trott unterbrach, die Ohren spitzte und gebannt auf die Tür blickte. Einen Augenblick später vernahm er das leise Pfeifen eines anhaltenden Fahrstuhls und gleich darauf das Surren der sich öffnenden Tür. Hastig klebte er die Marke auf und schob die Karte zwischen die Blätter des Notizbuchs, das er in der Geheimtasche in einer Falte des rechten Hosenbeins verschwinden ließ, lehnte sich dann zurück, klemmte den Stock zwischen die Beine, faltete die Hände über dem Knauf und wartete gelassen auf das diskrete Klopfen an der Tür.

Zwar war Monsieur Pamplemousse darauf vorbereitet, daß jemand eintrat, mit dem nun folgenden Ansturm hatte er aber denn doch nicht gerechnet. Die Tür flog auf, und eine wahre Lawine von Menschen ergoß sich in das Zimmer. Allen voran Doktor Furze, mit bleichem Gesicht und sichtlich durcheinander, immer noch sein Clipboard umklammernd, dahinter zwei weitere Personen, ein Mann und eine Frau, die Monsieur Pamplemousse gar nicht recht wahrnahm, da zu seinem größten Erstaunen plötzlich Ananas vor ihm auftauchte. Allerdings sah dieser nur sehr entfernt so aus wie bei ihrem letzten Zusammentreffen auf dem Bahnhof von Toulouse: Sein Jackett war zerrissen, die Krawatte abhanden gekommen, das Haar zerzaust und seine Laune eindeutig nicht die beste.

Ehe irgend jemand dazu kam, etwas zu sagen, drängte er sich vor und sah Monsieur Pamplemousse empört an. »*Enfant de garce! Imposteur! Macquereau! Opportuniste!*«

Ananas schien entschlossen, das gesamte Wörterbuch der Beleidigungen durchzunehmen, doch ehe er über den Buchstaben »O« hinauskam, nahte Hilfe in Gestalt von Pommes Frites. Für gewöhnlich war Pommes Frites trotz seiner Statur von sanftem Gemüt. Er knurrte äußerst selten, solche Töne behielt er sich für besondere Anlässe vor. Tat er es aber doch einmal, dann auf eine Art und Weise, daß schon so mancher Gegner erstarrt war vor Angst, es könne dieser akustischen Unmutsäußerung eine noch viel physischere folgen. Das Knurren schien seinen Ursprung in den Tiefen des Bauches zu nehmen und dann einem höchst verschlungenen Weg durch die Gedärme zu folgen, gewann beim Passieren mehrerer Staudüsen an Geschwindigkeit, erhielt beim Eintreten und Verlassen zahlreicher Echokammern zunehmend an Volumen und entwich schließlich durch einen Spalt zwischen den Zähnen, die derartig gebleckt waren, daß sie als Reißwolf beste Dienste geleistet hätten.

Die Wirkung war ebenso magisch wie unmittelbar. Ananas erstarrte verschüchtert und wich zurück, um hinter den anderen Schutz zu suchen.

Doktor Furze sprach als erster. »Ich fürchte, es hat einen Irrtum gegeben«, erklärte er mit einem Blick auf sein Clipboard, »gewissermaßen eine Verwechslung.« Er sah von einem zum anderen. »Was unter den gegebenen Umständen ja auch nicht verwunderlich ist.« Ein verächtliches

Schnauben aus der Richtung des Doppelgängers gab zu verstehen, daß dieser jedenfalls es höchst verwunderlich fand.

»*Pardon.*« Als der dritte Mann Ananas mit der Hand zurückdrängte, blitzte das Gold einer Patek Philippe auf. »Der Irrtum wird umgehend korrigiert. Ich werde mich mit Ihrem Manager in Verbindung setzen, damit er Ihr Gepäck heraufbringen läßt, während Doktor Furze diesen – diesen anderen Herrn in das ihm gebührende Zimmer begleitet.« Er wandte sich an Doktor Furze, der etwas nervös und zögernd dastand und bemüht war, einen deutlichen Abstand zu Pommes Frites zu wahren. »Sie wissen Bescheid?«

Ausnahmsweise mußte Doktor Furze einmal nicht sein Clipboard zu Rate ziehen. Die Daten hatten sich ihm offenbar unauslöschlich ins Gedächtnis eingeprägt. »Block C, Zimmer 22, Herr Schmuck.«

»Gut. Kümmern Sie sich darum, daß dieser Umzug sofort vonstatten geht.«

»Gewiß, Herr Schmuck.«

Während die anderen sprachen, beobachtete Monsieur Pamplemousse, wie die Frau und Herr Schmuck einen raschen Blick wechselten – war das eine Warnung? Schwer zu sagen – die Frau hatte pechschwarze, außerordentlich beunruhigende Augen.

Herr Schmuck drehte sich um und musterte Monsieur Pamplemousse eingehend, als wolle er dessen dunkle Brille mit seinem Blick durchdringen. Plötzlich schnellte sein Arm hoch, und er schnalzte mit den Fingern. Monsieur Pamplemousse hatte sich soeben bemüht, den Blick ins Leere zu richten, und reagierte daher etwas langsamer als sonst. Zum Glück griff Pommes Frites rettend ein, der gerade rechtzeitig mit einem zweiten drohenden Knurren die allgemeine Aufmerksamkeit vom reflexartigen Zurückzucken seines Herrn ablenkte. Monsieur Pamplemousse registrierte erleichtert, daß Herr Schmuck sich damit zufriedengab.

»Kommen Sie, Ananas.« Herr Schmuck faßte Ananas am Arm. »Bis Ihre Suite bereit ist, sind Sie selbstverständlich unser Gast.«

Ananas schien ein wenig besänftigt und ließ sich mit einem letzten geringschätzigen Blick auf Monsieur Pamplemousse und Pommes Frites aus dem Zimmer führen. Madame Schmuck – falls es sich tatsächlich um diese handelte – folgte den beiden wortlos und ohne sich umzudrehen. Monsieur Pamplemousse gewann von ihr den Eindruck, daß sie im Falle einer Meinungsverschiedenheit gewiß das letzte Wort hätte. Außerdem nahm er einen eigenartigen Geruch nach Theaterschminke wahr.

»Wenn Sie Ihren Koffer hierlassen wollen«, erklärte Doktor Furze, »lasse ich ihn später nachbringen.«

»Danke, nein.« Monsieur Pamplemousse wollte sein Gepäck keineswegs aus den Augen verlieren, enthielt es doch auch den kleinen Einsatzkoffer von *Le Guide*. Dieser war zwar sicher verschlossen, dennoch wollte er kein Risiko eingehen, daß jemand daran herumhantierte – so, wie die Dinge sich entwickelten, war gar nichts ausgeschlossen.

Im Fahrstuhl war er versucht, sich zu erkundigen, ob die Speisekarte in Block C identisch sei mit jener, die er soeben gelesen hatte, besann sich aber rechtzeitig eines besseren. Als sie auf einen weiter unten gelegenen Korridor hinaustraten, klammerte er sich statt dessen fest an das Geschirr seines Hundes. Es erforderte seine ganze Selbstbeherrschung, sich auf seine Rolle zu konzentrieren.

»Das neue Zimmer wird Ihnen etwas weniger luxuriös erscheinen«, erklärte Doktor Furze, als er ihn über einen langen Korridor führte, der mit seinen cremefarbenen Wänden und dem Nadelfilzläufer kahl und schmucklos wirkte. »Die Suite, in der Sie eben waren, ist den persönlichen Gästen von Herrn Schmuck vorbehalten, wenn Sie mich verstehen.«

Monsieur Pamplemousse verstand sehr gut. Der Aufenthalt seines Doppelgängers auf Château Morgue basierte zweifelsohne auf einer Abmachung zu beiderseitigem Nutzen: ein Gratisurlaub im Austausch für eine werbewirksame Erwähnung.

»Das ist Ihr Zimmer.« Doktor Furze blieb vor einer Tür stehen. »Hier werden Sie es gewiß bequem haben.«

»Bequem!« Als Monsieur Pamplemousse das Zimmer betrat, traute er kaum seinen Augen. »Bequem!« Er wollte schon seiner Empörung massiv Luft machen, als ihm klar wurde, daß er das nicht durfte. Aber wie konnte der Mann nur solche Unwahrheiten von sich geben, ohne auch nur den Tonfall zu verändern? Spartanisch war nicht das passende Wort. Selbst Pommes Frites sah verstört aus, obwohl ihn seine Umgebung sonst nicht sonderlich kümmerte. Außer einem schmalen Bett und einem winzigen Sessel standen dort nur ein Holzschrank, eine Kommode, ein einfacher Tisch ohne Tischdecke und eine Holzbank. Statt eines dicken Veloursteppichs bedeckte eine Kokosmatte den Boden. Durch eine Tür in der gegenüberliegenden Wand sah Monsieur Pamplemousse ein Badezimmer und ein Waschbecken, und daneben eine Waage.

»Es fühlt sich irgendwie – anders an«, wagte er anzudeuten, als er die Einrichtung abtastete, um vorgeblich ein Gefühl für den Raum zu bekommen. Seine Laune war merklich gedämpft. Das eiserne Bettgestell fühlte sich kalt an. »Gehe ich recht in der Annahme, daß die Heizung abgestellt wurde?«

»*Oui.*« Doktor Furze machte keine Anstalten, diese Antwort zu erläutern. Statt dessen dirigierte er Monsieur Pamplemousse sanft, aber bestimmt in Richtung Bad. »Seien Sie doch bitte so gut und legen bei dieser Gelegenheit gleich Ihre Kleidung ab. Ich möchte Ihr Anfangsgewicht festhalten. Am ersten Abend machen wir das immer, und am Morgen dann noch einmal. Auf diese Weise stellen die Patienten sofort einen Unterschied fest.«

Monsieur Pamplemousse faßte neuen Mut. Vielleicht ließ das Abendessen nun nicht mehr lange auf sich warten. Er wünschte, er hätte das *cassoulet* bestellt. Wer weiß, welche Gewichtszunahme es verursacht hätte. »Dabei fällt mir ein«, setzte er an, »vielleicht könnten Sie mir mit der Speisekarte helfen. Sie stellt mich vor gewisse Probleme.«

»Selbstverständlich.« Doktor Furze hob die Hose auf, die Monsieur Pamplemousse auf den Boden hatte sinken lassen, und hängte sie an einen Haken. »Sie werden es sich bestimmt sehr rasch einprägen. Das Abendessen gibt es Punkt 18.30 Uhr. Heute haben Sie es leider verpaßt, aber ich werde sehen, ob sich unter diesen Umständen noch etwas machen läßt. An den ersten fünf Tagen besteht es normalerweise aus einem Glas Wasser.«

»Wasser?« wiederholte Monsieur Pamplemousse. »Sagten Sie Wasser?«

»Ganz recht. Wasser.« Doktor Furze half ihm auf die Waage. »Warmes Wasser, selbstverständlich. Aus der hauseigenen Quelle, die unter dem Keller entspringt.«

»Nach fünf Tagen wird zur Belohnung etwas frisch ausgepreßter Zitronensaft beigemengt.« Er prüfte die Digitalanzeige der Waage und brummte mißbilligend. »Wir sind nicht ganz zufrieden mit unserem Gewicht, *n'est-ce pas*?«

Monsieur Pamplemousse dehnte sich zu voller Größe. »Wir sind sogar sehr zufrieden damit«, entgegnete er bestimmt. »Es gibt nichts, womit wir zufriedener wären. Kann ich bitte meine Hose zurückhaben?« Plötzlich erfüllte es ihn mit Unbehagen, seine kleinen Schwächen in einem kalten Badezimmer zur Schau stellen zu müssen.

»Noch etwas.« Doktor Furze blickte von seinem Clipboard auf. »Wenn Sie ein Bad nehmen wollen, lassen Sie mich das bitte wissen, damit ich Ihnen einen Stöpsel besorgen kann.« Er gestattete sich den Anflug von einem Lächeln. »Nicht, daß sie bei uns Mangelware wären. Es handelt sich um eine einfache, aber notwendige Sicherheitsmaßnahme. Man kann nicht vorsichtig genug sein. Wenn die Behandlung Wirkung zu zeigen beginnt, geschieht es oft, daß unsere Patienten zwar ohne Probleme in die Badewanne hinein-, in ihrem geschwächten Zustand jedoch nur mit Schwierigkeiten wieder herauskommen.

Wenn Sie hier bitte unterschreiben würden.« Er drückte Monsieur Pamplemousse einen Füllhalter in die Hand und führte sie auf sein Clipboard. »Eine Verzichtsklausel. Sie ist bei uns *obligatoire*!«

Während er sprach, ertönte ein Piepsen. Er nahm ein kleines Empfangsgerät aus der Tasche, hörte einen Augenblick aufmerksam hinein und gab dann eine knappe Antwort. »*Oui*. Ich komme sofort.

Ich muß Sie nun leider alleinlassen. *Bonne nuit*. Das *petit déjeuner* ist um Punkt sieben Uhr.«

Monsieur Pamplemousse starrte auf die Tür, die sich hinter dem Doktor schloß. Sie trug eine Aufschrift in vier Sprachen – französisch, deutsch, englisch und spanisch: NICHTS AUF DER WELT IST UMSONST – AM WENIGSTEN IHRE GESUNDHEIT. Darunter befand sich eine Preisliste für diverse Zusatzleistungen, von denen es eine Vielzahl zu geben schien.

»*Petit déjeuner!*« Zweifelsohne ein Glas warmes Wasser.

Später noch ein Glas zum *déjeuner*. Monsieur Pamplemousse konnte sich das gut vorstellen. Bestimmt war es noch nicht einmal genießbar: eine schmutzige, eklige, übelschmekkende braune Brühe, direkt aus der Erde – und so würde sie auch schmecken. Gewiß waren seine diuretischen Eigenschaften absolut letal. In einem Kurbad in Südfrankreich hatte sich Monsieur Pamplemousse einmal zu einer Kostprobe hinreißen lassen und sich damals geschworen, auf eine Wiederholung zu verzichten. Sogar Pommes Frites hatte die Nase gerümpft, der sonst mit der nächstbesten Pfütze vorliebnahm, wenn er seinen Durst löschen wollte.

Stets aufgeschlossen für die Stimmungen seines Herrn, hob Pommes Frites nun den Kopf und stieß ein langgezogenes Heulen aus, das die Situation präzise wiedergab.

Monsieur Pamplemousse gab Pommes Frites einen anerkennenden Klaps und dachte darüber nach, daß er trotz aller Ausdrucksstärke der französischen Sprache gar nicht so leicht die passenden Worte für seine Gefühle gefunden hätte; es bedurfte eines Hundes mit der Sensibilität eines Pommes Frites, um genau den richtigen Ton zu treffen.

Eine Zeitlang spielte er mit dem Gedanken, sich auf die Suche nach einem Telephon zu machen und den Direktor anzurufen. Wenn er Glück hatte, konnte er vielleicht sogar Pommes Frites dazu überreden, seinen Kommentar an der Sprechmuschel zu wiederholen.

Doch er besann sich eines besseren. Er war es leid, blind umherzutappen. Und wie Monsieur Pamplemousse den Direktor kannte, würde dieser sich weder belustigt noch verständnisvoll zeigen, schon gar nicht, wenn er etwa beim Abendessen gestört wurde. Abendessen! Unversehens entschlüpfte Monsieur Pamplemousse ein Seufzer. Pommes Frites stieß erneut ein mitfühlendes Heulen aus. Jemand klopfte voller Protest an die Wand des benachbarten Zimmers.

»*Merde!*« Monsieur Pamplemousse ließ sich trübsinnig in den Sessel fallen und gab sich der nur allzu deutlichen Erinnerung an das so sorgfältig geplante Mahl hin. Bei der Vorstellung, was hätte sein können, legten seine Magensäfte einen höheren Gang ein. Seine Abneigung gegen Ananas wuchs von Minute zu Minute. Zweifellos war sein Doppelgänger bereits eifrig dabei, die verlorene Zeit wettzumachen.

Er spürte eine Bewegung vor sich, doch es war nur Pommes Frites, der sich vor seinem Herrn auf dem Boden zusammenrollte und den Kopf liebevoll auf dessen Füße bettete. Dem Himmel sei Dank, daß es Pommes Frites gab. Was täte er nur ohne ihn? Wie gut war es, in der Stunde der Not einen treuen Freund zur Seite zu haben.

Monsieur Pamplemousse schloß die Augen und genoß die Wärme, die sich langsam um seine Knöchel legte. Die eigentliche Frage war doch, wer von ihnen beiden, er selbst oder Pommes Frites, als erster zusammenbrechen würde. Er zumindest wußte, warum sie hier waren. Und warum und wie lange sie bleiben mußten. Pommes Frites hatte keine Ahnung von diesen Dingen. Gewiß würde er das tägliche Glas Wasser zum *petit déjeuner* nicht eben goutieren. Wären sie zu Hause, befänden sie sich jetzt auf einem kleinen Spaziergang zu dem Weinberg an der Rue Saint Vincent, um frische Luft zu schnappen oder die Nachwirkungen eines der guten *ragoûts* von Doucette zu verarbeiten. Er konnte es sich nur allzu gut vorstellen...

Monsieur Pamplemousse fuhr erschrocken hoch. Beim Gedanken an Paris fiel ihm plötzlich ein, daß er in der ganzen Aufregung dieses Tages den Brief vergessen hatte, den ihm der Direktor im Büro gegeben hatte. Er griff in sein Jackett. Er war noch da.

Der Umschlag, auf dessen Rückseite das vertraute Logo von *Le Guide* prangte – zwei sich aufbäumende Weinbergschnecken –, enthielt einen Brief und einen zweiten, kleineren Umschlag aus eigenartig dünnem Papier. Dieser zweite Brief trug ein rotes Wachssiegel, das Monsieur Pamplemousse irgendwie bekannt vorkam. Schrillte da eine innere Alarmglocke? Schwer zu sagen. Jedenfalls war da etwas, das ihm Unbehagen bereitete. Voller Unruhe beschloß er, den Brief zunächst beiseite zu legen und als erstes das Begleitschreiben des Direktors zu lesen. Dieses war kurz und sachlich.

Es begann: »Mein lieber Aristide!« Das war schon ein schlechtes Zeichen. Entweder wollte der Direktor etwas Unangenehmes von ihm, oder er hatte ein schlechtes Gewissen.

»Ich bin sicher, Sie werden mir verzeihen, wenn ich in der Zentrale nicht ganz offen zu Ihnen war, aber wie Sie sehen werden, gab es dafür gute Gründe. Die Wände haben Ohren, Aristide, und das beiliegende Schreiben ist ausschließlich für Ihre Augen bestimmt. Selbst ich als *directeur* von *Le Guide* durfte von seinem Inhalt keine Kenntnis erhalten. So bleibt mir also nur, Ihnen viel Glück zu wünschen für eine jener – wie ich vermute – neuen »Geheimmissionen«, für die Sie ja eine offenkundige Vorliebe hegen und sich auch bereits einen gewissen Ruf erworben haben. Seien Sie jedoch vorsichtig, Aristide. Seien Sie vor allem vorsichtig! Denn diesmal sind Sie völlig auf sich selbst gestellt. Von der Zentrale können Sie keine Hilfe erwarten.«

Der Brief war mit dem üblichen unleserlichen Krakel des

Direktors unterzeichnet und schloß mit einem Postskriptum. »Zweierlei möchte ich nachtragen. Was Ihre P39er-Formulare betrifft, so haben Sie hinsichtlich aller Spesen bis auf Widerruf *carte blanche*. Sobald Sie den Inhalt des zweiten Umschlages zur Kenntnis genommen und verdaut haben, vernichten Sie ihn bitte umgehend. Brief und Umschlag sind aus Reispapier bester Qualität. Beides kann im Bedarfsfall ohne Schaden für die Gesundheit verzehrt werden.«

»Gekocht, gebraten oder *nature*?« Während Monsieur Pamplemousse sich im Zimmer umsah, fühlte er sich mit einem Mal auf das heftigste mißverstanden. Wie konnte der Direktor nur die Behauptung wagen, er, Pamplemousse, hege eine Vorliebe für »Missionen«? So lange er zurückdenken konnte, war er stets nur das Opfer äußerer Umstände gewesen; er war diesen »Missionen« keineswegs nachgelaufen, sondern hatte sie vielmehr aufgebürdet bekommen, ohne nach seinem Willen gefragt zu werden. Die ganze Ungerechtigkeit dieser Bemerkung wurmte ihn zutiefst. Was die Entschuldigung des Direktors bezüglich seiner mangelnden Offenheit in der Zentrale anging, so war dies wahrhaftig die größte Untertreibung des Jahres. Monsieur Pamplemousse nahm den zweiten Brief und hielt ihn gegen das Licht. Eigentlich verspürte er nicht die geringste Lust, ihn zu lesen.

Da kam ihm ein Gedanke, der langsam ein Lächeln auf seine Miene zauberte. Er riß eine Ecke des Umschlags ab und legte sich das Stück auf die Zunge, dann lehnte er sich zurück und schloß die Augen. Von Wohlgeschmack zu sprechen, wäre wohl Übertreibung, der Vergleich mit einem feinen *gâteau de riz* à la Tante Marie unverzeihlich gewesen. Im Grunde schmeckte es nach überhaupt nichts, allenfalls war da ein schales Gefühl auf der Zunge. Trotzdem geschähe es der Zentrale nur recht, wenn er, vom Hunger übermannt, den ganzen Brief auf der Stelle verspeiste, ohne ihn geöffnet und daher auch ohne ihn gelesen zu haben. Im Brief des Direktors stand schließlich kein Wort davon, daß er ihn *lesen* müsse.

Noch einmal ließ er seine Besprechung mit dem Direktor in Gedanken Revue passieren, und immer mehr Bemerkungen und Sätze fielen ihm wieder ein: Bemerkungen über sein Gewicht, taktlose Anspielungen auf seine äußere Erscheinung, unverblümte Kritik im Zusammenhang mit seiner Spesenabrechnung. Und wenn all das keinen Erfolg zeitigte, immer wieder der Appell an »das Gute in ihm« und an seine Loyalität – dabei hatte er in beidem niemals Anlaß zu Zweifeln gegeben.

Mit so schweren Gedanken Schlaf zu finden, war nicht leicht, dennoch entschlummerte Monsieur Pamplemousse allmählich, und sein Griff lockerte sich, so daß der Brief langsam zu Boden flatterte. Dies blieb Pommes Frites nicht verborgen, vor allem da der – wenn auch federleichte – Brief direkt auf seinem Kopf landete.

Von der leisen Berührung wurde er schlagartig hellwach, öffnete ein Auge und inspizierte nachdenklich die Ursache der Störung. Wenig später begleiteten regelmäßige Kaugeräusche die tiefen Atemzüge seines Herrn. Bei aller Bescheidenheit hätte Pommes Frites diese Mahlzeit nicht eben zu den besten und nahrhaftesten gezählt, die er je verzehrt hatte, aber einem geschenkten Gaul sieht man bekanntlich nicht ins Maul. Was für seinen Herrn gut genug war, war es auch für ihn, und wenn der Brief das bereits gähnende Loch in seinem Magen auch nicht wirklich zu füllen vermochte, so stopfte er doch die eine oder andere kleine Lücke.

Hunger ist nicht der allerbeste Bettgenosse, und als

Monsieur Pamplemousse durch ein Hustengeräusch geweckt wurde, plagten ihn zudem auch noch Gewissensbisse. Als er sich erschrocken aufsetzte, wurde ihm klar, daß der Grund sein Traum war – ein Traum, den er nicht nur *geträumt*, sondern *genossen* hatte. Er klopfte Pommes Frites auf den Rücken, um ihn von dem zu befreien, was in seinem Hals steckte, vermochte ihm dabei aber kaum in die Augen zu sehen. Schließlich war es eine Sache, von einem großen Spanferkel zu träumen, angerichtet auf einem Silbertablett, mit einem Apfel im Maul und mit Bratkartoffeln garniert – eine ganz andere Sache war es jedoch, daß das Ferkel auf dem Tablett sein geschätzter Freund und Partner selbst gewesen war – wahrlich ein abscheulicher Gedanke, den er am besten sogleich wieder vergessen sollte. Dem Himmel sei Dank, daß er noch rechtzeitig aufgewacht war.

Er sah auf die Uhr, und sein Schuldbewußtsein wuchs. Es war fast Mitternacht. Pommes Frites verzehrte sich gewiß schon nach einem Spaziergang. Abgesehen von dem kurzen Aufenthalt in Narbonne hatte er den ganzen Tag noch keine Gelegenheit dazu gehabt.

Kurz darauf setzte Monsieur Pamplemousse den Gedanken in die Tat um und führte Pommes Frites zu einer Tür am Ende des verlassenen Korridors, auf der SORTIE DE SECOURS stand. Er öffnete sie so leise wie möglich und ließ Pommes Frites hinaus, dann steckte er eine Matte zwischen die Tür, damit sie ein Stück offen blieb und Pommes Frites hineinschlüpfen konnte, wenn er soweit war. Die Luft draußen war schneidend kalt, und es wäre unsinnig gewesen, sich ihr zu zweit auszusetzen. Während der nächsten zwei Wochen würde er alle seine Kräfte brauchen. Was für ein Segen, daß er dem Direktor die Karte noch nicht geschickt hatte. Bei seinem gegenwärtigen Glück wäre der

Bitte um zwei Extrawochen auf Château Morgue garantiert sofort stattgegeben worden.

Monsieur Pamplemousse überließ Pommes Frites sich selbst und eilte zurück in sein Zimmer. Ehe er die Suite seines Doppelgängers räumen mußte, hatte er in weiser Voraussicht einige der herumliegenden Zeitschriften eingepackt. Nun waren sie ein willkommener Zeitvertreib. Der arme Pommes Frites... Monsieur Pamplemousse fragte sich, was dieser wohl von alledem hielt.

Pommes Frites indes setzte sich mit diversen durchaus klaren Gedanken auseinander – mit drei verschiedenen, um genau zu sein, und das war ziemlich viel für jemanden, der seine grauen Zellen sonst nicht über Gebühr beanspruchte.

Den ersten Gedanken hatte er an einem großen Gebüsch gleich draußen vor der Tür in die Tat umgesetzt, und das hatte sich gelohnt. Jetzt fühlte er sich viel besser und bereit zum Handeln. Er war sehr erleichtert, daß sein Herr die Initiative ergriffen hatte, viel länger hätte er nämlich nicht für sein Wohlverhalten garantieren können, zumal sein zweiter Gedanke um Knochen kreiste. Wenn sich Pommes Frites überhaupt je schuldbewußt fühlte, so empfand er dieses Gefühl jetzt.

Seit langem war er nicht mehr so schrecklich hungrig gewesen, und es war ihm immer schwerer gefallen, ein bestimmtes Bild wegzuschieben, als er seinem Herrn zu Füßen gelegen hatte. Diese hatten vor seinem inneren Auge plötzlich ganz andere Gestalt angenommen; er sah sie nicht mehr als Körperteile am Ende der Hosenbeine, die er seit Jahren kannte und schätzte, sondern als Knochen – herrliche, saftige Knochen. Je länger er sich an diesem Gedanken ergötzte, desto saftiger und begehrenswerter schienen sie ihm. Es war haarscharf am Unglück vorbeigegangen. Hätte Monsieur Pamplemousse noch länger geschlafen, wäre sein Erwachen wohl noch viel unerfreulicher gewesen.

Der dritte und konstruktivste Gedanke, der Pommes Frites beschäftigte, war folgende Erwägung: Wenn sein Herr nicht bereit war, einen Ausweg aus ihrer momentanen Lage zu suchen, sollte er vielleicht die Sache selbst in die Hand nehmen. Im Gegensatz zu vielen menschlichen Wesen war Pommes Frites nämlich nicht der Ansicht, daß die Welt ihm etwas schuldete. Auf diesen Gedanken wäre er nie im Leben gekommen. Vielmehr glaubte er, daß man, wenn die Dinge nicht den gewünschten Verlauf nahmen, selbst etwas unternehmen mußte. Genau das beabsichtigte er zu tun, als er nun mit der Nase auf der Erde auf Erkundungstour ging.

Einige Zeit war vergangen – fast eine Stunde, um genau zu sein –, als Monsieur Pamplemousse, der in der Zwischenzeit fast ausschließlich damit beschäftigt gewesen war, nach seinem Brief zu suchen, und mit wachsender Beunruhigung schließlich nur ein kleines Stück feuchten, offensichtlich zerkauten roten Siegellack gefunden hatte, in der Ferne einen Schlag hörte. Fast unmittelbar darauf folgte ein Geräusch, als würde etwas Schweres über den Korridor geschleift.

Einen Mitpatienten in Schwierigkeiten wähnend – eine ältere Dame vielleicht, der der Übergenuß warmen Wassers zu schaffen machte –, legte Monsieur Pamplemousse seine Zeitschrift mit einer gewissen Erleichterung beiseite. Jede Ablenkung war besser als gar nichts. Die Zeitschriften waren ausnahmslos pikanten Inhalts, wenn auch nicht wirklich pornographisch, so doch einhellig primitiv in ihrer einseitigen Behandlung eines Themas, das eine beinahe unendliche Variationsbreite zuließ. Das einzige Lustgefühl, das sie in Monsieur Pamplemousse weckten, war der Wunsch, einige der zahlreichen zur Schau gestellten *derrières* mögen Realität sein. Wäre das nämlich der Fall gewesen, hätte er sich sehr beherrschen müssen, nicht kräftig hineinzubeißen, so groß war sein Hunger. Das hätte wohl das Lächeln von so manchem Gesicht gewischt, das da, die Zunge zwischen feuchten Lippen, neben oder bisweilen gar zwischen den Beinen lockte.

Als Monsieur Pamplemousse an die Zimmertür kam, schien ihm das Geräusch ganz in der Nähe zu sein. Er öffnete, und Pommes Frites stürmte herein, ein großes, verschnürtes Paket hinter sich her zerrend. Sein Gesichtsausdruck entsprach genau dem, den man von einem Bluthund erwartet, den seine Nase zur richtigen Zeit an genau den richtigen Ort geführt hat.

Monsieur Pamplemousse vergewisserte sich, daß die Luft im Korridor rein war, und schloß die Tür. Er hatte keine Ahnung, was das Paket enthielt, da aber der Name eines Geschäfts und darunter die Zauberformel CHARCUTERIE auf der Verpackung stand, meinte er, mit etwas Glück könne es sich durchaus um eine Lebensmittellieferung handeln. Wie und wo Pommes Frites es an sich gebracht hatte, war von rein akademischem Interesse. Von Bedeutung war einzig und allein die Tatsache, daß es ihm auf irgendeine Art und Weise gelungen war.

Mit zitternden Händen trug Monsieur Pamplemousse das Paket zum Tisch, löste die Schnur und kippte es kopfüber aus. Seine Reaktion nur als Erstaunen zu beschreiben, wäre untertrieben gewesen. Selbst Pommes Frites schien überrascht. Er legte die Pfoten auf den Tisch und beobachtete mit offenem Maul, wie die Würste eine nach der anderen herauspurzelten; große, kleine, mittelgroße – es schienen immer mehr zu werden, bis er kaum noch glauben konnte, daß in dem Paket, das Pommes Frites transportiert hatte, wirklich so viele gewesen waren.

Eine oder zwei Sekunden lang stand Monsieur Pamplemousse mit verblüfftem Gesichtsausdruck wie angewurzelt da. Er konnte sich nicht entsinnen, seit seinem letzten Besuch bei der alljährlichen *Fête du boudin* in Mortagne-au-Perche je wieder so viele Würste gesehen zu haben. Sie hätten ausgereicht, um ein ganzes Regiment zu ernähren. Dann handelte er blitzschnell.

Er öffnete seinen Koffer und entnahm ihm den kleineren Dienstkoffer mit der Notausrüstung, den alle Mitarbeiter von *Le Guide* im Außendienst mitführten. Hier war auf minimalem Platz für jede Eventualität vorgesorgt, und damit war dieser Koffer ein wahres Wunder an Kompaktheit; nicht ein einziger Kubikzentimeter war vergeudet. Im Deckel waren Schreibgeräte, leere Notizbücher, Landkarten und Berichtsformulare verstaut. Darunter befand sich ein filzbezogener Koffereinsatz für die Leica R4, zwei zusätzliche Objektive – ein Weitwinkel und ein Teleobjektiv –, ein Motorwinder, diverse Filter und anderes Photozubehör. Die Fächer unter diesem Einsatz enthielten einen Leitz-Trinovid-Feldstecher, einen Kompaß, ein Vergrößerungsglas, Wasserreinigungstabletten (Monsieur Pamplemousse steckte sich einige ein; sie könnten sich später als nützlich erweisen) und ein Buch mit Telephonnummern für den Notfall. Ganz auf den Grund des Koffers gebettet waren ein Trichter, ein kleiner aufklappbarer Gaskocher, ein zusammenlegbarer Topf und eine Schachtel sturmsicherer Streichhölzer.

In all den Jahren bei *Le Guide* hatte er noch nie Gelegenheit gehabt, die letzteren drei Gegenstände zu benützen. Soweit ihm bekannt war, galt das auch für alle seine Kollegen, mit Ausnahme von Glandière, der für Savoyen zuständig war und manchmal mehrere Wochen lang verschwunden blieb.

Innerlich dankte Monsieur Pamplemousse dem Mann, der diesen Koffer entworfen hatte. Welcher Weitblick, welche Führungsqualitäten! Er drehte sich um, als etwas Langes, Buschiges ihm seitlich gegen das Bein schlug.

»Pommes Frites!« rief er aus. »Du bist *très, très méchant*!« Sein Tonfall strafte seine Worte allerdings Lügen, und Pommes Frites wedelte noch heftiger mit dem Schwanz, als er seinem Herrn ins Badezimmer folgte, um Wasser zu holen.

Wenn Pommes Frites ehrlich war, so hätte er sich zwecks Zeitersparnis gerne mit einer geräucherten oder getrockneten Wurst zufriedengegeben; mit einem *saucisson de Lyon* zum Beispiel oder einem aus Arles, für ihn hätten es sogar ein oder zwei rohe Würste getan, doch wenn sein Herr sie zu kochen beabsichtigte, sollte es eben so sein.

Der Kocher brannte, das Wasser begann bereits leise zu simmern, und Monsieur Pamplemousse wandte sich der schwierigen Aufgabe zu, kulinarische Prioritäten festzulegen. Bei einer so reichen Auswahl an Würsten fiel die Entscheidung naturgemäß schwer. Als Mitglied mehrerer berühmter Vereinigungen – der A. A. A. A. A., *Association amicale des amateurs d'andouille authentique*, der *Confrérie des chevaliers du goûte-andouille*, die sich um die Perfektionierung der *andouillette* bemühte, ganz zu schweigen von der *Confrérie des chevaliers du goûte-boudin*, die sich die Erhaltung dieses zweiten Klassikers der französischen *cuisine* auf die Fahnen geheftet hatten, sowie den *Frères du boudin noir et blanc* – war er in seiner Loyalität gespalten.

Schließlich entschied er sich, sehr zum Wohlgefallen seines Partners, für eine repräsentative Auswahl. *Andouillette*, *saucisse de Toulouse*, *saucisse d'Alsace-Lorraine*, *saucisse de campagne* und *boudins noirs et blanc* verschwanden nacheinander im brodelnden Wasser, bis der Topf nichts mehr fassen konnte.

Die *boudins* erschienen Monsieur Pamplemousse besonders appetitanregend. Er hatte einmal an dem alljährlichen Wettessen in Manziat teilgenommen, um zuzusehen, wer am meisten hinunterbringen würde – der Gewinner hatte über einen Meter Wurst auf einen Sitz verputzt. So wie sich Monsieur Pamplemousse jetzt fühlte, hätte der damalige Champion wohl unter »ferner liefen« rangiert oder wäre erst gar nicht angetreten.

Er holte eine Gabel aus dem Koffer und tauchte sie in den brodelnden Topf. Der *boudin* übertraf seine höchsten Erwartungen; er wurde dem Ruf dieser Wurstsorte, der bis in die Zeit Homers zurückreichte, mehr als gerecht. Nach dem klassischen Rezept aus frischem Schweinespeck, gehackten Zwiebeln, Salz, frisch gemahlenem Pfeffer und anderen Gewürzen, Schweineblut und Sahne hergestellt, zerging die Wurst förmlich auf der Zunge wie weiche Eiscreme an einem Sommertag.

Ehe Monsieur Pamplemousse nach seinem Notizbuch griff, wischte er sich das Fett von den Händen, um die Seiten nicht etwa mit Fettflecken zu beschmutzen. Der Topf vor ihm war prall gefüllt, aber der riesige Wurstberg auf dem Tisch war dadurch kaum kleiner geworden. Gewiß würde es sich lohnen, diese Gelegenheit wahrzunehmen für eine eingehende Analyse des Themas »Wurst«. Schon sah er einen neuen Artikel in der Hauspostille von *Le Guide* vor sich. *Saucisses und Saucissons – Eine vergleichende Studie* von A. Pamplemousse. Angesichts des Berges, der vor ihm lag, vielleicht sogar mit dem Vermerk »Fortsetzung folgt«. Der Redakteur würde hocherfreut sein.

Zu seinen Füßen schnaufte Pommes Frites zufrieden. Wenig sensibel für die subtile Unterscheidung zwischen einer *andouillette* mit einem bestimmten Gehalt an Innereien und Kaldaunen und einer *andouille* mit ihrem zusätzlichen Schweinefleischanteil, hatte er jeweils zwei mit großem Genuß verspeist. Jetzt freute er sich darauf, die Mahlzeit mit ein oder zwei *boudins* und einem anschließenden Schläfchen zu krönen. Es war ein langer und anstrengender Tag gewesen, mit Höhen und Tiefen, und ein wohltuendes Schläfchen war durchaus angebracht.

Auch Monsieur Pamplemousse fand an diesem Gedanken Gefallen, und so begann er sich bald danach auszuziehen, nachdem er vorsichtshalber die Hütte seines Partners aufgepumpt und im Badezimmer untergebracht hatte, damit Pommes Frites nicht etwa auf die Idee kam, das Bett mit ihm zu teilen. Bald waren sie beide im Land der Träume.

Ein Bild sagt mehr als tausend Worte

Monsieur Pamplemousse schlief bis weit in den nächsten Morgen hinein. Der Lärm laufender Motoren, das metallische Klappen zuschlagender Wagentüren, Hundegebell und lautes Stimmengewirr rissen ihn dann schließlich doch aus dem Schlaf.

Er fuhr hoch und sah auf die Uhr. Schon zehn! *Merde*! Das war ihm seit Jahren nicht mehr passiert. Sicher hatte er das Frühstück um Stunden verpaßt. Dann aber kam ihm zu Bewußtsein, wo er sich befand. Frühstück besaß hier wohl ohnedies nur theoretische Bedeutung.

Er stieg aus dem Bett, trat ans Fenster und zog die Vorhänge beiseite. Neben dem Wagen, der ihn hergebracht hatte, stand auf der Zufahrt zum Haupttor ein Polizeiauto. Ein einzelner *gendarme* wartete auf dem Beifahrersitz, sonst war nichts Besonderes zu sehen. Das Fenster ging nach Süden, weg von den Pyrenäen in Richtung des Massif du Canigou mit seinem heiligen Berg. Château Morgue lag noch höher, als er angenommen hatte – über der Baumgrenze. Die Landschaft wirkte so friedlich und unberührt, wie sie es in den Tagen gewesen sein mußte, als Troubadoure durch diese Gegend zogen und als man dort »*oc*« statt »*oui*« sagte.

Er öffnete die Tür zum Korridor und spähte hinaus. Auch hier war alles leer und verlassen. Vor mehreren Zimmern standen Tabletts mit je einem einsamen leeren Glas darauf. Die Tür am Ende des Korridors stand weit offen, und das offenbar schon die ganze Nacht. Er fröstelte. Kein

Wunder, daß es so kühl war. Dabei fiel ihm ein, daß Pommes Frites eigentlich das Bedürfnis haben müßte, dem Ruf der Natur zu folgen. Er ließ ihn hinaus und wandte seine Aufmerksamkeit der vordringlicheren Aufgabe zu, sich ein Bad einlaufen zu lassen. Wieder einmal hatte er allen Grund, den Erfinder des Dienstkoffers mit der Notausrüstung zu loben. In einer eigens dafür vorgesehenen Vertiefung in der Seitenwand des Koffers fand er einen Mehrzweck-Stöpsel. Es war wirklich an alles gedacht.

Als er sich in der Wanne zurücklehnte, ließ er den bisherigen Gang der Ereignisse noch einmal Revue passieren. Zweifellos war dies einer der Fälle, in denen für die Reichen ganz andere Gesetze galten als für die weniger Betuchten. Von all den kostbaren Salben und Wässerchen des anderen Badezimmers war keine Spur. Als einzige Utensilien für das Reinigungsbedürfnis fand er hier ein kleines Stück Seife mit dem eingeprägten Schriftzug eines Kosmetikriesen und eine Duschhaube aus Plastik. Vermutlich machten sich nur wenige Gäste die Mühe, Doktor Furze um einen Stöpsel zu bitten. Monsieur Pamplemousse konnte es ihnen nicht verdenken.

Der verschwundene Brief war zweifellos ein Problem. Pommes Frites konnte zwar kaum ein Vorwurf gemacht werden, schließlich war er ja nur dem Beispiel seines Herrn gefolgt, der ebenfalls eine Ecke des Umschlags verspeist hatte, dennoch ließ sich der Vorfall nicht ohne weiteres erklären. Schriftlich würde es Monsieur Pamplemousse schon schwer genug fallen, aber noch beklommener sah er dem Gespräch mit dem Direktor entgegen, das ihn ohne Zweifel erwartete. Er sah bereits den prüfenden Blick und hörte die ungläubige Stimme, gefolgt von eisigem Schweigen, wenn er mit der schlichten Erklärung – »Pommes Frites hat ihn gefressen« – aufwartete. Einfach zu behaupten, er habe den Brief verloren, würde aber einen nicht minder schlechten Eindruck hinterlassen.

Einen Augenblick lang spielte er mit dem Gedanken, den Direktor anzurufen, ließ ihn jedoch wieder fallen. Allem Anschein nach wußte der Direktor ebenso wenig wie er. Von ihm war gewiß keine Hilfe zu erwarten – im übrigen hätte ein solcher Schritt nur den Augenblick näher gebracht, den er zu verdrängen suchte. Dann schon lieber improvisieren. Sollten die Dinge doch einfach ihren Lauf nehmen.

In diesem Moment wurden seine Gedanken von einem zweifachen Schlagen der Korridortür unterbrochen, das die Rückkehr seines Partners vom Morgenspaziergang ankündigte. Pommes Frites war sehr geschickt im Öffnen von Türen. Diesen Trick hatte er auf einem Ausbildungskurs, kurz nachdem er in die Dienste der Pariser Polizei getreten war, gelernt. Beim Schließen von Türen war er hingegen weit nachlässiger, diesmal aber hatte offenbar entweder seine Höflichkeit oder seine Diskretion die Oberhand behalten.

Sein Partner lugte zur Badezimmertür herein und machte eine höchst nachdenkliche Miene, aber Monsieur Pamplemousse war zu beschäftigt mit dem Abtrocknen, um Notiz davon zu nehmen.

Nach einer sorgfältigen Rasur war es Zeit für das Frühstück. Bald brodelten *saucisses viennoises* auf dem Kocher, jene himmlische Mischung aus Schweinefleisch, Kalbfleisch, Lendenfilet und Koriander. Als eine Wurst an die Oberfläche aufstieg, beugte sich Monsieur Pamplemousse darüber und piekte mit einer Nadel hinein, damit sie nicht platzte.

Während er sie garkochen ließ, schnitt er sich ein paar Scheiben von einem *saucisson de Bourgogne* ab. Sein leichtes

Kirschgeistaroma machte es zu einer exzellenten Vorspeise. Aus einem Impuls heraus trug er einen Vermerk über das *saucisson* in seinem Notizbuch ein. Es hatte die richtige Länge – fünfundvierzig Zentimeter – und war gut abgehangen – gut sechs Monate, schätzte Monsieur Pamplemousse. Er gab ihm die volle Punktezahl, und Pommes Frites war offenbar ganz seiner Meinung, angesichts des Tempos, mit dem er die Wurst verdrückte. Höchstens die Tatsache, daß es kein Brot dazu gab, war zu bemängeln. Im Geiste stieg Monsieur Pamplemousse plötzlich der Duft von frisch gebackenem Brot in die Nase. Zu Hause käme in der *boulangerie* in der Rue Marcadet gerade der zweite Schwung frischer Backwaren aus der Backstube. Dennoch konnte er sich unter den gegebenen Umständen nicht beklagen. Der Tagesbeginn war eigentlich mehr als zufriedenstellend verlaufen. Einmal abgesehen von kleinen Extras wie Orangensaft und Kaffee, konnte es selbst Ananas nicht besser ergangen sein.

Nachdem er abgewaschen und seinen Dienstkoffer sicher versperrt und verstaut hatte, wickelte er die übrigen Würste in seinen Mantel und verbarg sie im hintersten Winkel des Schrankes.

Da man auf Château Morgue offenbar nicht der Meinung war, die Patienten könnten den Luxus eigener Türschlösser zu schätzen wissen – wahrscheinlich befürchtete man, jemand könnte sich einschließen und später nicht mehr die Kraft haben, die Tür wieder zu öffnen –, hängte er sicherheitshalber die Tafel mit der Aufschrift OCCUPÉ an die Klinke. Man konnte nicht vorsichtig genug sein.

Kurz darauf setzte er sich in Bewegung, mit der Linken das Geschirr seines Partners festhaltend und mit der Rechten den weißen Stock umklammernd. Vom SORTIE DE SECOURS tappte er durch den Korridor in Richtung CENTRE d'Établissement Thermal (Toutes Directions) – wie ein Wegweiser an der Wand kundtat. Sie hatten lange genug herumgetrödelt. Jetzt war es an der Zeit, den Stier bei den Hörnern zu packen und die Geheimnisse dieses Etablissements zu erkunden.

Beim Lesen der Türschilder im Nachbartrakt überfielen einen beinahe Depressionen. Vom Rückgrat bis zum Rachenraum wurde hier alles versorgt. Es gab kaum einen Körperteil, der nicht in großen Blockbuchstaben zu finden gewesen wäre. Eczémas prangten da neben Acnés und wetteiferten gemeinsam mit den Ulcéres um Aufmerksamkeit. Körperteile, von deren Existenz Monsieur Pamplemousse noch nie gehört hatte, wurden mittels beleuchteter Röntgenbilder dargestellt und erinnerten eher an scheibchenweise portionierte *andouillette* als an irgend etwas auch nur im entferntesten Menschenähnliches. Am Ende des Korridors war bei Monsieur Pamplemousse der seltsame Juckreiz, den er zunächst auf der Haut verspürt hatte, einem dumpfen Schmerz in der Magengegend gewichen. Er war sich nicht sicher, ob dieses Symptom rein psychosomatischer Natur oder auf seinen übermäßigen Wurstkonsum zurückzuführen war, wie auch immer, es übertrug sich rasch auf Pommes Frites, der sich dann allerdings zu kratzen aufhörte und statt dessen nach einer geeigneten Tür Ausschau hielt, die ins Freie führte.

Monsieur Pamplemousse entschied, Hautunreinheiten und Darmbeschwerden auf seinem Tagesplan keine Priorität einzuräumen. Es schien ihm ratsam, seine neue Umgebung auf weniger ausgefallene Weise zu erkunden.

Einem Schild mit der Aufschrift Autres Directions folgend, bog er um eine Ecke, und sein Blick fiel auf eine Tür, auf der Obésité stand. Bei seinem Eintreten stoben – unter schrillen Schreien und empörtem Kreischen – unzählige weibliche Körper wie eine Schar fetter Mäuse in der Erntezeit auseinander.

Monsieur Pamplemousse konzentrierte sich auf das nächststehende und unleugbar anziehendste dieser Wesen. Er hob den weißen Stock zum Gruß an die Stirn.

»*Pardon, Monsieur*«, rief er aus. »*Est-ce la bibliothèque?*«

Ein erleichtertes Auflachen ging durch den Raum. Der Griff um die Handtücher lockerte sich, und sie fielen achtlos zu Boden, als die Frauen sich seufzend wieder entspannten.

Dies versetzte Monsieur Pamplemousse in die Lage, die Szene, die sich ihm bot, eingehender zu studieren. Wie ein kleiner Junge, der im Eissalon von allem kosten darf, versuchte er von einem Schokoladenußbecher hier, einem Bananensplit da, ließ rechter Hand eine halb verzehrte Heiße Liebe zugunsten eines Karamelbechers zu seiner Linken stehen, stets darauf bedacht, noch ein wenig Platz für den einen oder anderen Sinneswandel übrigzulassen, und vertiefte sich in einen Tutti-Frutti-Spezialbecher. Die Frau, die er angesprochen hatte, kam auf ihn zu.

»Ich glaube, Sie haben sich in der Tür geirrt.«

Monsieur Pamplemousse unternahm den halbherzigen Versuch, sich verwirrt zu stellen, und stammelte ein paar Entschuldigungen, doch die Frau drehte ihn auf dem Absatz um und schob ihn sanft, aber bestimmt zur Tür hinaus. Er wandte noch einmal den Kopf, um sich einen letzten, ausgiebigen Blick zu gönnen. Von hinten sah sie sogar noch begehrenswerter aus. »Bitte tausendmal um Verzeihung, Monsieur«, rief er ihr nach.

Nach dieser Episode ging Monsieur Pamplemousse um vieles leichtfüßiger des Weges. Das Leben hatte plötzlich neue Perspektiven eröffnet. Eine rasche Reaktion hatte eben bisweilen unerwartet lohnende Folgen. Zu behaupten, er suche die Bibliothek, war zwar etwas unbedacht gewesen, aber in der allgemeinen Aufregung schien es niemandem aufgefallen zu sein. Kein Zweifel, sein »Leiden« hatte auch seine Vorteile.

Weiter hinten im Korridor entdeckte Monsieur Pamplemousse eine Tür mit der Aufschrift GYMNASE. Da ihm anstrengende Leibesübungen augenblicklich nicht sonderlich erstrebenswert erschienen, wollte er seine Erkundungstour schon fortsetzen, als er aufgeregte Stimmen aus eben diesem Raum vernahm. Fast unmittelbar darauf schrillte irgendwo in der Ferne eine Alarmglocke. Er tat, als wollte er sich orientieren, und blieb vor der Tür stehen. Seine Geduld wurde fast umgehend belohnt. Zwei livrierte Träger schoben eilig eine Tragbahre auf Rädern durch den Korridor. Ohne ihm viel Beachtung zu schenken, öffneten sie die Tür zur Turnhalle und verschwanden.

Monsieur Pamplemousse stand fasziniert da und überlegte, ob er ihnen folgen sollte oder nicht, doch die Entscheidung wurde ihm unversehens abgenommen. Die Tür öffnete sich, und die Träger kamen wieder heraus, langsamer als vor wenigen Sekunden, aus dem simplen Grund, daß jetzt unübersehbar die Kontur eines Körpers unter einem weißen Laken auf der Bahre lag.

Nachdem die Männer die Bahre vorsichtig durch die Tür auf den Korridor manövriert hatten, folgte eine Schar blasser Frauen in Gymnastiktrikots. Sie befanden sich alle ganz offensichtlich in einer Art Schockzustand, als sie sich an der Bahre vorbeidrückten, manche mit abgewandtem Gesicht, andere sich bekreuzigend, um dem Leichnam die letzte Ehre zu erweisen.

In dem Durcheinander tastete sich Monsieur Pamplemousse nach vorn, und es gelang ihm, einen Zipfel des

Leintuchs zu erfassen und es ein Stück zur Seite zu ziehen. Er blickte in das Gesicht einer älteren Frau. Es sah merkwürdig gelassen aus, weiß, mit dunkelgrünen, leblosen Augen. Irgend etwas an der Frau kam ihm seltsam bekannt vor. Doch ehe Monsieur Pamplemousse Zeit für mehr als diese bloße Feststellung hatte, stand in der Tür Herr Schmuck.

Die Begegnung schien den Anstaltsleiter etwas aus dem Gleichgewicht zu bringen. Wieder einmal war Monsieur Pamplemousse dankbar für die phototrope Brille. Die Tönung der Gläser hatte sich dem grellen Licht der Leuchtstofflampen im Korridor angepaßt und gestattete ihm, den Professor eingehender als am letzten Abend zu studieren. Herr Schmuck sah wesentlich älter aus, als er zunächst gedacht hatte. Seine Haut hatte den bei alten Menschen häufigen wachsartigen Schimmer von glatt gepreßtem Pergament. Außerdem hatte er die Situation weit weniger unter Kontrolle als bei ihrem letzten Zusammentreffen. Auch diesmal verbreitete er einen leichten Geruch von Theaterschminke.

Das kurze Atemholen Herrn Schmucks nützend, klopfte Monsieur Pamplemousse mit seinem Stock ungeduldig auf den Boden. »Würde mir bitte jemand sagen, was hier vor sich geht? Ich bin nicht ganz im Bilde. Hat sich ein Unfall ereignet?«

Während er sprach, streckte er die Hand nach der reglosen Gestalt auf der Tragbahre aus. Fast als hätte er darauf gewartet, kam ihm Herr Schmuck zuvor. Mit einem einzigen Handgriff schloß er die Augen der Frau und zog ihr das Laken wieder über das Gesicht, das Pommes Frites jedoch zuvor noch rasch abgeleckt hatte. Pommes Frites schien leicht verwundert, als hätte er einen eigenartigen Geschmack auf der Zunge.

Herr Schmuck gab den beiden Männern ein Zeichen, sich zu entfernen. »Verzeihen Sie diesen bedauerlichen Vorfall. Aber es gibt keinen Grund zur Beunruhigung. So etwas geschieht nun einmal von Zeit zu Zeit. Wir sind in der Regel bemüht, diese unerfreulichen Aufgaben so diskret wie möglich zu erledigen, aber leider...« Achselzukkend eilte er den anderen hinterher.

Monsieur Pamplemousse sah der Prozession auf ihrem Weg durch den Korridor nach: an der Spitze die Bahre, geschoben von einem der Männer, dahinter Herr Schmuck und der zweite Mann. Die Devise des Tages lautete ganz offensichtlich »Eile«, denn als sie am Ende des Korridors um die Ecke biegen wollten, kollidierten sie beinahe mit dem entgegenkommenden Doktor Furze. Sein unvermeidliches Clipboard flog durch die Luft, und als er sich bückte, um es aufzuheben, blieb Herr Schmuck stehen und wechselte ein paar Worte mit ihm.

Über den Inhalt ihres Gesprächs wurde Monsieur Pamplemousse keineswegs im ungewissen gelassen. Die Männer drehten sich mehrmals zu ihm um, und eine von Herrn Schmucks Bemerkungen rief bei den anderen große Belustigung hervor.

Doktor Furze nickte, bedeutete einem der beiden Männer, ihm zu folgen, und eilte in die Turnhalle. Monsieur Pamplemousse wollte eben seinen Rundgang fortsetzen, aber er hatte schon zu lange gezögert. Ehe er sich mehr als ein paar Schritte entfernen konnte, traten die beiden Männer an seine Seite, und er spürte, wie er leicht, aber bestimmt an den Armen ergriffen wurde. Er versuchte sich zu befreien, aber der Griff wurde nur noch fester.

»Aha, Monsieur Pamplemousse. Wie schön, daß wir unsere Behandlung bereits begonnen haben. Das ist auch gut so.« Doktor Furzes Stimme hatte einen unangenehmen Unterton.

»Nur ein erster Rundgang. Eine Entdeckungsreise gewissermaßen. Pommes Frites und ich wollen uns mit der neuen Umgebung vertraut machen.« Monsieur Pamplemousse versuchte sein wachsendes Unbehagen hinter zwanglosem Geplauder zu verbergen. »Oder vielmehr, Pommes Frites will sich mit der neuen Umgebung vertraut machen, und wie immer folge ich ihm, wohin er mich führt.«

»Dann ist es ja nur gut, daß wir vorbeikommen.« Doktor Furze tat, als zöge er sein Clipboard zu Rate. »Heute morgen steht ein Training in der Turnhalle auf Ihrem Programm. Bevor Sie Ihre Therapie beginnen, sind ein paar Kräftigungsübungen für die Muskeln angebracht. Wir werden hier schon für Ihr Training sorgen.« Es klang wie: ›Wir wissen schon, wie wir Sie zum Reden bringen können.‹

»Ich fürchte, jetzt ist der Moment gekommen, wo Sie sich für eine Weile von Pommes Frites trennen müssen. Wie Ihnen bekannt ist, sind *chiens* auf Château Morgue *interdits*. In Ihrem Fall wurde zwar zunächst eine Ausnahme gemacht, aber in gewissen Bereichen müssen wir die Vorschriften einhalten, sonst gäbe es Anlaß zu Beschwerden.«

Mit diesen Worten öffnete Doktor Furze die Tür zur Turnhalle, und ehe Monsieur Pamplemousse Gelegenheit hatte zu protestieren, wurde er hineingestoßen. Knallend fiel die Tür ins Schloß, gefolgt von einem dumpfen Aufschlag, als Pommes Frites sich mit seinem ganzen Gewicht von draußen dagegenwarf.

»Gut. Wie es aussieht, haben Sie den Raum ganz für sich.« Ohne auf die Störung von draußen zu achten, unterstrich Doktor Furze seine Feststellung mit dem metallischen Klicken eines zuschnappenden Vorhängeschlosses. »Wir wollen doch sichergehen, daß Sie nicht gestört werden.«

Hin und her gerissen zwischen dem Drang zu protestieren und der Notwendigkeit, seine Rolle weiterzuspielen, registrierte Monsieur Pamplemousse die diversen Fitneßgeräte, die ihn umgaben – Ruderapparate, Fahrradtrainer und Barren, lauter Geräte, die er nur aus Hochglanzmagazinen kannte –, enthielt sich jedoch jeglichen Kommentars.

Zumindest einstweilen hielt er eher Vorsicht als Tapferkeit für angebracht und ließ sich daher auf ein Gerät helfen, dessen Zweck er nur schwerlich zu definieren vermocht hätte. Es erinnerte eher an das Cockpit einer Weltraumkapsel als an etwas, das auch nur im entferntesten mit Fitneß zu tun hatte.

Als er sich kurz darauf zurücklehnte und bemerkte, wie sich ihm Lederriemen um Knöchel und Handgelenke legten, wünschte er, nicht ganz so rasch nachgegeben zu haben. Er war wohl doch zu lange stehengeblieben. Kaum hatte Doktor Furze den Arm ausgestreckt, um einen Knopf auf dem Armaturenbrett des Geräts zu drücken, spürte Monsieur Pamplemousse, wie seine Beine eine Art Pumpbewegung zu vollführen begannen, zuerst langsam, dann immer schneller. Gleichzeitig wurden seine ausgestreckten Arme über den Kopf nach oben gezogen und unerbittlich wieder zurückgedrückt. Der Doktor betätigte einen weiteren Schalter, und das Tempo nahm ruckartig zu.

Monsieur Pamplemousse schloß die Augen. Er nahm verschwommene Bewegungen und leise Stimmen im Raum wahr, die sich langsam entfernten. Dann schlug eine Tür zu.

Ihn überfiel ein Gefühl äußerster Hilflosigkeit, gegen das er anzukämpfen versuchte, als er erkannte, daß er nun ganz auf sich selbst gestellt war. Er konzentrierte alle seine Kräfte darauf, sich im Takt des Geräts zu bewegen, anstatt Widerstand zu leisten, denn er wußte, bei der geringsten Unsicherheit würde ihn die Panik überwältigen. Er war entschlossen, Doktor Furze um die Genugtuung zu bringen, ihn als Häufchen Elend zu sehen, wenn er zurückkam. *Falls* er zurückkam. Er mußte schlagartig an die Frau auf der Bahre denken und fragte sich, ob sie etwa auch auf diesem »Feuerstuhl« gelandet war. Auf jeden Fall war die Sitzfläche noch warm gewesen, als er ihn bestiegen hatte.

Wie lange die Tortur gedauert hatte, konnte Monsieur Pamplemousse später beim besten Willen nicht sagen. Er war sich nur einer rötlichen Wolke bewußt, die sein Gehirn vollkommen ausfüllte; ein einziges Rot umgab ihn, gefolgt von Purpur, und schließlich, als er ohnmächtig wurde, nur noch tiefstes Schwarz. Dann hatte er das Gefühl zu schweben und nahm eine unerklärliche Wärme wahr. Diese Wärme verströmte Parfum und senkte sich über ihn.

Monsieur Pamplemousse öffnete die Augen und sah zunächst Pommes Frites oder vielmehr dessen Zunge, die sich gerade anschickte, ihn abzulecken, und dahinter etwas, das ihn vage an Pfirsiche erinnerte, an die mit weichem Flaum bedeckte Haut eines Pfirsichs.

»Alles in Ordnung?« Der Pfirsich kam etwas näher und formte sich zu einem Gesicht. »Was für eine furchtbare Geschichte! Zum Glück hat Ihr Hund soviel Lärm gemacht. Ich dachte schon, er kratzt noch ein Loch in die Tür. Wie konnte das nur passieren. Aber wie gut, daß ich den Hauptschlüssel dabci hatte.«

Während sie dies sagte, war die Person, zu der das Gesicht gehörte, damit beschäftigt, ihn von den Riemen zu befreien. Erst jetzt bemerkte Monsieur Pamplemousse, daß das Gerät abgestellt war.

Als der letzte Riemen gelöst war, wollte er heruntersteigen, sank jedoch wieder zurück, weil ihm die Beine den Dienst versagten.

»Am besten kommen Sie mit in mein Zimmer.« Die Stimme traf eine Entscheidung, und eine Hand streckte sich ihm stützend entgegen. »Ich kann immer noch nicht glauben, wie jemand so nachlässig sein konnte. Selbst für jemanden in bester Kondition ist dieses Gerät kein Kinderspiel, aber in Ihrem Zustand...!«

»In meinem Zustand?« Monsieur Pamplemousse fiel plötzlich wieder ein, daß er ja eine Rolle spielen mußte. Mit der freien Hand tastete er nach seinem Stock. Stets bedacht auf die Bedürfnisse seines Herrn, hob Pommes Frites den Blindenstock mit den Zähnen auf und legte ihn Monsieur Pamplemousse zu Füßen.

»Mein Zimmer« lag, wie sich zeigte, ein Stück weiter den Korridor entlang – und jedenfalls so weit von der Turnhalle entfernt, daß Monsieur Pamplemousse wieder freier atmen konnte. Was ihn betraf, so konnte die Entfernung nicht groß genug sein.

Als ihm die Tür aufgehalten wurde, warf er einen verstohlenen Blick auf das Türschild: MRS. ANNE COSGROVE. Darunter stand PÉDICURE ET MASSAGE. Unter dem Schild hing ein Merkzettel mit den Terminen für den Tag. Monsieur Pamplemousse überlegte den Bruchteil einer Sekunde. Noch vor wenigen Minuten hätte er nie im Leben daran gedacht, seine Fußnägel pflegen zu lassen, geschweige denn, sich einer Massage zu unterziehen, nun aber... der Instinkt befahl ihm, ein solches Angebot nicht auszuschlagen.

Mrs. Cosgrove hielt ihm die Tür auf und berührte dabei ganz sanft seinen linken Ellenbogen. Sie trug einen weißen

Hosenanzug, offenbar die Dienstkleidung im Château, denn er hatte auch andere Mitarbeiter in diesem Aufzug getroffen, aber an ihr sah der Anzug maßgeschneidert aus. Vermutlich lag es daran, daß sie gewisse Veränderungen vorgenommen hatte. Der durchgehende, von dem hohen Kragen bis zum Saum reichende Reißverschluß der Jacke war durch einen auffälligeren aus schwarzem Plastik ersetzt worden, an dem ein großer Ring baumelte. Die Jacke hatte kurze Ärmel, und die Hose schmiegte sich um ebenso volle wie einladende Formen.

»Einen Termin habe ich leider nicht vereinbart. Wenn Sie aber Zeit haben, wäre es wohl ein Fall von – wie sagen die Engländer? – *pot luck*.« Hier griff Monsieur Pamplemousse auf sein kleines Repertoire an englischen Wendungen zurück, die ihm von seinem Aufenthalt in Torquay noch in Erinnerung waren. In England hatte er oft auf sein *pot luck* vertrauen müssen – man wußte ja nie, was gerade im Topf kochte.

»O je.« Mrs. Cosgrove lächelte beschämt. »Ist mein Akzent wirklich so schlimm?«

»Ganz und gar nicht.« Monsieur Pamplemousse wollte schon preisgeben, er habe ihren Namen auf dem Türschild gelesen, besann sich aber gerade noch rechtzeitig. Statt dessen wagte er ein Kompliment, als sie seinen Arm ergriff und ihn zu einem Pedikürstuhl führte. »Nein, Sie haben einfach die Haut einer Engländerin – so seidenweich und makellos.«

Es stimmte. Als sie sich vorbeugte und er die Wärme ihres Körpers von nahem spürte, mußte er erneut an Pfirsiche denken. Pfirsiche mit Sahne an einem heißen Sommertag an der Marne oder – ein womöglich noch treffenderer Vergleich – an den Ufern der Themse, in Henley zum Beispiel, wo die Engländer ihre Ruderregatten austragen.

»Wenn man das Unglück hat, sich in der Welt zu bewegen, in der ich lebe«, sagte er schlicht, »wird man besonders sensibel.« Aus dem Augenwinkel sah er, daß Pommes Frites ihn aufmerksam beobachtete und seine Worte mit einer gewissen Verblüffung zur Kenntnis nahm. Monsieur Pamplemousse wandte sich auf dem Drehstuhl ein wenig von Pommes Frites ab. Manchmal konnte er einen ziemlich aus der Fassung bringen.

»Natürlich, ja. Das glaube ich gern.« Mrs. Cosgrove nahm auf einem Stuhl ihm gegenüber Platz und begann, ihm Schuhe und Socken auszuziehen. »Dann stimmt es also, was man über Blinde sagt?«

Monsieur Pamplemousse hatte das Gefühl, sich plötzlich auf unsicherem Terrain zu befinden. »Die Leute reden so viel«, antwortete er unverbindlich. »Manches stimmt, manches auch wieder nicht.«

Mrs. Cosgrove schlug die Beine übereinander, als sie sich zu einem Tablett mit Instrumenten beugte. Das übergeschlagene Bein wippte hin und her, wie das Pendel einer Uhr. Angeblich war diese Angewohnheit ein zuverlässiges Anzeichen für tief verwurzelte Frustrationen – jedenfalls behauptete das Didier von der Planungsabteilung, und der mußte es wissen, schließlich hatte er drei Ehen hinter sich.

»Ich meinte, daß man sagt, sie seien gute Liebhaber.« Dabei setzte Mrs. Cosgrove hastig wieder beide Beine auf den Boden und hob seinen rechten Fuß auf ihren Schoß. »Das hätte ich wohl lieber nicht sagen sollen.«

»Diese Frage müßten Sie jedenfalls einer anderen Frau stellen«, sagte Monsieur Pamplemousse. Er biß die Zähne zusammen, als Mrs. Cosgrove zuerst die Haut auf dem Rist in Angriff nahm und sich dann langsam zum Knöchel hocharbeitete. Sein Fuß brannte wie Feuer.

»George hat außerordentlich gute Augen.«

»George?«

»Mein Mann.«

»Er ist auch hier?«

Mrs. Cosgrove lachte kurz auf. »Na, das wär' was. Nein, er ist zu Hause in England. Hier wäre es sicher nicht nach seinem Geschmack. Viel zu anstrengend. Wahrscheinlich ist er gerade auf der Jagd oder beim Fischen.«

Monsieur Pamplemousse versuchte, diese Information zu verarbeiten und eine Gleichung aufzustellen, in der es auf der einen Seite einen Mann gab, der reich genug war, seine Zeit mit Jagen und Angeln zu verbringen, und auf der anderen eine Frau, die in einem abgelegenen Winkel Frankreichs fremde Knöchel massierte. Möglicherweise hatte Didier ja recht mit seiner Theorie – das wäre eine Erklärung für die Frustration.

»Das Leben muß weitergehen.« Mrs. Cosgrove war ihm einen Gedankenschritt voraus. »Und Veränderungen tun immer gut, sagt man doch. Ich habe vor Jahren einen Pedikürekursus gemacht. Aber glauben Sie ja nicht«, setzte sie aus tiefstem Herzen hinzu, »daß es großen Spaß macht. Ich verbringe die meiste Zeit damit, mich gegen altersschwache Fußfetischisten zur Wehr zu setzen oder Zehennägel aus den Vorhängen zu klauben.«

»Jeder Beruf hat seine Nachteile«, bemerkte Monsieur Pamplemousse. »Und die wenigsten Menschen sind wunschlos glücklich.«

Mrs. Cosgrove seufzte. »Wie wahr. Hier gibt es eine Menge Leute mit Problemen. Eigentlich ist es ja komisch.«

»Komisch?«

»Wissen Sie, ich bin noch nie in einem solchen Haus gewesen, aber so habe ich es mir wirklich nicht vorgestellt. Hier gibt es ein Zwei-Klassen-System, wenn Sie verstehen, was ich meine. Die eine Hälfte der Patienten wird gerade nur geduldet – wie ein notwendiges Übel. Sie kommen und gehen, und niemand nimmt sie wichtig, während die wenigen Privilegierten behandelt werden wie Lords. Man bekommt sie kaum je zu Gesicht. Schon beim Eintreffen haben sie einen Extraparkplatz, und dann verschwinden sie im Turm. Und versuchen Sie nur, dort unaufgefordert hinaufzugehen.«

Monsieur Pamplemousse spitzte die Ohren. »Aber Sie waren schon oben?«

»Einmal habe ich es probiert. Es war, als hätte ich Fort Knox ausrauben wollen. Da war die Hölle los.«

»Und die übrigen Patienten? Gibt es viele, die die Kur nicht überleben?« Monsieur Pamplemousse erzählte ihr, was er am Vormittag vor der Turnhalle erlebt hatte.

Mrs. Cosgrove kannte die Geschichte ganz offensichtlich bereits. »Das war die zweite in dieser Woche. So etwas kommt hier immer wieder vor. Es gibt schon ein richtiges Zeremoniell dafür. Die Fahne über dem Eingangstor wird auf Halbmast gesetzt. Der alte Schmuck legt seine schwarze Armbinde um. Dann kommt der Leichenwagen und bringt den Sarg weg, und danach geht alles weiter, als wäre nichts geschehen.

Aber immerhin sterben sie vermutlich glücklich, und das konnen wohl die wenigsten alten Leutchen von sich sagen. Schmuck kann sehr charmant sein, wenn er will. Er nennt sie seine ›Kapitalanlage‹, und er sorgt zweifellos dafür, daß sie ihre Dividende bekommen.«

»Sind es eigentlich hauptsächlich Frauen?«

Mrs. Cosgrove stutzte einen Augenblick. »Seltsam, daß Sie das sagen. Ich habe zwar noch nie wirklich darüber nachgedacht, aber eigentlich kann ich mich an keinen Mann erinnern, der hier gestorben wäre. Jedenfalls nicht, seit ich hier bin. Allerdings könnte es auch eine statistische Frage sein. Viele reiche alte Witwen kommen einfach aus Einsamkeit hierher. Reiche alte Witwer haben dieses Problem nicht.«

Monsieur Pamplemousse schloß die Augen. Sein Gehirn begann sich mit Fakten zu füllen. Fakten, die sortiert und miteinander in Beziehung gebracht werden mußten. Nicht zum erstenmal wünschte er sich, Pommes Frites könne sprechen. Irgend etwas war ihm an der Gruppe mit der Bahre im Korridor seltsam vorgekommen – etwas, über das er sich nicht recht klar war. Pommes Frites hatte es ebenfalls gespürt, das wußte er genau. Und dann fiel es ihm ein: Herr Schmuck hatte die Armbinde bereits getragen. Er hatte schnell reagiert.

Mrs. Cosgrove sah ihn an. »Ich muß schon sagen, Ihre Brille irritiert mich etwas.« Sie griff nach dem anderen Fuß. »Ich habe keine Ahnung, was in Ihnen vorgeht.«

»Ich dachte eben, daß es schön wäre, Sie wiederzusehen.« Das stimmte nicht ganz. Darüber hinaus hatte Monsieur Pamplemousse das Gefühl, es könne nützlich sein, unter den Angestellten eine Verbündete zu haben. »Vielleicht nach Dienstschluß?«

Mrs. Cosgrove senkte den Kopf. Er sah, daß ihr Haar bis zu den Wurzeln hell war – eine echte Blondine. Ihr Nacken sah überaus küssenswert aus.

»Private Kontakte der Angestellten mit den Patienten werden hier nicht gern gesehen.«

»Und wenn sie von den Patienten dazu aufgefordert werden?«

»Dann ist es ausdrücklich verboten.«

»Wie schade.«

»In welchem Trakt ist Ihr Zimmer?«

»In ›C‹.«

»Ich wohne im Nachbargebäude. Zimmer dreizehn. Gegen vier habe ich meist Training. Wir könnten danach zusammen Tee trinken.«

Monsieur Pamplemousse erhob sich. Dreizehn war seine Glückszahl. Seine restlichen Zehen hob er sich lieber für einen anderen Tag auf. So hatte er noch etwas in Reserve. Und wenn Mrs. Cosgrove mit den Zehen fertig war… hatte er nicht irgendwo gelesen, daß der menschliche Fuß aus insgesamt sechsundzwanzig einzelnen Knochen besteht, ganz zu schweigen von den dazugehörigen Gelenken, Bändern, Muskeln und Bindegewebsfasern? Mehr als genug jedenfalls für seinen ganzen Aufenthalt auf Château Morgue.

»Also um sechzehn Uhr dreißig?«

»Sagen wir lieber dreiviertel fünf. Ich mache dann etwas früher Schluß und hole unten im Dorf ein bißchen Kuchen. Sie müssen ja kurz vor dem Verhungern sein.« Mrs. Cosgrove hielt ihm und Pommes Frites die Tür auf, und als sie ihn am Ellenbogen berührte, nahm er erneut die Wärme ihres Körpers wahr. »*A bientôt.*«

»*A toute à l'heure.*«

Monsieur Pamplemousse verneigte sich und humpelte davon. Er spürte, daß ihr Blick ihm folgte, während er sich den Korridor entlangtastete. Ebenso deutlich spürte er eine gewisse Reserviertheit, eine zuvor nicht dagewesene Zurückhaltung im Verhalten seines Partners: Pommes Frites ging stur vor ihm her, ohne sich ein einziges Mal umzusehen.

Als sie um die Ecke gebogen und aus Mrs. Cosgroves Sichtweite waren, beugte Monsieur Pamplemousse sich hinunter, um ihn zu streicheln. Die Reaktion war lau, gelinde gesagt. Monsieur Pamplemousse seufzte. Hoffentlich machte Pommes Frites keine Sperenzchen. So etwas konnte er gar nicht brauchen, wenn sie in den nächsten beiden Wochen das Zimmer teilen mußten. Außerdem war er auf die Hilfe seines Partners angewiesen.

Den restlichen Rückweg legten sie schweigend zurück. Pommes Frites wollte eindeutig nicht an die Begegnung erinnert werden, und die Gedanken von Monsieur Pamplemousse, der nur mühsam mit seinem Partner Schritt hielt, kreisten um andere Probleme.

Abgesehen von etlichen unbedeutenden jugendlichen Abenteuern in Torquay war dies seine erste wirkliche Begegnung mit einer Engländerin, und so manchen seiner diesbezüglichen Vorurteile mußte er wohl über Bord werfen. So konnte Mrs. Cosgrove *par exemple* bestimmt nicht als »kühl« bezeichnet werden, in keinem Sinne dieses Wortes – wiewohl man dies in Frankreich ihren Landsleuten nachsagte. Auch war sie nicht im mindesten »knochig« – im Gegenteil. Am ehesten spürte man bei ihr vielleicht die Pferdeverbundenheit der Engländer; sie hatte volle Lippen und leicht vorstehende Zähne. Er konnte sie sich gut an einem Wintermorgen im Sattel eines galoppierenden Pferdes vorstellen, die Zügel in der einen, eine Peitsche in der anderen Hand – die Flanken fest zwischen ihren Schenkeln, das Tier mit dampfenden Nüstern.

Als sie ihr Zimmer erreichten, wurde er von Pommes Frites unversehens aus seinen Tagträumen gerissen. Sein Partner erstarrte nämlich zu einer Haltung, die Monsieur Pamplemousse von zahlreichen früheren Gelegenheiten kannte: Er erinnerte nun an eine fest aufgewickelte Sprungfeder. Eine Feder mit einer Durchschlagskraft von zwölfeinhalb Kilogramm Muskeln, Fleisch und Knochen, die auf das geringste Signal ihres Herrn loszuschnellen bereit war.

Jemand war in ihrem Zimmer.

Monsieur Pamplemousse ließ das Geschirr los, nahm die dunkle Brille ab, verstaute sie behutsam in der Brusttasche, trat einen Schritt zurück und machte sich bereit. Ein Prickeln durchfuhr ihn, als seine Finger sich um den Türknauf legten. Es war fast wie in alten Zeiten. Er drehte den Knauf so langsam, daß es beinahe unmöglich gewesen wäre, die Bewegung von innen zu erkennen, dann stemmte er sich mit aller Kraft gegen die Tür.

Sie sprang auf, und als sie ins Zimmer traten, ließ sich schwerlich sagen, wer überraschter war, sie oder der ungebetene Gast.

»Kommen Sie immer so zur Tür herein?« beschwerte sich Ananas und sprang auf. Der Schrecken schien ihm gehörig in die Glieder gefahren zu sein.

»Und Sie, betreten Sie immer unaufgefordert anderer Leute Zimmer?« gab Monsieur Pamplemousse zurück. Er blickte sich rasch um. Alles schien an seinem Platz zu sein.

»*Touché*.« Ananas riß sich zusammen. »Normalerweise nicht.« Er durchquerte das Zimmer und stieß die Tür zu. »Ich wollte nur vermeiden, draußen gesehen zu werden, und ich wußte nicht, wo Sie waren. Im übrigen«, fügte er etwas kryptisch hinzu, »halte ich es für besser, wenn man uns nicht zusammen sieht.«

Ohne die Antwort abzuwarten, nahm er Platz und tupfte sich die Augenbrauen mit einem seidenen Taschentuch ab. Er wirkte seltsam unbehaglich, so ganz anders als der prahlerische Ananas vom Vorabend.

»Um die Wahrheit zu sagen, ich sitze ein wenig in der Klemme, und Sie können mir vielleicht heraushelfen.«

»Ich?« Selbst in seinen wildesten Phantasien konnte Monsieur Pamplemousse sich nicht vorstellen, wie er Ananas helfen könne, einem Mann, der doch bereits alles zu haben schien, bis hin zu Freunden in den höchsten Positionen des Landes. Außerdem sah er, einstweilen jedenfalls, nicht die geringste Veranlassung für eine solche Hilfeleistung.

»Ich kenne Sie, Pamplemousse. Sie sind ein Mann von Welt. Ich kenne Ihren *seinerzeitigen* Ruf.« Monsieur Pamplemousse bemerkte sehr wohl die Betonung des vorletzten Wortes. »Weshalb Sie hier sind und sich als Blinder ausgeben, geht mich nichts an. Sie haben zweifellos Ihre Gründe dafür. Und zweifellos wollen Sie Ihren kleinen Schwindel für sich behalten.«

Monsieur Pamplemousse' Ungeduld wuchs. Von Anfang an hatte er keinerlei Sympathie für Ananas empfunden, jetzt aber steigerte sich seine Abneigung von Minute zu Minute. »Wenn Sie vielleicht endlich zur Sache kommen würden?«

Ananas verstand. Er zog einige Photographien aus einer Innentasche seines Jacketts und warf sie auf den Tisch. »Die Sache ist... das hier. Diese Aufnahmen wurden mir heute morgen ins Zimmer gelegt.«

Monsieur Pamplemousse griff nach dem obersten Bild und warf einen Blick darauf. Seine erste Assoziation war, daß jemand, aus welchen Gründen auch immer, auf einer Müllhalde einen Haufen alter Statuen photographiert haben mußte.

»Sie halten es verkehrt herum«, bemerkte Ananas gereizt.

Monsieur Pamplemousse drehte das Photo um, und bei eingehenderer Betrachtung ergab sich allmählich ein gewisses Muster in dem Gewirr von Armen, Beinen, Schenkeln und Brüsten. Unbestreitbar handelte es sich um eine Art Orgie, eine Orgie von solcher Verschlungenheit allerdings, daß sich nur schwer sagen ließ, wer da was tat – und mit wem.

»*Mon Dieu! Sapristi!*« Ohne es zu wollen, pfiff er durch die Zähne. Das einzig klar Erkennbare in dem Getümmel war der Kopf in der Mitte: Ananas tauchte offenbar gerade auf, um Luft zu holen. Monsieur Pamplemousse betrachtete seinen Doppelgänger mit neuem Respekt. »Wann wurde denn diese Aufnahme gemacht?«

»Gestern abend. Ich war ein wenig ... ruhelos. So geht es mir immer nach einer Reise.« Diese Feststellung wurde so nüchtern getroffen, daß es Monsieur Pamplemousse fast den Atem verschlug. Er dachte an seine eigenen Reisen, die solcherart bis zur Bedeutungslosigkeit verblaßten.

»Das Problem ist«, fuhr Ananas mit immerhin leicht bedrückter Miene fort, »daß die meisten der Mädchen noch minderjährig sind.«

»Minderjährig?« Monsieur Pamplemousse sah noch einmal hin. »*C'est impossible!*«

»*Si.*« Ananas sah ihm über die Schulter. Er deutete auf eine der Waden. »Die da ist vierzehn. Ihre Schwester ist erst dreizehn.«

Monsieur Pamplemousse stieß einen weiteren Pfiff aus. »Und diese? Die sieht doch wirklich und wahrhaftig wie fünfunddreißig aus.«

Ananas sah genauer hin. »Ach so, das ist die Mutter. Sie sind alle ein wenig, Sie verstehen ...« Er klopfte sich auf die Stirn, als nehme das alle Schuld von ihm. »Es kommt vom Leben in den Bergen ... im Winter ist man dort oft monatelang eingeschneit. Da gibt es viel Inzucht.«

»Wie auch immer«, er ließ das Thema fallen. »Ausschlaggebend ist, daß mich offenbar jemand zu erpressen versucht. Diese Photos sind nur eine Warnung. Als nächstes kommt dann ein Erpresserbrief. So etwas passiert mir nicht zum erstenmal, aber einen zweiten solchen Skandal kann ich mir nicht leisten. Er wäre das Ende meiner Karriere.

Was ich brauche, ist absolute Diskretion – die hiesige Polizei darf nicht eingeschaltet werden. Ich habe gründlich nachgedacht, und Sie sind der ideale Mann für mich.«

»*Non!*« protestierte Monsieur Pamplemousse vehement. »*Non! Non! Non!*« Bei jedem Ausruf hämmerte er mit der Faust auf den Tisch. »Nennen Sie mir einen einzigen guten Grund, warum ich das tun sollte.«

»Weil« – Ananas ergriff das Photo und hielt es ihm entgegen, als wäre es ein Trumpf – »Leute mit dunklen Brillen nicht mit Steinen werfen sollten.

Wenn ich mich recht entsinne, haben Sie die Sûreté doch wegen eines peinlichen Vorfalls in den Folies-Bergère in Schimpf und Schande verlassen müssen. Wieviel Mädchen waren das doch gleich? Zweiunddreißig?«

Monsieur Pamplemousse ächzte. »Eine falsche Beschuldigung. Ich habe meinen Abschied aus prinzipiellen Gründen genommen.«

»Trotzdem, irgend etwas bleibt immer hängen. Es gibt auch immer eine Menge Leute, die glauben, was in der Zeitung steht. Und diese Leute werden das Gesicht auf dem Photo gewiß sofort erkennen. Und dabei wird ihnen nicht der Name Ananas einfallen, sondern Pamplemousse. Ich muß gestehen, daß ich persönlich diese vorgebliche Ähnlichkeit nicht erkennen kann, obwohl sie mir schon so manchen Ärger eingebracht hat. Manche Vergleiche schätzt man nun einmal weniger als andere.«

Monsieur Pamplemousse sah Ananas voller Abscheu an, während dieser mit leiernder Stimme weitersprach. Er hatte nicht die Absicht, sich diesem Ansinnen zu beugen, das doch im Grunde eine versteckte Erpressung war, und er verspürte auch nicht die leiseste Lust, Ananas zu helfen. Andererseits wäre es natürlich eine Katastrophe, wenn seine wahre Identität – nicht als Pamplemousse, vormaliger Inspektor der Sûreté, sondern als Pamplemousse, Mitarbeiter von *Le Guide* – ans Licht käme. Es würde seine gesamte bisherige Arbeit zunichte machen, es wäre ein Verrat an allem, was ihm wichtig war. Er wollte versuchen, Zeit zu gewinnen.

»Ich werde mir überlegen, was sich dagegen unternehmen ließe«, erklärte er steif.

»*Bon.* Ich wußte, Sie würden Verständnis zeigen.« Ananas streckte ihm die Hand entgegen, aber Monsieur Pamplemousse tat, als sähe er sie nicht. Das ging ihm denn doch zu weit. Statt dessen hob er die Photographien auf, nahm eine davon in Verwahrung und händigte die restlichen seinem Doppelgänger aus. »Die werden Sie zweifellos als Andenken aufheben wollen.«

An der Tür blieb Ananas stehen und zwinkerte ihm verschwörerisch zu. »Wir sitzen im selben Boot, *n'est-ce pas?*«

Monsieur Pamplemousse konnte nur mühsam ein Schaudern unterdrücken. Mit Ananas irgendein Verkehrsmittel teilen zu müssen, war alles andere als eine erhebende Vorstellung.

»Sie werden von mir hören«, sagte er schroff.

Als sich die Tür schloß, ließ er sich auf dem Bett nieder und überlegte, was als nächstes zu tun war. Es war zwei Uhr. Noch zweieinhalb Stunden bis zum Tee bei Mrs. Cosgrove. Er studierte das Photo von neuem. Wieviel schöner als dieser wilde Haufen Pyrenäenbeeren war doch jener einzelne englische Pfirsich.

Er lehnte sich zurück und überlegte mit geschlossenen Augen, ob sie ihm indischen oder chinesischen Tee kredenzen würde. Wahrscheinlich war Monsieur Cosgrove ein Teepflanzer im Ruhestand. In England gab es viele davon. Gewiß ließ er sich den Tee regelmäßig per Schiff schikken. Oder aber einen Earl Grey Tea. Earl Grey von Fortnum & Mason. Er hatte ihn bei Fauchon gesehen. Ja, so würde es sein: Earl Grey, *pâtisseries* und Madame Cosgrove. Das war etwas, worauf man sich freuen konnte. Etwas, wovon man in der Zwischenzeit träumen konnte. Ananas und seine Probleme konnten warten. Eines war sicher – in Luft auflösen würden sie sich bestimmt nicht.

Tea for Two

Nach einem kurzen Mittagsimbiß, der aus *saucisses de Périgord* bestand, gefolgt von einigen *saucissons à l'anis* – einer wenig verbreiteten Sorte, die Monsieur Pamplemousse noch nicht kannte und die ihn zu einem weiteren Vermerk in seinem Notizbuch veranlaßte –, zog er mit Pommes Frites los, um ein wenig die Umgebung von Château Morgue zu erkunden.

Von außen und bei Tageslicht besehen, wirkte das Schloß sogar noch bedrohlicher. Durch seine Lage war es ideal als Unterschlupf oder Festung geeignet. Es stand auf einem schroffen Felsen, von dem das Land auf drei Seiten steil abfiel, so daß es nur von Süden her zugänglich war, über die schmale, gewundene Straße, auf der sie am vorigen Abend gekommen waren.

Die Gipfel der Pyrenäen lagen viel näher, als er gedacht hatte. Er beschloß, sich später auf einer Landkarte mit großem Maßstab den Standort des Schlosses einmal genau anzusehen.

Den Blick hinauf zum Turm wendend, fragte sich Monsieur Pamplemousse, ob ihn wohl jemand beobachte. Eigentlich gab es keinen besonderen Grund dafür. Er war nicht der einzige, der einen Spaziergang an der frischen Luft machte. Aber durch seinen weißen Stock und die dunkle Brille mußte er wohl auffallen. Außerdem war ihm bewußt, daß sein Mantel stark nach *saucissons* roch. Hoffentlich gab es hier keine Wachhunde.

Die untere Hälfte des Turmes hatte nur wenige Fenster.

Nur die Zimmer in den oberen Etagen hatten Tageslicht, aber sie waren mindestens sechzig Meter vom Boden entfernt. Dort oben konnte alles Mögliche im Gange sein. Alles – oder nichts. Mehr denn je bedauerte er, den Zifferncode nicht zu kennen, mit dem Doktor Furze den Fahrstuhl in Gang gesetzt hatte, denn nur so hätte er sich mit eigenen Augen ein Bild von den Vorgängen machen können.

Um das Schloß führte ein Weg, auf den Monsieur Pamplemousse eben einbiegen wollte, als er einen herannahenden Wagen und wenig später das Knirschen von Reifen auf Kies hörte. Er ging mit Pommes Frites auf dem Weg zurück, den sie gekommen waren, und sah gerade noch, wie ein Leichenwagen über die Rampe fuhr und in der unterirdischen Garage verschwand. Vier Männer saßen in dem Wagen. Obwohl er zu weit entfernt war, um sicher zu sein, hätte er schwören können, daß einer von ihnen – der Fahrer – mit jenem Mann identisch war, der am Abend ihrer Ankunft an einem Felsen seine Notdurft verrichtet hatte.

Monsieur Pamplemousse wartete, und nach einer Weile wurde seine Geduld belohnt. Ein Surren war zu vernehmen, dann kam der Leichenwagen wieder in Sicht, dessen Insassen nunmehr eine respektvolle Haltung angenommen hatten. Als der Wagen an Monsieur Pamplemousse vorbeifuhr, ließ er im letzten Moment die Hand sinken, die er instinktiv an den Hut geführt hatte, sah aber seinen Verdacht bestätigt. Es waren tatsächlich die selben Männer wie am vergangenen Abend; vielleicht saßen sie sogar in dem selben Wagen, jedenfalls hatte er ebenfalls ein Marseiller Kennzeichen.

Während er darüber nachdachte, wie einfach es doch war, das Augenlicht als etwas Gegebenes vorauszusetzen, und wie schwer das Leben für Menschen sein mußte, die es eingebüßt hatten, denn diese waren wegen der geringsten

Auskunft und Handreichung auf die Hilfe anderer angewiesen, wollte Monsieur Pamplemousse es schon fürs erste genug sein lassen und sich wieder ins Haus begeben, als er bemerkte, daß sich über dem Eingangstor jemand zu schaffen gemacht, kaum daß er den Rücken gekehrt hatte. Zu Beginn seines Spaziergangs war die Fahne noch auf Halbmast gesetzt, jetzt aber flatterte sie wieder am Ende der Stange. Das Ganze hatte keine zwei, drei Minuten gedauert. Herrn Schmucks Bemerkung, man sei bemüht, solche Vorgänge diskret abzuwickeln, war also kein Scherz gewesen. Mrs. Cosgrove hätte vielleicht gesagt, auf Château Morgue sei alles kunstvoll inszeniert.

Monsieur Pamplemousse spürte, wie Pommes Frites an seinem Geschirr zerrte. Was er damit sagen wollte, war klar und zudem völlig richtig. Monsieur Pamplemousse sah auf die Uhr. Sie zeigte 16.40 Uhr. Zeit für den Tee. Für den Tee und für Mrs. Cosgrove.

Was immer ihn dort erwartete und mit welchen Hintergedanken diese Einladung ausgesprochen sein mochte, auf dem Weg in das benachbarte Gebäude kreisten seine Gedanken vor allem um Teegebäck in allen Variationen, das eine willkommene Abwechslung zu den vielen Würsten darstellen würde.

Zwar hätte Monsieur Pamplemousse seine Begeisterung und Bewunderung für *saucisses* in allen Arten und Varianten um nichts in der Welt preisgegeben, tief im Inneren mußte er sich jedoch eingestehen, daß es gewisse Grenzen gab – vor allem wenn man Wurst täglich und ausschließlich verzehrte, ganz ohne Gemüse oder wenigstens die eine oder die andere Scheibe Brot als Beilage. Darüber hinaus freute er sich mehr als je zuvor auf den Genuß eines erquickenden Getränks.

Sie trafen fast im selben Augenblick wie Mrs. Cosgrove

vor deren Zimmer ein. Sie trug einen weißen Gymnastikanzug und kam offenbar direkt vom Training. Der Anblick des Hundes ließ sie kurz stutzen, doch sie fand ihre Fassung sofort wieder.

»Er begleitet Sie wohl *überall hin*«, stellte sie fröhlich fest, während sie die Tür öffnete. »Sogar hierher. Nun, ich nehme an, er ist immer bei Ihnen und ... paßt gewissermaßen auf Sie auf, sieht zu, was so vor sich geht?«

»Immer«, sagte Monsieur Pamplemousse bestimmt. »Wir sind unzertrennlich. Ohne Pommes Frites, nicht auszudenken!«

»Ja, natürlich.« Mrs. Cosgrove musterte seinen Gefährten mit leicht nervösem Blick. Pommes Frites hatte seine undurchdringliche Miene aufgesetzt und beobachtete sie unverwandt, als sie rasch durch das Zimmer ging, die Vorhänge zuzog, seinem Herrn einen Stuhl zurechtrückte und auf dem kleinen Tisch daneben ein Tischtuch ausbreitete.

»Ich mache alles zurecht, dann würde ich gerne, wenn Sie nichts dagegen haben, noch rasch duschen und etwas Bequemeres anziehen. Ich fühle mich wie ein nasser Lappen.«

Als sie für einen Augenblick hinter einer Schranktür verschwand, ergriff Monsieur Pamplemousse die Gelegenheit, sich rasch mit den Räumlichkeiten vertraut zu machen. In der Größe unterschied sich das Zimmer kaum von seinem eigenen, aber damit hatte es mit der Ähnlichkeit auch schon ein Ende. Nicht nur schien es für einen längeren Aufenthalt eingerichtet, was ja nicht weiter verwunderlich war, darüber hinaus spiegelte es auch eine ihm neue, private und fast ein wenig überraschende Seite von Mrs. Cosgroves Charakter wieder. Trotz ihrer ländlich und naturverbunden wirkenden Erscheinung hatte sie offenbar eine Vorliebe für Rüschen. Rüschenbesetzte Deckchen schmückten ihren Toilettentisch, dazu passende Rüschen verschönerten die Regale und den Nachttisch. Das Bett selbst war noch extravaganter, ein pralles *soufflé* aus blauer Seide, umsäumt mit weißer Spitze. Es sah weich und einladend aus, das genaue Gegenteil seiner orthopädischen Matratze mit der einfachen, dünnen Decke. Insgesamt wirkte das Zimmer sehr feminin.

Der Toilettentisch war girlandengeschmückt und mit allerlei Zierat dekoriert, und aus einem schwarzen Bilderrahmen in der Mitte des Arrangements blickte ihm die grau wirkende Gestalt eines Mannes im Trenchcoat entgegen, die in dieser Umgebung wie ein Fremdkörper wirkte. Mit hochgeschlagenem Mantelkragen – das Photo war wohl bei Regen aufgenommen worden – spähte er vor dem Hintergrund einer Blätterwand von draußen durch ein Fenster.

Die mutmaßliche Identität dieses Herrn bestätigte sich kurz darauf, als Mrs. Cosgrove das Bild im Vorbeigehen vom Tisch nahm und mit dem Gesicht nach unten in einer Schublade verstaute. Monsieur Pamplemousse empfand eine irrationale Erleichterung, als sie diese energisch schloß.

»Ich hoffe, es reicht für uns alle«, erklärte sie prononciert und stellte einen Teller auf den Tisch neben ihm, der hoch mit Kuchen beladen war. »Ich hatte nicht damit gerechnet, daß wir zu dritt sein würden, und jetzt ist es zu spät, um noch einmal ins Dorf hinunterzugehen. Außerdem«, sie senkte verschwörerisch die Stimme, »wenn das herauskommt, bin ich dran. Patienten haben zu den Wohnräumen der Angestellten keinen Zutritt. Das ist Sperrgebiet.« Sie ließ das Ganze wie einen Schulmädchenstreich klingen.

Mit Müh und Not konnte sich Monsieur Pamplemousse die Bemerkung verkneifen, das Backwerk sähe gerade so aus, wie der Doktor es ihm verschrieben habe. *Babas, éclairs* und Mandelcremeschnitten lagen neben *mille-feuilles* mit ihren von *crème chantilly* überquellenden Blätterteigschichten; die Kunst eines *pâtissiers* hatte hier eine wahre Symphonie komponiert. Monsieur Pamplemousse konnte es kaum erwarten.

Pommes Frites hatte hingegen keinerlei Hemmungen. Er schmatzte vernehmlich, als er den Tisch ins Visier nahm.

Wieder einmal sah Mrs. Cosgrove ihn voll Bedauern an. »Will er etwa ›*walkies*‹ gehen?«

»*Walkies? Qu'est-ce que c'est* – ›*walkies*‹?« Monsieur Pamplemousse bemühte sich, seiner Zunge das unbekannte Wort abzuringen.

»*Une promenade.* ›Gassi gehn‹. Ich könnte Ihnen ›die Augen ersetzen‹, solange er draußen ist. Das heißt, falls Sie mich lassen.«

Monsieur Pamplemousse versuchte sich auszumalen, was geschehen würde, sollte er es wagen zu versuchen, Pommes Frites das ›Gassi-Gehen‹ schmackhaft zu machen, während ein Teller voll Kuchen auf dem Tisch stand, der darauf wartete, verspeist zu werden. Er schüttelte den Kopf.

»Sehr nett von Ihnen, trotzdem – lieber nicht.«

»Also gut.« In dem Klappern der Teetassen, die Mrs. Cosgrove aus dem Schrank nahm, schwang Enttäuschung mit; zugleich ertönte das Klirren von Flaschen.

Monsieur Pamplemousse neigte sich etwas zur Seite, um besser sehen zu können, und hielt den Atem an. Er traute seinen Augen kaum, doch da standen, in voller Pracht und Größe, mehrere Flaschen, die ohne jeden Zweifel aus der

Champagne stammten. Dahinter entdeckte er eine Reihe hochschultriger Flaschen, die nichts anderes als Bordeaux enthalten konnten, und dort drüben – er beugte sich vor – einen Cognac. Keinen Allerweltscognac, sondern ein Fläschchen des einzigartigen Marcel Ragnaud. Pamplemousse kannte ihn gut, wenn er auch nur allzu selten in den Genuß einer Kostprobe kam.

»Täuschen sich meine alten Ohren«, fragte er beiläufig, »oder höre ich Gläser klirren?«

»Sie hören richtig.« Mrs. Cosgrove öffnete die Tür noch weiter, nahm eine Flasche aus dem Schrank und stellte sie behutsam mit zwei Gläsern auf ein Regal. »Ich stelle eine Flasche Wein bereit. Vielleicht können wir sie später trinken. Es ist ein 66er Gruaud Larose, und ich trinke so ungern allein.«

»Ein *Gruaud Larose soixante-six*!« Monsieur Pamplemousse wiederholte die Worte ehrfurchtsvoll und genoß jede Silbe – fast als kostete er den Wein bereits. Er erinnerte sich, daß dies einer der großen Weine seines Jahrgangs gewesen war.

»George sagt immer, wenn schon Saufen, dann mit Stil. Für billigen Verschnitt hatte er nie etwas übrig.«

Monsieur Pamplemousse revidierte seine Meinung über die Engländer im allgemeinen und über Monsieur Cosgrove im besonderen: Sie stiegen sprunghaft in seiner Achtung.

»Madame Cosgrove ...«, setzte er an.

»Nennen Sie mich doch Anne.«

»Anne.« Das war ihm etwas unangenehm. Es war schon lange her, daß er einer Frau angeboten hatte, ihn beim Vornamen zu nennen. In seiner alten Heimat, der Auvergne, sprachen ihn sogar Menschen, die er noch aus der Kindheit kannte, mit dem Familiennamen an. Sein Schlag verlor nur sehr langsam die Distanz. »Dann nennen Sie mich Aristide.«

»Aristide!« Aus dem Badezimmer war ein amüsiertes Kichern zu vernehmen. »Ich dachte immer, so heißen nur Leute in Schulbüchern. In meinem Französischlehrbuch gab es nämlich einen Aristide – er hatte eine Menge Onkeln und Tanten, und immer wollte er, daß jemand das Fenster aufmacht. So wuchs ich mit der Vorstellung auf, alle Franzosen seien Frischluftfanatiker.« Ihre Stimme klang plötzlich gedämpft, weil das Wasser in der Dusche so laut rauschte.

»Was wollten Sie eben sagen?« Sie kam zurück ins Zimmer, hob den rüschenbesetzten Deckel eines Weidenkorbes hoch und ließ die obere Hälfte ihres Gymnastikanzugs hineinfallen. Eine schlängelnde Bewegung, und der untere Teil folgte. Monsieur Pamplemousse holte tief Luft. Mrs. Cosgrove war vollkommen, wirklich vollkommen nackt. *En tenue d'Eve*, gewissermaßen.

»Ich wollte sagen, äh ...« Er durchforstete die hintersten Winkel seines Gehirns nach einem denkbaren Gedanken, konnte jedoch nicht das geringste finden. *Sacrebleu!* Er mußte sich zusammennehmen. »Verzeihen Sie. Es war wohl nicht besonders wichtig.«

Mrs. Cosgrove stand einen Augenblick breitbeinig vor einem mannshohen Spiegel und steckte sich das Haar auf, doch als sie einen prüfenden Blick von Pommes Frites auffing, drehte sie sich um und verschwand eilig im Badezimmer. Das Rauschen des Wassers hörte sich nun anders an.

»Bitte verzeihen Sie«, rief sie. »Ich bin gleich wieder da.«

»Lassen Sie sich ruhig Zeit.« Monsieur Pamplemousse putzte rasch seine Brille und malte sich, behaglich zurückgelehnt, aus, wie der Wasserstrom in Kaskaden über Mrs. Cosgroves Körper brauste.

Falls Monsieur Pamplemousse wegen seiner Maskerade je Gewissensbisse verspürt hatte, so waren sie jetzt jedenfalls wie weggeblasen. Ohne den Blick auch nur eine Sekunde von dem Schauspiel zu wenden, das sich ihm da bot, nahm er sich ein Stück Kuchen.

»So ist es recht. Schön, daß Sie schon mal anfangen.« Mrs. Cosgrove stand ihm in der Tür gegenüber und frottierte sich mit einem großen Handtuch energisch den Rükken.

»Eigentlich finde ich Gymnastik langweilig, aber George sagt immer, ich muß meine Honigseiten pflegen.«

Monsieur Pamplemousse fragte sich, welche Seiten George wohl am meisten schätzte. Die Prioritätenliste des Gatten wäre bestimmt höchst interessant. Er selbst konnte mit einem Blick mehrere überaus begehrenswerte Anwärter auf die Spitzenplätze dieser Liste ausmachen. Gab George Mrs. Cosgroves festem und doch ausladenden *balcon* den Vorzug, dessen *poitrines* nach dem abschließenden Schauer kalten Wassers harte Knospen trugen? Oder gehörte er etwa zu jenen Männern, die den Wonnen eines *derrière* verfallen waren? Als Mrs. Cosgrove sich umwandte und hinunterbeugte, um ihre Zehen abzutrocknen, hätte Monsieur Pamplemousse fast seine eigene Prioritätenliste revidiert. Es handelte sich nämlich um einen höchst bemerkenswerten *derrière*, einen wirklich ansehnlichen *arrière-train*, der sich überdies in greifbarer Nähe befand. Er hätte nur die Hand auszustrecken brauchen, um ihn zu berühren. Er spürte Pommes Frites mit bebenden Nüstern an seiner Seite – wahrscheinlich bewegten seinen Partner ganz ähnliche Gedanken. Um möglichen Peinlichkeiten zuvorzukommen, legte Monsieur Pamplemousse ihm beschwichtigend die Hand auf den Kopf.

Mon Dieu! Er griff nach seinem Taschentuch. Mrs. Cosgrove würde wohl nie erfahren, wie nahe er daran war, über sie herzufallen. Ohne bestimmten Grund fragte sich Monsieur Pamplemousse, wie wohl Alphonse diese Situation bewältigt hätte. Wahrscheinlich wäre seine Wachsfigur längst zu einer Pfütze auf dem Boden zusammengeschmolzen.

»Sagen Sie, ist Ihnen nicht gut?« Plötzlich wurde ihm klar, daß sie wieder mit ihm sprach. »Sie sind ja ganz blaß. Und Ihre Brille ist völlig beschlagen. Obwohl das natürlich ziemlich egal ist.« Als ihr bewußt wurde, was sie da redete, versuchte sie, ihre Verlegenheit hinter einem nervösen Lachen zu verbergen. »Verzeihen Sie mir. Ich bin manchmal etwas unbedacht.«

Monsieur Pamplemousse nahm sich zusammen. »Nicht weiter schlimm. Nur der Dampf von der Dusche.« Er wischte die Brille trocken, lehnte sich zurück und gab sich große Mühe, so zu tun, als richtete er seinen Blick auf die Badezimmerwand hinter Mrs. Cosgrove, doch die Fliesen verschwammen immer wieder vor seinen Augen.

»Sie sind ja so still.« Sie öffnete den Kleiderschrank und suchte darin herum. »Stimmt etwas nicht?«

»Die Sprache ist dem Menschen gegeben, um seine Gedanken zu verbergen«, erklärte Monsieur Pamplemousse gekünstelt. So ganz paßte dieser Aphorismus nicht. Je länger er darüber nachdachte, desto mehr fragte er sich, warum er das eigentlich gesagt hatte, aber immerhin hatte es eine Pause überbrückt.

»Das ist aber ein weiser Spruch.« Mrs. Cosgrove nahm prüfend ein schwarzes, spitzenbesetztes Etwas in die Hand und legte es wieder beiseite.

Monsieur Pamplemousse wollte gerade sagen, daß Talleyrand wohl derselben Meinung gewesen sein dürfte, als er diese Bemerkung machte, besann sich jedoch eines besseren. Er hatte andere Dinge im Kopf; Dinge, die vom gegenwärtigen Tun seiner Gastgeberin nicht ganz unbeeinflußt waren.

Mrs. Cosgroves Vorliebe für Rüschen beschränkte sich offenbar nicht auf die Inneneinrichtung. Stück für Stück wurden *dessous* aus Seide, Chiffon oder Nylon in allen erdenklichen Farbschattierungen von Lavendel bis Tiefschwarz, mit Schleifchen und Spitzen besetzt, einer eingehenden Untersuchung unterzogen und aus diesem oder jenem Grund wieder verworfen.

Monsieur Pamplemousse sah versonnen zu. Er fragte sich, was der Direktor wohl von dieser Szene halten würde. Modeschauen wie diese gab es sonst nur in Hochglanzmagazinen: Selbst in seinen verwegensten Träumen hätte er sich nicht auszumalen gewagt, bei einer solchen Präsentation einmal selbst dabeizusein – sozusagen in der allerersten Reihe; was hier zur Schau gestellt wurde, verriet ebenso viel über die innersten Gedanken von Mrs. Cosgrove wie über die Kapriolen und Allüren der Mode.

Nachdem seine Gastgeberin ihre Wahl auf zwei Alternativen eingeengt, die relativen Vorzüge von lose flatterndem Schwarz im Vergleich zu enganliegendem Weiß abgewogen und sich schließlich zugunsten des letzteren entschieden hatte, setzte sie sich, bereits mit Strapsen bekleidet, auf einen Hocker und zog langsam und bedächtig ein Paar weißer Strümpfe über ihre Beine.

Als sie in die knappste und zarteste der dazupassenden *culottes* schlüpfte, griff Monsieur Pamplemousse nach einem weiteren Stück Kuchen und bemerkte zu seinem Entsetzen, daß nur noch zwei übrig waren. Gleichzeitig registrierte er bei Mrs. Cosgrove einen Sinneswandel. Offenbar hielt sie das Tragen von *culottes* an diesem Tag für überflüssigen Zierat: Sie hatte sie schon wieder ausgezogen.

»Armer Aristide.« Mrs. Cosgroves Stimme unterbrach seine Gedanken. »Ich vernachlässige Sie wohl.«

Sie trug nun ein blaues Kleid, das hervorragend zur Einrichtung paßte. Dadurch schien sie plötzlich ein anderes Wesen zu sein. Ebensogut hätte sie darin zum Nachmittagstee in einem englischen Park gehen können. Seine Kenntnis der Dinge erzeugte ein seltsames Gefühl der Intimität. Sich dies zunutze zu machen oder auch nur jemandem davon zu erzählen, wäre ihm allerdings wie Verrat erschienen.

»*Ça ne fait rien.*« Damit schob er ihre Entschuldigungen beiseite und akzeptierte die neue Lage. »Ich gebe mich gern meinen Gedanken hin. Und Ihren *pâtisseries* nicht minder, wie ich gestehen muß.«

»Gut so.« Sie griff in ihre Handtasche und zog einen Lippenstift hervor. »Sie müssen ja halb verhungert sein, wo Sie doch auf *régime* sind, und dann noch die ganze Aufregung heute morgen.«

»Aufregung?« Der Morgen schien ihm eine Ewigkeit her zu sein.

»Die Geschichte in der Turnhalle. Die Arme ist ja wohl schon abtransportiert worden. Sie haben nicht zufällig auf ihre Beine geachtet?«

Monsieur Pamplemousse schüttelte den Kopf und fragte sich, welchen Brocken Information sie ihm wohl als nächstes hinwerfen würde.

»Bestimmt waren sie riesig im Verhältnis zu ihrem restlichen Körper, da könnte ich wetten. Alle haben sie enorme Waden gehabt – die reinsten Ballettänzerinnen. Das hat mir ein Kollege erzählt.

Wenn Sie mich fragen, ist der alte Schmuck hinter ihrem Geld her. Oder er macht aus ihnen Fleischpasteten oder Wurst oder so was.«

Monsieur Pamplemousse blieb der Kuchen im Hals stekken. »Wie kommen Sie denn darauf?«

»Das war doch nur ein Scherz. Ich dachte nur gerade an den Massenmörder Sweeney Todd. Immerhin betreiben sie hier ja auch eine *charcuterie* nebenher – eine seltsame Kombination.« Zufrieden mit ihrem Make-up wandte Mrs. Cosgrove sich vom Toilettenspiegel ab. »Wie wär's mit einer Tasse Tee? Oder einem Gläschen Beaumes de Venise?«

Die Entscheidung fiel Monsieur Pamplemousse nicht allzu schwer, ja die Wahl stand im Grunde bereits fest. Nach Mrs. Cosgroves Enthüllungen brauchte er dringend etwas Alkoholisches. Außerdem spürte er, daß die Stimmung sich änderte. Wenn er nicht aufpaßte, würden sie bald nur noch höfliche Konversation machen.

Mrs. Cosgrove spürte das offenbar auch und suchte in einer Cassettenbox neben ihrem Bett nach passender Musik. Dann trat sie an den Schrank, während die Melodie von *Some Enchanted Evening* erklang. Pommes Frites seufzte tief.

»Tut mir leid, daß er nicht gekühlt ist. Ich hätte ihn aufs Fensterbrett stellen können, wenn ich daran gedacht hätte. Aber in England trinken wir einen solchen Wein zum Abschluß einer Mahlzeit. In Frankreich hingegen ...«

»Bei uns trinkt man ihn eher als appetitanregenden *apéritif*.« Monsieur Pamplemousse versuchte, die erste Hürde zu nehmen. »Anders als die meisten anderen Weine reift er nicht in Holzfässern, sondern in mit Glas ausgekleideten Betonbehältern, was zur Erhaltung seines besonderen Geschmacks beiträgt.«

Es war ein großes Glas, und sie hatte ihm reichlich eingeschenkt. Monsieur Pamplemousse hob es an die Nase: ein herrliches Bouquet. Er versuchte, unauffällig einen Blick auf das Etikett zu werfen. Es handelte sich um einen Domaine de Durban von Jacques Leydier.

Als er das volle Aroma der bernsteinfarbenen Flüssigkeit auf dem Gaumen spürte, war ihm gleich wohler zumute. Er trank fast ein wenig zu schnell und sah wohl, daß Mrs. Cosgrove an ihrem Glas nur nippte und ihn dabei nachdenklich musterte. Wieder bemerkte er ihr Beinpendelsyndrom. Er fragte sich, was wohl in ihrem Kopf vorging. Wie schwer sich doch die Gedanken einer Frau lesen ließen. Wartete sie vielleicht darauf, daß er den ersten Schritt machte? Er streckte die Hand aus.

Mrs. Cosgrove schob ihm den Kuchenteller hin. »Essen Sie sie doch auf.«

»*Non, merci*. Die letzten sind für Sie.«

Mrs. Cosgrove nahm ihn prompt beim Wort, was ihm einen vorwurfsvollen Blick von Pommes Frites einbrachte. Monsieur Pamplemousse tat, als bemerke er ihn nicht. In mancher Hinsicht war Pommes Frites um seine einfache Lebensphilosophie zu beneiden. Er hätte die Situation im Handumdrehen zu resümieren vermocht. Von sanfter Musik oder Beaumes de Venise hielt er nicht das geringste; Strapse betrachtete er höchstens als unnötiges Hindernis, in dem sich seine Pfoten verheddern konnten. Wenn er etwas haben wollte, packte er zu. Das Schlimmste, was ihm passieren konnte, war ein Eimer kaltes Wasser – wie damals in der Rue Ordener.

Mrs. Cosgrove fuhr mit der Zunge über den Rand des letzten *mille-feuille*. Monsieur Pamplemousse fühlte, wie sein Puls schneller schlug, als ihre Zähne sich in das Gebäck senkten.

»*Wowie-zowie!*«

Monsieur Pamplemousse machte eine Handbewegung, die alles bedeuten konnte. Er hatte diesen Ausdruck noch nie gehört. »Mit Blätterteig ist es wie mit Mayonnaise. Es kommt hauptsächlich auf die richtige Temperatur an. Man braucht dazu eine eiskalte Marmorplatte und die beste Butter; vor allem aber kommt es auf *tour de main*, die ›Fingerfertigkeit‹ an. Entweder man hat sie, oder man hat sie nicht. Die besten Küchenchefs machen es am liebsten morgens.«

»George hat es auch am liebsten morgens gemacht«, sagte Mrs. Cosgrove leicht betrübt.

»Ist er denn Koch?« Monsieur Pamplemousse versuchte sich den Gatten von Mrs. Cosgrove in einer Küche vorzustellen. Es war nicht leicht. Er schien untrennbar verbunden mit seinem Trenchcoat.

Wieder drohte der Bann zu brechen. Vielleicht war er diesmal selbst schuld, weil er das Thema auf kulinarische Details gebracht hatte. Wie zur Bekräftigung schaltete sich das Band auf dem Nachttisch mit einem Klicken ab. Es mußte auf eine ganz bestimmte Stelle vorgespult gewesen sein, denn es verstummte schon nach diesem einen Lied. In der nun folgenden Stille hörte er, wie draußen eine Autotür zugeschlagen wurde. Mrs. Cosgrove trat ans Fenster und zog die Vorhänge einen Spalt auseinander.

»Schon wieder die Polizei. Offenbar wurde in der Nacht eingebrochen. Jemand war in der Küche und hat dort ziemlich viele Lebensmittel gestohlen. Es heißt, daß die Polizei jemanden aus dem Haus verdächtigt und alle Zimmer durchsuchen will.«

Sie ließ den Vorhang fallen und wandte sich ihm wieder zu. »Sagen Sie, fühlen Sie sich *wirklich* wohl? Sie sehen so blaß aus.«

»Mir fehlt nichts.« Monsieur Pamplemousse erhob sich mühsam und griff nach dem Geschirr seines Partners. »Trotzdem ist es vielleicht besser, wenn ich jetzt gehe und mich ein Weilchen hinlege.«

»Wenn Sie möchten, können Sie das gerne auch hier tun.« Mrs. Cosgrove gab sich größte Mühe, sich die Enttäuschung nicht anmerken zu lassen.

»*Merci.*« Monsieur Pamplemousse nahm ihre Hand und drückte sie flüchtig. »Ich gehe wohl doch lieber auf mein Zimmer. Vielleicht... vielleicht möchten Sie mich später besuchen, wenn alles ruhig ist?« Er senkte die Stimme. »Sie müssen meine *andouillette* ausprobieren. *Et après*... könnten wir ja den Wein trinken, den Sie freundlicherweise bereitgestellt haben. Wenn Sie jetzt die Flasche öffnen, hat er genügend Zeit zum Atmen.«

»Hätten Sie denn Lust darauf?« Er fühlte, wie ihr Händedruck fester wurde, als sie das sagte.

»Es würde mir größte Freude bereiten«, antwortete er ohne Umschweife.

Sie brachte ihn zur Tür und hauchte ihm den denkbar zartesten Kuß auf die rechte Wange. Ihm war, als habe ihn ein *papillon* mit dem Flügel gestreift.

»*Au revoir*, Aristide. Bis... später.«

»*Au revoir*... Anne.« Der Gebrauch ihres Vornamens fiel ihm schwer.

Pommes Frites zerrte ungeduldig an seinem Geschirr, und einen Augenblick später waren sie schon unterwegs. Kaum hatten sie die nächste Biegung des Korridors erreicht, beschleunigte Monsieur Pamplemousse seinen Schritt. Sie durften keine Zeit mehr verlieren.

Da Pommes Frites spürte, daß die Dinge nicht zum besten standen, legte er sich ins Zeug, und als sie auf den Gang kamen, an dem ihr Zimmer lag, war er nicht mehr aufzuhalten. Und in der Tat erreichten sie ihr Ziel im letzten Moment. Als Monsieur Pamplemousse die Tür hinter sich schloß, hörte er aus dem Nachbarzimmer Stimmen und dazwischen das Geräusch von auf- und zuschlagenden Schranktüren.

Merde! Sie hatten keine Sekunde zu verlieren. Nach den Geräuschen zu urteilen, wurde nebenan gründlich gearbeitet.

Er klemmte seinen Stock unter den Türknauf, stürzte zum Schrank, nahm das Wurstpaket aus seinem Mantel und leerte den Inhalt auf den Tisch. Als er sich im Zimmer umblickte, wurde ihm bang. Es wäre besser gewesen, wenn er Mrs. Cosgrove alles offen eingestanden und die Beute bei ihr in Sicherheit gebracht hätte. Jetzt war es zu spät dafür.

Er packte ein Messer, schnitt ein *saucisson de Bourgogne* in zwei Hälften und ließ sie in einem Paar Socken verschwinden, mit denen er den Spalt unter der Tür verstopfte, durch den es ohnehin immer zog. Dann versuchte er, einige *saucisses de Bordeaux* in den Vorhangsaum zu schieben, in der Eile blieben sie aber auf halbem Wege stecken. Pommes Frites, der wie immer darauf bedacht war, ihm zu helfen, zog sie wieder heraus. Angespornt von diesem Erfolg, stürzte er sich auch gleich noch auf eine der Socken.

Als aus dem Korridor *au revoirs* und Entschuldigungen an sein Ohr drangen, ergriff Monsieur Pamplemousse in seiner Verzweiflung die restlichen Würste und schleuderte sie in die Hundehütte. Pommes Frites konnte sein Glück kaum fassen und war mit einem Satz ebenfalls in seiner Hütte.

»*Non!*« Monsieur Pamplemousse stieß diesen knappen Befehl mit einer Stimme aus, die keine Diskussion duldete. »Platz! *Asseyez-vous. Gardez les saucissons!*«

Er war versucht hinzuzufügen: »*Et les andouillettes, gardez-les avec un soin particulier*«, ließ es aber lieber sein. In solchen Augenblicken durfte man nicht unbescheiden sein, und Pommes Frites stand die Verwirrung ohnehin schon ins Gesicht geschrieben. Völlig aus der Fassung über den unerwarteten Sinneswandel seines Herrn, sperrte er das Maul auf und heraus fiel ein halb verspeister *boudin.* Ein Tagesbefehl erforderte Aufrichtigkeit, Präzision und eine klare Ausdrucksweise, und Monsieur Pamplemousse wußte, daß seine Wünsche fraglos respektiert würden, solange er diese drei Faktoren berücksichtigte.

Er hängte ein großes Handtuch über die Vorderseite der Hundehütte, schloß die Badezimmertür, schob die Socken eilig wieder unter die Zimmertür und sank endlich in den Sessel. Im selben Augenblick wurde von draußen energisch an die Tür geklopft.

Monsieur Pamplemousse rückte seine Brille zurecht, richtete seinen Blick auf einen Punkt irgendwo jenseits der Gipfel der Pyrenäen und machte sich auf das Schlimmste gefaßt.

»*Entrez, s'il vous plaît.*« Zu seiner großen Überraschung klang seine Stimme beinahe normal.

Die Hauptrolle

Vor der Tür scharrten Füße, dann stieß die Person auf der anderen Seite eine Verwünschung aus und klopfte schließlich noch lauter und gebieterischer als zuvor an die Tür.

»*Ouvrez la porte, s'il vous plaît.*« Es klang mehr wie ein Befehl denn wie eine Bitte.

Monsieur Pamplemousse sprang auf. *Sapristi*! Er hatte den Stock vergessen. Von außen drückte jemand mit solcher Gewalt gegen die Tür, daß sie ein Stück weit hochgehoben wurde und eine der Socken mit dem *saucisson de Bourgogne* einklemmte, als sie in den Angeln wieder herabrutschte. An der Zehenspitze lugte bereits Fleisch durch eine dünne Stelle im Gewebe und drohte jeden Moment hervorzuplatzen. Hätte er nur eine härtere Salami genommen.

»*Un moment*!« Der Stock bog sich, als er damit wie mit einem Hebel die Tür hochzudrücken versuchte. Es knackte verdächtig. Eine Sekunde später waren die Socken befreit. Nach zwei weiteren Sekunden hatte er das Fenster geöffnet und die anstößigen Objekte in die Nacht hinausgeschleudert. Gleich darauf war lautes Gekläff zu vernehmen, gefolgt von einem Knurren, als sie irgendwo landeten. Die Polizei mußte Hunde mitgebracht haben. Glücklicherweise waren sie noch nicht ins Gebäude gedrungen.

Monsieur Pamplemousse nutzte die kurze Atempause, um sich mit seinem ganzen Gewicht gegen die Tür zu stemmen, zog den Stock unter dem Knauf hervor, trat zurück und wartete darauf, daß der Sturm losbrach.

Die Tür sprang auf, und vier Personen traten ein. Doktor Furze, ein Polizeiinspektor und zwei *gendarmes*. Monsieur Pamplemousse sah sie erstaunt an. Nach dem Lärm im Korridor hatte er mit einer ganzen Armee gerechnet.

Doktor Furze musterte ihn argwöhnisch. »Verbarrikadieren Sie sich immer in Ihrem Zimmer?« fragte er. »Auf Château Morgue sind versperrte Türen strengstens verboten.«

Monsieur Pamplemousse beschloß, in diesem Fall sei Angriff die beste Verteidigung. »Sicher – wenn ich mich bedroht fühle. Ich habe von gewissen, nun, sagen wir ›nächtlichen Vorfällen‹ gehört. Deshalb wollte ich lediglich Vorkehrungen zu meinem persönlichen Schutz treffen. In meiner Lage kann man gar nicht vorsichtig genug sein.

Übrigens, wer sind Sie eigentlich, und was wollen Sie? Ihre Stimme erkenne ich von gestern abend, aber wer sind die anderen Herrschaften?«

»Ich bin Furze.« Der Doktor sprach mit erhobener Stimme – ein im Gespräch mit Blinden häufig zu beobachtendes Phänomen, als seien blinde Menschen zugleich auch taub. »Ich bin in Begleitung von Inspektor Chambard und seinen beiden Mitarbeitern.«

Monsieur Pamplemousse nickte. Seiner Erscheinung nach stammte Inspektor Chambard aus dem Midi oder dem Rhône-Tal; er war klein und untersetzt, und sein Gesicht war vom Mistral stark gegerbt. Mit diesem Menschen war gewiß nicht zu spaßen – das war ein ausgekochter Bursche.

»Welchem Umstand verdanke ich das Vergnügen?«

Doktor Furze fingerte nervös an seinem Clipboard. »Wie Sie so zutreffend feststellten, hat sich letzte Nacht etwas Unerfreuliches ereignet.«

»Es ist ein wichtiges Paket gestohlen worden«, unterbrach ihn Inspektor Chambard, »und wir gehen davon aus, daß der Dieb unter den Bewohnern von Château Morgue zu suchen sein dürfte. Angesichts dieser Umstände wird wohl kaum jemand etwas dagegen haben, wenn wir das gesamte Gebäude durchsuchen.«

»Eine absolut notwendige Vorsichtsmaßnahme«, meinte Doktor Furze zustimmend. »Wer weiß, wann und wo der Täter das nächste Mal zuschlägt?«

»Und wenn ich mich nun weigere?«

»Dann können wir nicht darauf bestehen – einstweilen jedenfalls nicht.« Inspektor Chambard zuckte die Achseln – eine Geste, die alles sagte: Klar können Sie sich weigern, aber das weckt unseren Argwohn. Und ist unser Argwohn einmal geweckt, sind wir binnen einer Stunde mit dem Durchsuchungsbefehl zur Stelle. Also: entweder – oder. In seinem früheren Beruf hätte Monsieur Pamplemousse ganz genauso reagiert.

»Bitte sehr.« Mit einer Handbewegung gab er das Zimmer frei. Irgendwo draußen rang ein Hund unüberhörbar nach Luft. Inspektor Chambard riß blitzartig das Fenster auf und sprang hinaus. Kurz darauf kehrte er zurück und kletterte mit einer für seine Leibesfülle erstaunlichen Behendigkeit über das Fensterbrett. Er schwenkte den angeknabberten Rest eines grünen Wollgewebes.

»Sieht aus wie eine Socke.«

»Zsssss!« Doktor Furze warf einen entrüsteten Blick darauf. »Gehört das Ihnen, Monsieur? Wenn ja, muß ich Sie darauf aufmerksam machen, daß das Aufhängen von Wäsche vor dem Fenster hier –«

»Strengstens verboten ist, ich weiß. Auf Château Morgue scheint vieles verboten zu sein.«

Ohne auf diese Bemerkung zu achten, blickte sich Doktor Furze suchend um. »Sie haben doch einen Hund.«

»Ja, Pommes Frites. Er schläft. Jedenfalls *versucht* er zu schlafen.« Monsieur Pamplemousse wünschte, er hätte die Tafel mit der Aufschrift BITTE NICHT STÖREN an die Badezimmertür gehängt. »Ich hoffe doch, das verstößt nicht gegen die Hausordnung?«

»Im übrigen«, setzte Doktor Furze unbeirrt fort, »finden Sie an Ihrer Tür eine Liste mit Ihrem täglichen Kurprogramm. Sie sollten sich heute bei Ihrem zuständigen Arzt melden, damit dieser hätte feststellen können, welche Behandlung Ihnen verordnet wird. Dies ist nicht geschehen. Darf ich fragen, warum nicht?«

»Allerdings dürfen Sie das«, donnerte Monsieur Pamplemousse. »Allerdings. Ihre Instruktionen konnte ich aus dem einfachen Grund nicht ausführen, weil ich sie nicht lesen kann – ein Umstand, der Ihnen und Ihrem Personal völlig entgangen zu sein scheint. Dieses Verhalten finde ich einfach unverzeihlich. Niemand, absolut niemand hat sich seit meiner Ankunft um mich gekümmert. Sie hätten mich hier wohl ohne weiteres verhungern lassen.«

Monsieur Pamplemousse tastete nach der Sessellehne. Ihm war bereits etwas wohler zumute, da er die Situation besser in den Griff bekam.

Doktor Furze faßte sich nach diesem Ausbruch als erster.

»In Ihrem Schnurrbart hängt ein Kuchenkrümel«, stellte er kühl fest. »Und an Ihrem Ohr klebt ein weißer Klumpen. Ich will einmal annehmen, daß es sich um Rasiercreme handelt, und nicht um *crème pâtissière*. Und in diesem Fall ist der rote Fleck auf Ihrer rechten Wange wohl Blut, weil Sie sich beim Rasieren geschnitten haben, und nicht *confiture*, auch wenn er ganz danach aussieht.«

Instinktiv griff sich Monsieur Pamplemousse ins Gesicht, aber ehe er antworten konnte, wurde er von Doktor

Furze, der seinen vorübergehenden Vorteil auszunutzen trachtete, ins Badezimmer geschoben.

»Wir haben heute offenbar unsere tägliche Gewichtskontrolle versäumt.«

»Ausziehen werde ich mich nicht wieder«, erklärte Monsieur Pamplemousse. »Gibt es denn hier keinerlei Privatsphäre? Schlimm genug, daß man seine Tür nicht abschließen kann, ohne gleich zum Verbrecher gestempelt zu werden.«

»Das ist nicht nötig. Sie brauchen lediglich die Schuhe abzulegen. Ihre Kleidung werde ich entsprechend berücksichtigen.« Schnüffelnd hielt Doktor Furze inne. »Für jemanden, der seit mehr als vierundzwanzig Stunden hungert, haben Sie einen auffällig süßen Atem. Das nämlich bemerkt man als erstes bei Menschen, die auf *régime* sind – den Mundgeruch.«

Er half Monsieur Pamplemousse auf die Waage. »Aha – wie ich vermutet habe.« Sein Tonfall wurde noch schärfer und frostiger, als er die Zahl auf der Skala mit dem Wert auf seinem Clipboard verglich. »Sie haben seit gestern abend mehr als zwei Kilo zugenommen.«

Er überließ Monsieur Pamplemousse sich selbst und ging zurück ins Zimmer, wo Inspektor Chambard und die beiden *gendarmes* jeden Zentimeter eingehend überprüften.

»Inspektor, Sie brauchen nicht weiter zu suchen: Verhaften Sie diesen Mann auf der Stelle.«

»Bei allem Respekt, Monsieur, aber diese Entscheidung müssen Sie schon mir überlassen.« Inspektor Chambard klang gereizt. »Wir sind nicht auf der Suche nach jemandem, der sich an *pâtisseries* gütlich getan hat. Wenn das allein schon eine strafbare Handlung wäre, hätten wir in Häusern wie diesem wohl oft Veranlassung, jemanden zu verhaften. Mangelnde Nahrungszufuhr treibt die Menschen nun einmal zur Verzweiflung. Ich habe von abendlichen Exkursionen ins Dorf gehört. Wenn die einzigen Kunden des alten Pertus in der *boulangerie* die Dorfbewohner wären, könnte er sich wohl nicht jedes Jahr einen neuen Citroën kaufen. Nein, Monsieur, wir suchen den Dieb einer beträchtlichen Menge *charcuterie*, die über Nacht eine Gewichtszunahme von zwanzig, nicht bloß von zwei Kilo verursachen würde. Bedenken Sie, all diese *saucisses* und *saucissons*!«

Zwanzig Kilo! Nur mit Mühe unterdrückte Monsieur Pamplemousse, der gerade aus dem Badezimmer kam und sich wieder zu den anderen gesellte, einen Pfiff. Kein Wunder, daß ihm die Würste wie ein kleiner Berg vorgekommen waren, als er sie auf den Tisch ausgebreitet hatte.

Er fuhr zusammen, als er hinter sich einen gedämpften Aufschrei hörte. Offenbar hatte man das Versteck seines Partners entdeckt.

Der zweite *gendarme* schob ihn zur Seite und folgte seinem Kollegen. Monsieur Pamplemousse hörte, wie sie sich mit leiser Stimme im Badezimmer unterhielten.

»*Regardez!*«

»*Merde!*«

Die Angemessenheit dieser Bemerkung löste amüsiertes Lachen aus. Monsieur Pamplemousse war sicher, daß die beiden einander dabei in die Seite boxten.

»*C'est formidable!*«

»*Oui. Très, très formidable!*« Eine Flut von bewundernden Pfiffen und spitzen Schreien folgte.

»*Mais qu'est-ce que c'est?*« Inspektor Chambard hielt es nicht länger aus und riß die Badezimmertür auf.

»*Sacrebleu! Nom d'un nom!*« Mit diesen knappen, präzisen und eindeutigen Worten kommentierte er ihren Fund.

Pommes Frites knurrte warnend dazu. Er war so verspielt wie andere Hunde auch, dieses Spiel aber ging ihm langsam auf die Nerven.

Monsieur Pamplemousse sah in ihre Richtung. Alle drei Polizisten knieten vor der Hundehütte und beäugten ungläubig deren Inhalt und, mit einiger Zurückhaltung, auch den Bewohner. Einer der *gendarmes* hielt sich in sichtlicher Fehleinschätzung seines Fundes ein Taschentuch vor die Nase und bemühte sich, mit seinem Gummiknüppel einen knapp neben dem Eingang liegenden *boudin* herauszufischen. Plötzlich schoß eine Pfote hervor, und er sprang mit einem Satz zurück. »*Merde!*«

»Hab' ich's nicht gesagt?« Doktor Furze drängte sich übereifrig ins Badezimmer, als wollte er die Sache möglichst rasch abschließen. Aus einem bestimmten Grund, den nur er selbst kannte, reagierte er mit gemischten Gefühlen auf den Fund des *boudin*, der zwar seinen Verdacht bestätigte, aber doch auch andere Schlüsse zuließ, die nicht unbedingt in seinem Sinne waren.

Inspektor Chambard stand auf und verließ das Badezimmer. Ohne dem Doktor Beachtung zu schenken, wandte er sich an Monsieur Pamplemousse.

»Würden Sie bitte Ihren Hund zurückrufen, Monsieur?«

»Darf ich fragen, weshalb? Er tut doch niemandem etwas zuleide, sondern beschützt nur seine temporäre Behausung.«

»Ich möchte die Hütte durchsuchen. Möglicherweise brauche ich den Inhalt als Beweismittel. Ich lasse ihn analysieren.«

»Nicht ohne Durchsuchungsbefehl«, erklärte Monsieur Pamplemousse unnachgiebig.

Inspektor Chambard warf ihm einen langen, scharfen

Blick zu und zuckte schließlich die Achseln. »Wenn das so ist...«, sagte er und wandte sich zum Badezimmer. »Paradou, da Sie offenbar ein Experte für gewisse Örtchen sind, schlage ich vor, Sie setzen Ihre Kenntnisse nutzbringend ein. An die Arbeit!«

»Aber, Chef...«

»Wickeln Sie sich ein Handtuch um den Arm. Sie wissen doch, wie so etwas geht.«

Paradou sah sich nach seinem Kollegen um, doch dieser hatte bereits hastig das Feld geräumt und blätterte emsig in den Zeitschriften, die auf dem Tisch lagen. Falls Paradou sich Mitgefühl erhofft hatte, wurde er enttäuscht.

»Chef, sehen Sie sich das an.« Inspektor Chambard zog die Badezimmertür halb zu, und der andere *gendarme* hielt ihm ein Photo hin. Monsieur Pamplemousse unterdrückte einen Fluch. Es war zwar eine Ablenkung, aber keine willkommene. Er hätte das Bild im Koffer wegschließen sollen.

»He, Paradou, komm mal her.« Der *gendarme* unterdrückte nur mit Mühe seine Aufregung.

Den Arm mit einem Handtuch umwickelt, kam Paradou bereitwillig aus dem Badezimmer. Nach einem Blick auf das Photo rief er: »*Tante Hyacinthe!*«

Er hielt das Bild ins Licht, drehte es langsam im Kreis und stieß dabei immer neue Namen aus. »Da ist ja auch Clothilde, und das ist Désirée – jedenfalls glaube ich, daß es Désirée ist, und das hier muß die kleine Josephine sein, und...« Er sah verblüfft von dem Kopf in der Mitte zu Monsieur Pamplemousse und verglich die beiden, um sich zu vergewissern, daß er richtig gesehen hatte.

»Sagen Sie bloß nicht, daß Sie mit dieser Sippschaft etwas zu schaffen hatten.«

»Wer? Mit wem? Wovon sprechen Sie eigentlich?« Die

Entwicklung nahm eine Richtung, die Monsieur Pamplemousse immer mehr beunruhigte. Je eher sein Besuch ihn verließ, desto lieber war es ihm.

Aber Paradou war nicht zu bremsen. »Bei der Armee haben sie uns immer gepredigt, daß wir auf keinen Fall zu den ›Mädchen vom Dorf‹ gehen sollen. Wieso? Weil die alle den Syph hatten. Im letzten Krieg war Tante Hyacinthes Mutter eine ›vom Dorf‹ und im dem Krieg davor deren Mutter. Und wenn es je wieder einen Krieg gibt, dann ist Tante Hyacinthe garantiert mit dabei – mit den Soldaten ›im Stellungskampf‹. Sie und alle ihre Töchter.«

Monsieur Pamplemousse war zutiefst erleichtert, daß er Doktor Furzes Angebot vom vergangenen Abend nicht wahrgenommen hatte. Er überlegte, ob er sein Wissen an Ananas weitergeben oder lieber noch eine Zeitlang für sich behalten sollte.

Doktor Furze war während des ganzen Gesprächs recht still geblieben. Er dachte angestrengt nach.

»Darf ich fragen, wie diese Photographie in Ihren Besitz gelangt ist, Monsieur Pamplemousse?«

»Photographie? Was für eine Photographie?« Im Bewußtsein eines plötzlichen Stimmungsumschwungs versuchte Monsieur Pamplemousse, Zeit zu gewinnen. Als sein Name fiel, sahen die beiden *gendarmes* einander vielsagend an, erstarrten jedoch unter dem Blick ihres Vorgesetzten, der geflissentlich jeden Augenkontakt mit Paradou vermied.

»Vermutlich lag sie zwischen den Zeitschriften«, sagte Monsieur Pamplemousse. »Ich habe gehört, wie Sie darin geblättert haben. Aber wissen Sie, es fällt mir schwer, solche Fragen zu beantworten, wenn ich gar nicht sehe, wovon Sie eigentlich sprechen.«

Inspektor Chambard kam ihm zu Hilfe. »Paradou, Sie gehen wieder ins Badezimmer.«

»Monsieur Pamplemousse«, fuhr er fort, »möchten Sie mich nicht zur *gendarmerie* begleiten?« Zur Betonung sowohl der Anrede als auch der Einladung zwinkerte er mit den Augen. Es war ein kurzes, aber eindeutiges Zwinkern.

»Soll ich dem entnehmen, daß Sie mich verhaften?«

»Nein, aber vielleicht haben Sie den Wunsch, etwas mit mir zu besprechen.«

»In diesem Falle lautet die Antwort nein.«

Inspektor Chambard war sichtlich enttäuscht. »Falls Sie es sich anders überlegen... falls Sie die *folie* Ihres Verhaltens einsehen, rufen Sie mich einfach an.«

Der Inspektor spielte auf seine Vergangenheit an. Sein Ruf schien weiter verbreitet, als er selbst gedacht hatte. Zweifellos hatte das Photo für Chambard den Ausschlag gegeben. Es paßte genau ins Bild.

»*Merci.* Vielleicht später.« Monsieur Pamplemousse verspürte vorderhand kein Bedürfnis, sich mit der örtlichen Polizei einzulassen, aber es hatte auch keinen Sinn, sie gegen sich aufzubringen.

Plötzlich kam ihm ein Gedanke. »Würden Sie mir wohl inzwischen einen Gefallen erweisen?« Er griff in die Tasche und zog die Postkarte an Doucette hervor. »Sie ist für meine Frau. Wenn Sie so freundlich wären, sie für mich einzuwerfen.«

»Selbstverständlich.« Das Zwinkern, mit dem Chambard die Karte wegsteckte, war noch vielsagender als das erste. Monsieur Pamplemousse wollte schon zurückzwinkern, als ihm einfiel, daß er eine dunkle Brille aufhatte, daher nahm er sie ab und tat, als riebe er sich die Augen, um mit der Hand sein Gesicht abzuschirmen.

Doktor Furze stand schon an der Tür. »Mir erscheint das alles höchst unbefriedigend, Inspektor. Ich werde Herrn

Schmuck Bericht erstatten, und Sie werden noch von uns hören.«

Inspektor Chambard zeigte sich unbeeindruckt von der angedeuteten Drohung. Er griff nach der Photographie. »Wenn es Ihnen nichts ausmacht, nehme ich das hier einstweilen mit.«

Die Badezimmertür ging auf, und Paradou kam mit einer Plastiktüte heraus. Offenbar hatte Pommes Frites seinen Widerstand aufgegeben. »Sehen Sie mal, was ich gefunden habe, Chef –«

»Später.« Inspektor Chambard gab seinen Untergebenen ein Zeichen zum Aufbruch. Er schien es plötzlich sehr eilig zu haben. Mit gekränkter Miene verließ Paradou hinter seinem Kollegen das Zimmer.

Chambard blickte auf die Uhr. »*Au revoir,* Monsieur Pamplemousse.«

»*Au revoir,* Inspektor.« Endlich waren sie weg. Monsieur Pamplemousse horchte, wie sich ihre Stimmen über den Korridor entfernten. Doktor Furze schwadronierte irgend etwas. Auch Monsieur Pamplemousse sah nun auf die Uhr. Die Zeiger standen auf 17.35 Uhr. Bis zu Mrs. Cosgroves Erscheinen blieb noch etwas Zeit – Zeit, um seine Gedanken zu ordnen.

Auch Pommes Frites schien versucht zu haben, den Aufenthalt in seiner Behausung zum Ordnen seiner Gedanken zu verwenden – jedoch offenbar ohne großen Erfolg, denn als er aus dem Badezimmer kam, hatte er die Stirn in tiefe Falten gelegt. Eine Zeitlang hatte es ihm Spaß gemacht, mit dem Polizisten Katz-und-Maus zu spielen. Jedesmal, wenn er dem Mann die Pfote auf den Arm gelegt hatte, war der erwartete verhaltene Schreckensschrei gefolgt; doch ohne Zuschauer machte das Spielchen keinen rechten Spaß, und so war er froh, daß es ihm wenigstens gelungen war, den Großteil der Wurst im hinteren Teil seiner Hütte zu verbergen. Jetzt war Pommes Frites in höchstem Maße unternehmungslustig, während sein Herr auf Unternehmungen nur wenig erpicht schien. Monsieur Pamplemousse saß, ebenfalls mit gerunzelter Stirn, am Tisch vor einem Berg von Formularen, die sauber vor ihm aufgestapelt waren, und kaute an seinem Cross-Füllhalter, weil er unentschlossen war, welche von zwei gleichermaßen dringlichen Aufgaben er zuerst erledigen sollte.

Einerseits hatte er *Le Guide* gegenüber seine Pflicht zu erfüllen. Abgesehen von ein paar zusammenhanglosen Kritzeleien in seinem Notizbuch hatte er noch keine einzige Aufzeichnung gemacht. Andererseits gab es noch einen zweiten Grund für seinen Aufenthalt auf Château Morgue, wobei der zweite möglicherweise sogar der wichtigere sein konnte – aber falls er den Mageninhalt seines Partners nicht umgehend einer tierärztlichen Untersuchung unterziehen ließ, mußte er den Brief wohl ein für allemal verloren geben und würde seinen Inhalt nie erfahren. Es war ein Dilemma, das stand außer Zweifel.

Er betrachtete den Stapel Papier vor sich und bewunderte wieder einmal die Berichtformulare von *Le Guide*, die eigentlich nichts zu wünschen übrigließen.

Sie basierten auf der einfachen Annahme, daß sich alles analysieren läßt, indem man es in seine Bestandteile zerlegt, so wie sich das Bild auf dem Fernsehschirm aus unzähligen winzigen Pünktchen zusammensetzt, wobei jeder Farbton einem elektrischen Signal entspricht.

Am Ende des Formulars stand zwar genügend Raum für persönliche Kommentare zur Verfügung, den überwiegenden Platz nahmen jedoch mehr als fünfhundert elementare Fragen ein, die mit einem einfachen »*oui*« oder »*non*« zu beantworten waren. So war gewährleistet, daß trotz unterschiedlicher Temperamente und Geschmäcker alle Inspektoren dieselbe Sprache sprachen. Geschmäcker mochten verschieden sein, Normen sind es nicht. Auch wurde auf diese Weise jeglicher Korruption oder Verfälschung ein Riegel vorgeschoben, handelte es sich doch um unanfechtbare, unbestreitbare Resultate, die alles abdeckten – von der Qualität der Ingredienzen über die Größe der Portionen bis zur Präsentation der Speisen, von den Parkmöglichkeiten bis zum Design des Eßbestecks.

Handelte es sich um ein klassisches Gericht? Wenn ja, war es richtig zubereitet? War die Sauce zu heiß? Zu kalt? Zu salzig? Wurde sie extra serviert? Konnte der Kellner das Gericht auf Anfrage beschreiben? Wenn nicht, wußte er sich die richtige Information rasch zu verschaffen?

Ein ebenso großer Abschnitt war dem Kredenzen von Wein gewidmet. Roch der Kellner lediglich am Korken und schenkte anschließend sofort ein, oder gab er dem Gast Gelegenheit zum Kosten? Hatte man Beaujolais gewählt, wurde er leicht gekühlt serviert? Wenn es sich um einen alten Wein handelte, machte sich der Kellner erbötig, ihn zu dekantieren? Wenn ja, tat er dies am Tisch? Verwendete er dabei eine Kerze? Oder trug er den Wein zu diesem Zweck in die Küche? Zeigte er dem Gast in diesem Fall anschließend die leere Flasche? Und auch den Korken? Wenn er den Gast probieren ließ, wollte er wirklich dessen Meinung erfahren oder wickelte er lediglich ein Ritual ab?

Die Liste war schier endlos. In weiser Voraussicht hatte Monsieur Hippolyte Duval für nahezu jede Eventualität vorgesorgt. Allerdings hatte er wohl nicht damit gerechnet, daß einer seiner Inspektoren in einem Etablissement eingesperrt sein könnte, wo sich die Nahrungszufuhr anscheinend in einem Glas schmutzigen Wassers erschöpfte, das dem Gast bei verspäteter Ankunft sogar noch vorenthalten wurde.

Monsieur Pamplemousse starrte etwa eine Viertelstunde lang auf die Liste und legte sie dann wieder weg. Falls *Le Guide* das Neuland der Thermalbäder tatsächlich erforschen wollte, brauchte man dafür ein vollkommen neues, jedenfalls wesentlich gekürztes Formular.

Da also zumindest einstweilen eine der beiden Alternativen erledigt war, wandte sich Monsieur Pamplemousse dem zweiten Punkt auf seiner Tagesordnung zu. Er zog ein Blatt aus der Mappe von *Le Guide* und begann, im Stil der Berichtformulare seine bisherigen Entdeckungen zu analysieren, indem er sie auf das Wesentliche reduzierte.

Stimmte etwas nicht auf Château Morgue? Ganz eindeutig: »*oui*«.

Hatte Château Morgue zwei Gesichter – eines, das es nach außen hin präsentierte, und ein anderes, das nur einem kleinen Kreis bekannt war? Nach seinen Erfahrungen des ersten Abends zu urteilen: »*oui*«.

Standen die ihm dabei angebotenen »zusätzlichen Serviceleistungen« jedem Gast zur Verfügung? Wenn die vorhergehende Frage bejaht worden war, so mußte hier »*non*« stehen.

War die Sterblichkeitsrate auf Château Morgue höher als in anderen vergleichbaren Einrichtungen? Einstweilen hatte er keine Möglichkeit, dies nachzuprüfen.

War dem Geschlecht der Verstorbenen eine Bedeutung beizumessen? Sein Instinkt sagte ihm, daß dies der Fall war; die Logik konnte ihm jedoch keine vernünftige Erklärung dafür liefern.

Hatte der Wadenumfang der Verstorbenen etwas zu bedeuten? Eine eigenartige Frage.

Er versuchte es mit einem anderen Ansatz.

Galt sein Aufenthalt auf Château Morgue einem tieferen Zweck als einer Schlankheitskur? Hatte jemand von seinem bevorstehenden Besuch gehört und wollte nun einen Vorteil daraus schlagen? Ohne den Inhalt des Briefes zu kennen, konnte Monsieur Pamplemousse dies nicht mit Gewißheit beantworten, tief im Inneren wußte er die Antwort jedoch.

Wieder war er versucht, den Direktor anzurufen und ihm alles zu beichten. Doch auch diesmal entschied er sich dagegen. Sein Stolz hinderte ihn an diesem Schritt. Der Direktor würde kein Mitgefühl zeigen. Er würde mit seiner »Das ist ja nicht zu fassen, Pamplemousse«-Stimme sprechen:

»Würden Sie das bitte etwas langsamer wiederholen? Sagten Sie eben, Pommes Frites habe den Brief wirklich und wahrhaftig verspeist? Während Sie schliefen? Einen so überaus wichtigen Brief! Einen Brief von höchster Stelle!«

Dann würde er einen sarkastischen Ton anschlagen: »So, und alle kürzlich Verstorbenen sind also Frauen gewesen? Und sie alle haben ungewöhnlich starke *mollets* gehabt? Ist es möglich, Pamplemousse, daß Sie infolge mangelnder Ernährung an Wahnvorstellungen leiden? Wie ich höre, soll das gelegentlich vorkommen.«

Darauf würde Ungläubigkeit folgen: »Was höre ich da? Kein *régime*? Sie haben sich von *saucisses* ernährt... und von *saucissons*!« Pausen würden mit einem heftigen Wortschwall abwechseln. Vielleicht würde der Direktor sogar auf seinen leidgeprüften Tisch einhämmern. Monsieur Pamplemousse konnte es sich nur allzu gut ausmalen.

Er warf einen prüfenden Blick auf seine Liste. Eigentlich stand nicht sehr viel darauf, aber ein Anfang war immerhin gemacht.

War das gesamte Personal beteiligt? Er überlegte. Bei der Leitung angefangen: Herr Schmuck – gewiß, und damit vermutlich auch die so zugeknöpfte und distanzierte Madame Schmuck. Er fragte sich, warum sie wohl so wenig redete. Dabei schien doch sie es zu sein, die im Hintergrund die Fäden zog. Doktor Furze? Aller Wahrscheinlichkeit nach – ein abwartendes »*oui*«. Auch der Chauffeur hatte einen zwielichtigen Eindruck hinterlassen, was aber das übrige Personal betraf, das er bisher gesehen hatte, war die Antwort »*non*«. Zum Beispiel hätte er seinen Ruf darauf verwettet, daß Mrs. Cosgrove nichts mit der Sache zu tun hatte.

Monsieur Pamplemousse starrte ins Leere. Er rieb sich nachdenklich am Kinn, und als er feststellte, daß eine Rasur angebracht war, sah er auf die Uhr. *Sacrebleu!* Er mußte etwas tun, wenn er bei dem *tête-à-tête* mit Mrs. Cosgrove einigermaßen korrekt aussehen wollte. Dasselbe galt für Pommes Frites. Wenn sein Partner Mrs. Cosgrove in gebührlichem Zustand empfangen sollte, mußte er ihm noch das Fell bürsten und die Nase mit Vaseline einfetten; durch das lange Eingesperrtsein begann sie bereits einzutrocknen. Mrs. Cosgrove – selbst in Gedanken ging ihm ihr *prénom* noch schwer von der Zunge.

In diesem Moment klopfte es an der Tür. Mrs. Cosgrove kam zu früh.

Sie hauchte Monsieur Pamplemousse einen Kuß auf die Wange und huschte an ihm vorbei ins Zimmer. Ihr Blick wanderte von Pommes Frites, der sich auf dem Teppich breit machte und sie aus eifersüchtigen roten Augen beobachtete, zu den Möbeln, an deren Zustand sich seit der polizeilichen Durchsuchung nicht viel geändert hatte. Schließlich blickte sie auf Monsieur Pamplemousse' Füße.

»Ich hoffe, ich bin nicht zu früh dran.«

»Aber keineswegs.« Hätte er doch nur daran gedacht, die Schuhe wieder anzuziehen, dachte Monsieur Pamplemousse, als er ihr die Hand küßte. Er bemerkte, daß sie etwas hinter dem Rücken versteckte.

»Ich habe den Wein mitgebracht.« Sie stellte eine geöffnete Flasche und zwei Gläser auf den Tisch, und Monsieur Pamplemousse ergriff die Gelegenheit, um sie – gewissermaßen auf vertrautem Boden – eingehender zu studieren. Offenbar hatte sie die Zwischenzeit besser genützt als er und Pommes Frites. Sie hatte ihr blaues Kleid gegen ein zwangloseres cremefarbenes getauscht, das wie ihre Uniformjacke vorn einen durchgehenden Reißverschluß hatte. Auch der Duft eines neuen Parfums stieg ihm in die Nase. Es hatte eine diskret zurückhaltende Note und weckte in ihm das Verlangen nach mehr. Ihr Haar hing lässig auf die Schultern – eine solche Wirkung konnte nur durch langes und sorgfältiges Bürsten erzielt worden sein.

Ihre Hand zitterte kaum merklich, als sie den Wein einschenkte. Monsieur Pamplemousse fiel auf, daß sie zuerst ihr eigenes Glas füllte, rasch einen Schluck daraus trank und dann erst ihm einschenkte. Er stellte die müßige Überlegung an, ob sie wohl immer noch *sans culottes* war.

»*Merci.*« Ihre Finger berührten länger als nötig die seinen, als er sein Glas entgegennahm. Er versetzte es rasch und gekonnt in schwingende Bewegung, ließ den Wein bis nach oben an den Rand kreisen und schnüffelte schließlich daran. Ein edles, fruchtiges Bouquet stieg ihm entgegen. Eben wollte er den Wein gegen das Licht halten, als ihm klar wurde, daß Mrs. Cosgrove jede seiner Bewegungen aufmerksam verfolgte.

»Beherrschen Sie noch mehr solcher Partytricks?«

»Die Macht der Gewohnheit.« Monsieur Pamplemousse hielt das Glas nach unten, um seinen Genuß mit Pommes

Frites zu teilen. »Es ist ein ganz vorzüglicher Wein. Ich fühle mich überaus geehrt. Ich hoffe nur, daß meine *andouillette* daneben bestehen kann. Sie muß wahrlich einem hohen Anspruch gerecht werden.«

»Aristide?« Ein Zögern lag in Mrs. Cosgroves Stimme.

Er sah zu ihr auf. »*Oui?*«

»Ich weiß nicht recht, wie ich mich ausdrücken soll, aber... also, bei mir zu Hause haben wir ein Sprichwort: *two's company, three's a crowd* – ›Zu zweit ist's ersprießlich, zu dritt gar verdrießlich.‹ Was ich damit sagen will – wird *er* auch dabeisein?«

»Pommes Frites? Dabeisein?« Monsieur Pamplemousse überlegte. Was für eine seltsame Frage.

»Möglicherweise. Das hängt von seiner Stimmung ab.«

»Die ganze Zeit? Bei allem?«

»Selbstverständlich. Er ist sehr gesellig. Er macht bei allem gern mit.«

»Oh!« Mrs. Cosgrove sank in den Sessel. Die Auskunft schien sie zu bedrücken. »Du liebe Güte. Ich... ich hätte nicht gedacht, daß Sie so einer sind. Ich meine...«

»Keine Angst.« Monsieur Pamplemousse versuchte, seiner Stimme einen beruhigenden Ton zu verleihen. »Trotz seiner Größe ist Pommes Frites ein äußerst sanftes Wesen. Normalerweise tut er keiner Fliege etwas zuleide – es sei denn, er wird erregt.«

»Läßt er sich leicht... erregen?«

»Das kommt ganz darauf an. Er hat – wie soll man sagen? – einen ausgeprägten Sinn dafür, was recht und was unrecht ist. Wenn er das Gefühl hat, man wolle ihm etwas wegnehmen, worauf er Anspruch erhebt, kann er ziemlich erregt werden. In solchen Momenten möchte ich ihm lieber nicht in die Quere kommen. Allerdings teilen wir normalerweise alles. Wenn er sich dennoch ausgeschlossen fühlt, packt ihn manchmal die Eifersucht.«

Mrs. Cosgrove schien von dieser Antwort nicht im mindesten beruhigt. Sie starrte kurz in ihr Glas, trank es dann auf einen Zug leer und griff wieder nach der Flasche.

»Tja, *c'est la vie*. Wer A sagt, muß auch B sagen. *When in Rome, do as the Romans do*, wie man bei uns sagt.«

Sosehr Monsieur Pamplemousse sich auch anstrengte, die Bedeutung dieser scheinbar unzusammenhängenden Bemerkungen blieb ihm verborgen. Schon einzeln ergaben sie wenig Sinn – als Ganzes aber ebensowenig. Er fragte sich, ob Mrs. Cosgrove etwa an einer Geistesstörung leide. Jedenfalls hatte sie gerade wieder einen ziemlich schweren Anfall von »Beinpendeln«, wie er es von ihr bereits kannte. Vielleicht war es Zeit für den nächsten Gang. Es wäre doch zu schade, einem so guten Wein nichts mit auf den Weg zu geben. Er ergriff seinen Stock.

»*Excusez-moi*. Ich muß kurz ins Badezimmer. Wir vergeuden wertvolle Zeit.«

Aus unerklärlichem Grund errötete Mrs. Cosgrove. »Das muß nicht unbedingt sein. Vorsichtsmaßnahmen, meine ich.«

»Die Erfahrung hat mich gelehrt«, erklärte Monsieur Pamplemousse, »daß man nie vorsichtig genug sein kann. Ich bin gleich zurück.« Er zog die Badezimmertür hinter sich zu und beugte sich zur Hundehütte seines Partners hinab. Wie immer herrschte darin beispielhafte Ordnung. Die Würste, die er zuvor überstürzt hineingeschleudert hatte, lagen nun fein säuberlich gestapelt an der Rückwand der Hütte. Mit nahezu militärischer Präzision waren sie angeordnet, die kleinsten vorne, die größten hinten. *Saucisses de Toulouse* lagen neben *saucisses de campagne*, *saucissons-cervelas* schmiegten sich an *saucissons de Bretagne*, nur von *andouilles* und *andouillettes* war nicht die geringste Spur zu sehen. Paradou hatte wohl den Sinnspruch *prudence est mère de sûreté* beherzigt und sich – weil Vorsicht ganz gewiß besser als Nachsicht war – auf die nächstliegenden Beutestücke gestürzt.

Egal. Monsieur Pamplemousse griff in die Hundehütte und suchte tastend nach einem geeigneten Stück unter den verbleibenden Exemplaren. Es hatte eben nicht sollen sein. Man sollte eine Wurst ohnehin nicht nach dem Äußeren beurteilen, und gerade bei *andouillettes* mußte – selbst wenn sie noch so gut aussahen – immer mit unliebsamen Überraschungen gerechnet werden. Auf seinen Reisen hatte er einige verkostet, die auch den widerstandsfähigsten Magen auf die Probe gestellt hätten. Da war es doch viel besser, eine Wurst zu wählen, die zum Wein paßte.

Ziemlich weit hinten spürte er eine, die viel größer war als alle anderen, ein riesiges Exemplar von *saucisson*. Er erinnerte sich, daß es ihm schon aufgefallen war und er es für besondere Gelegenheiten vorgesehen hatte.

»*Sapristi!*« Keuchend zog Monsieur Pamplemousse die Wurst hervor. Sie wog bestimmt mehr als drei Kilo. Genug, um sie alle drei den ganzen Abend bei Laune zu halten. Und danach? Danach würde er den Dingen ihren Lauf lassen.

Seinen Fund mit beiden Händen festhaltend, wankte er zur Tür. Er hakte den kleinen Finger der rechten Hand um die Lampenkordel und zog daran, manövrierte dann den Türknauf mit dem linken Arm nach unten und drückte gegen die Tür. Als er ins Zimmer trat, umgab ihn undurchdringliche Finsternis, und den phototropen Eigenschaften seiner Brille, die diesen Eindruck noch verstärkte, wurde viel mehr abverlangt, als ihr Hersteller je vorausgesehen haben mochte.

»*Qu'est-ce que c'est?*«

»Ich habe das Licht ausgemacht. Sie haben doch hoffentlich nichts dagegen.« Mrs. Cosgroves Stimme bebte. »In Ihrer Welt herrscht ohnehin ewige Nacht. Für Sie ist es also ohne Bedeutung, für mich aber verändert es alles. Es macht uns beide gleich.«

»Wie Sie wollen«, sagte Monsieur Pamplemousse freudlos. Das Leben nahm so manche seltsame und unerwartete Wendung – zugegeben, dadurch wurde es erst spannend –, aber noch vor einer Minute hätte er wohl nicht im entferntesten daran gedacht, sich je mit einem riesigen *saucisson* in Händen durch sein eigenes Zimmer tasten zu müssen. Einem anderen Menschen diese Situation zu erklären, fiele ihm gewiß schwer. Doucette würde ihm keinen Glauben schenken – nie im Leben. Allerdings hatte er im Augenblick ganz andere Sorgen: So bereute er sehr, sich die Einrichtung nicht besser eingeprägt zu haben.

Aufs Geratewohl steuerte er etwas nach rechts, um nicht auf Pommes Frites zu treten – vorausgesetzt, daß dieser sich in der Zwischenzeit nicht ohnedies einen neuen Platz gesucht hatte –, und nahm Kurs auf den Tisch.

»*Merde! Nom d'un nom!*«

»Ist Ihnen etwas passiert? Wo sind Sie? Ich kann Sie nicht sehen.« Mrs. Cosgrove klang besorgt.

»Ich habe mich am Bett gestoßen.« Es war ein qualvoller Schmerz. Er hatte das Gefühl, als sei seine Zehe an mindestens sechs Stellen gebrochen.

»Aaah!« Mrs. Cosgrove vermochte eine Fülle von Bedeutungen in diese kurze Äußerung zu legen. Es raschelte, und gleich darauf war sie an seiner Seite und hauchte immer wieder seinen Namen. Bei jedem Mal stöhnte sie leise und schlängelte ihren Körper. Es war, als stünde man neben einer Bauchtänzerin, die mit ihrer Nummer Probleme hat.

Sein Herz stockte, als etwas Leichtes, Hauchdünnes vor seinen Füßen landete und ihm bewußt wurde, was dies zu bedeuten hatte. Es beantwortete zwar wenigstens jene Frage, die ihn zuvor beschäftigt hatte, stellte ihn aber zugleich vor eine neue.

Wie die meisten Steinböcke hatte Monsieur Pamplemousse feste Prioritäten. Befand er sich auf einem einmal eingeschlagenen Weg, wich er höchst ungern von ihm ab. Diesmal war er darauf eingestellt, zunächst seine leiblichen Bedürfnisse zu befriedigen. Der entsprechende Befehl war bereits an alle Abteilungen ergangen; die Geschmacksknospen bebten erwartungsvoll, die Speicheldrüsen arbeiteten, der Magen stand in Bereitschaft. Andererseits...

»Hier, bitte halten Sie das einen Augenblick.« Er hielt ihr das *saucisson* entgegen und traf erste Vorbereitungen für eine Änderung seiner Pläne.

»Gütiger Jesus!«

»*Oui, c'est ça.*« Jetzt fiel es ihm wieder ein. »Genauso heißt diese Wurst. *Jésus.*« Das brachte Mrs. Cosgrove wieder ein paar Punkte mehr auf seiner Beliebtheitsskala ein. Offenbar kannte sie sich mit *charcuterie* ebenso gut aus wie mit *vin rouge*. Im Fernsehquiz von Ananas würde sie gewiß eine gute Figur abgeben. »Sie kommt aus dem Jura. Mit *pommes à l'huile* soll sie ganz vorzüglich schmecken.«

Auf einem Bein stehend, zog er behende die Socke von dem lädierten Fuß und stellte plötzlich fest, daß er zu sich selbst sprach. Mrs. Cosgrove war nicht mehr an seiner Seite. Er tastete nach ihr und fand sie schließlich ausgestreckt auf dem Bett wieder. Seine Berührung erwiderte sie mit einem langgezogenen Stöhnen.

»Aristide!« Seine Hand wurde ergriffen und sanft, aber keineswegs zaghaft immer weiter nach oben geführt. Ihre *boîtes à lolo* fühlten sich unter der Seide des Kleides warm und einladend an. Warm, einladend und...

Monsieur Pamplemousse fuhr zusammen. Jemand hatte an der Tür geklopft. Und zwar auf eine Art und Weise, die darauf schließen ließ, daß dieser Jemand wohl kaum unverrichteter Dinge abziehen würde.

»*Un moment.*« Panik bemächtigte sich seiner, als er die Nachttischlampe anmachte. Eine Sekunde lang spielte er mit dem Gedanken, Mrs. Cosgrove einfach die Decke über den Kopf zu ziehen, aber ein einziger Blick sagte ihm, daß dies nicht ratsam wäre. In ihrer gegenwärtigen Verfassung war ihre Reaktion nicht abzusehen.

Ein zweites Klopfen, lauter und entschiedener, trieb Monsieur Pamplemousse zum Handeln an. Seine Reflexe, die er noch aus der Zeit beim Geheimdienst besaß, übernahmen das Kommando. Er legte seine Arme um Mrs. Cosgrove, hob sie aus dem Bett und trug sie zum Badezimmer. *En route* versetzte er dem *saucisson* einen Tritt, bereute das jedoch sogleich, weil er seinen lädierten Fuß benutzt hatte. Mit dem anderen schob er die *culottes* unter das Bett.

Pommes Frites sprang auf und starrte seinen Herrn verdutzt an. So ungestüm ausbrechende Betriebsamkeit hatte er bei ihm schon lange nicht mehr erlebt. Er hielt das Ganze für ein unterhaltsames Spiel, daher sprintete er durch das Zimmer und sammelte alles wieder ein, für den Fall, daß ein zweiter Durchgang geplant war.

»Wohin bringen Sie mich? Was haben Sie mit mir vor? So sagen Sie doch etwas!« Mrs. Cosgrove war endlich wieder bei Sinnen, und ihr verstörter Blick wanderte durch das Badezimmer; zuerst entdeckte sie den Wursthaufen auf dem Boden, dann die Hundehütte.

»Pssst!« Monsieur Pamplemousse legte einen Finger an die Lippen und küßte sie auf die Stirn. »Bitte. Ich erkläre Ihnen später alles.«

Er schloß die Badezimmertür, ehe sie noch reagieren konnte, und stürzte zur Zimmertür, die im selben Augenblick aufging. Herein kam Ananas. Er blickte sich ängstlich um, als fürchte er, gesehen zu werden.

»Darf ich eintreten?«

»Ich bin beschäftigt. Hat es nicht Zeit bis später?«

»Ich werde Sie nur einen Moment aufhalten. Was ich zu sagen habe, möchte ich Ihnen lieber im Zimmer sagen, wo uns keiner stört.«

»Wie Sie wünschen.« Monsieur Pamplemousse zuckte die Achseln. Offensichtlich hatte Ananas nicht die Absicht zu gehen, ehe er zu Wort gekommen war. Je früher Monsieur Pamplemousse ihn also anhörte und dann wieder los wurde, desto besser.

Ananas bemerkte zwar die Flasche mit den zwei Gläsern, den Zustand des Bettes und den geschwollenen Fuß seines Doppelgängers, verlor jedoch kein Wort darüber.

»Ich möchte Ihnen sagen, daß ich Ihre Dienste nicht länger benötige.«

Monsieur Pamplemousse runzelte die Stirn. »Wirklich? Wollen Sie damit sagen, daß Sie doch nicht erpreßt werden?«

Ananas wischte die Frage mit einer wegwerfenden Geste seiner frisch manikürten Hand beiseite. »Sagen wir, es hat ein kleines Mißverständnis gegeben. Der gute Herr Schmuck hat lediglich Vorkehrungen getroffen, um sicherzugehen, daß ich etwas tun würde, was ich ohnehin getan hätte. Château Morgue hatte nämlich in letzter Zeit eine recht schlechte Presse, und ich soll seinen guten Ruf wiederherstellen. An seiner Stelle hätten wir wohl beide genauso gehandelt.«

»Sie vielleicht«, erklärte Monsieur Pamplemousse schroff, »ich bestimmt nicht.«

Ananas neigte den Kopf. »Möglich. Aber letztlich verteidigt doch jeder das, was er als sein rechtmäßiges Eigentum ansieht. Zugegeben, ich hätte vielleicht andere Mittel angewendet. Aber jeder hat eben so seine Methoden.«

»Sie meinen, Sie werden für ihn Werbung machen – nach allem, was geschehen ist?«

»Warum denn nicht – im Gegenzug für gewisse Gefälligkeiten? Eine rein geschäftliche Abmachung.«

»Sie würden für jemanden Reklame machen, der nicht davor zurückschreckt, bei Bedarf zu erpresserischen Methoden zu greifen?«

»Ich spreche nicht gern von Erpressung. Statt dessen bevorzuge ich die Umschreibung ›ein unwiderstehliches Angebot machen‹. Klingt doch viel eleganter, finden Sie nicht auch? Glauben Sie mir, wenn es nicht meinem Wunsch entspräche, seinen Vorschlag zu akzeptieren, so würde ich gewiß meine Vereinbarung mit Ihnen einhalten. Wie die Dinge jetzt liegen, würde ich es jedoch vorziehen, wenn Sie unser letztes Gespräch vergessen. Wir haben diese Sache sowieso schon zu ausführlich erörtert. Aber ich hatte das Gefühl, Ihnen eine Erklärung zu schulden – und eine Entschuldigung für den Fall, daß Ihnen bereits unnötige Arbeit entstanden ist. Wer weiß? Vielleicht kann ich Ihnen eines Tages auch einen Gefallen tun. Wenn Sie nun jedoch so liebenswürdig wären, mir das Photo zurückzugeben, so wollen wir es dabei belassen.«

»Das ist leider unmöglich«, sagte Monsieur Pamplemousse.

»Unmöglich? Pamplemousse, Sie werden nach all Ihren

moralisierenden Einwänden doch nicht sagen wollen, auch Sie dächten daran, vom schmalen Pfad der Tugend abzuweichen? Wenn ja, so muß ich Sie warnen. Sie werden feststellen, daß Sie sich dafür das falsche Opfer ausgesucht haben. Und daß Herr Schmuck sehr ungemütlich werden kann, wenn man seine Pläne durchkreuzt.«

Monsieur Pamplemousse atmete tief ein. Der Mann war wirklich unerträglich. »Es ist deshalb unmöglich«, erklärte er und genoß jedes einzelne Wort, »weil das Photo sich gar nicht mehr in meinem Besitz befindet. Es ist bei der Polizei.«

»Polizei!« Die Feststellung hatte die gewünschte Wirkung. Ananas erblaßte, und seine Höflichkeit ließ ihn im Stich, ebenso wie seine geschliffene Ausdrucksweise. »Was zum Teufel denken Sie sich dabei, denen einfach mein Photo zu vermachen?«

»Das habe ich ja nicht«, sagte Monsieur Pamplemousse beschwichtigend. »Man hat es mir weggenommen. Es herrschte jedoch eine gewisse Verwirrung über die Identität der Person, die auf dem Bild sozusagen die ›Hauptrolle‹ spielt. Ich selbst begreife diese Verwechslung ja bis heute nicht ganz, aber... da die Polizei von Ihrem Aufenthalt hier offenbar gar nichts wußte, ist es wohl ein verständlicher Irrtum.«

Ananas entspannte sich. »Ich muß sagen, daß ich Ihre Gefühle in dieser Hinsicht teile. Wir müssen unser Kreuz eben tragen. Aber«, seine Gedanken überschlugen sich, »angesichts Ihres früheren Rufes würde ich auch meinen, daß es ein verständlicher Irrtum war. Die Menschen – selbst Polizisten – neigen nun einmal dazu, zwei und zwei zusammenzuzählen und sich ihren Reim auf das Ergebnis zu machen.

In Ihren Schuhen möchte ich jetzt nicht stecken, Pamplemousse. Ich werde natürlich jede Verbindung mit dieser Geschichte abstreiten, und wie die Dinge liegen, zweifle ich nicht im geringsten daran, daß die anderen auf dem Photo ebenso reagieren werden. Die wissen doch, wie der Hase läuft. Zweifellos gibt es noch ein Negativ, aber das ist jetzt Ihr Problem.«

Ananas kostete seinen Vorteil weidlich aus. »Wozu sind Sie überhaupt hier? Herr Schmuck wäre alles andere als erfreut, wenn er die Wahrheit wüßte – absolut nicht erfreut. Ein ehemaliger Mitarbeiter der Sûreté, der hier mit weißem Stock und dunkler Brille herumspaziert, so tut, als habe er das Augenlicht verloren, und mit diesem gräßlichen Hund alles durcheinanderbringt.«

»Pommes Frites?« Monsieur Pamplemousse überhörte die angedeutete Drohung und holte tief Luft. Er wollte eben zum Angriff übergehen, da kam zu seinen Füßen Bewegung auf.

Pommes Frites hatte ein feines Ohr für Komplimente, aber nicht weniger ausgeprägt war sein Gespür für das Gegenteil. Da er spürte, daß die Sympathien zwischen seinem Herrn und Ananas sich in Grenzen hielten, war er im Hintergrund geblieben und hatte – wenn auch ohne viel Erfolg – versucht, dem Verlauf des Gesprächs zu folgen. Trotz seiner im Bedarfsfall bedrohlichen Erscheinung war er nämlich der geborene Vermittler.

Seit dem Eintreten ihres Gastes verfolgte Pommes Frites aufmerksam das Geschehen – nahm jede Einzelheit wahr und spitzte die Ohren, wenn das Gespräch eine neue Richtung nahm – und war zu dem Schluß gekommen, daß ziemlich dicke Luft herrschte.

Er fand, daß jetzt ein kleines Präsent angebracht sei. Eigentlich ging es ihm gegen den Strich, denn er pflegte die Menschen, die er beschenkte, normalerweise sorgfältig auszuwählen, und er war sich ganz und gar nicht sicher, ob ihm Ananas sympathisch war. Gemessen am Tonfall der letzten Bemerkung, fand er ihn sogar gänzlich unsympathisch, aber wenn er seinem Herrn damit helfen konnte, so würde er es dennoch tun.

Pommes Frites war überzeugt, daß in kritischen Augenblicken kleine Aufmerksamkeiten Wunder bewirken können. Für besonders geeignet hielt er Pantoffeln. Wenn Madame Pamplemousse an einem regnerischen Tag vom Einkaufen nach Hause kam und seine Pfotenabdrücke auf dem Teppich entdeckte, legte er ihr oft die Pantoffeln vor die Füße und konnte sie damit fast immer besänftigen.

In diesem Fall waren Pantoffeln wohl eher nicht angebracht, und sein Auge hatte auch schon etwas anderes erspäht, das sich bestimmt gut eignen würde. Es sah wirklich nach einer hübschen Gabe aus. Er schob die Pfote unters Bett und zog es hervor. Voller Stolz legte er es Ananas zu Füßen und tat einen Schritt zurück, um zu sehen, welche Wirkung seine Gabe auslöste. Er wurde nicht enttäuscht.

Als Ananas Mrs. Cosgroves *culottes* langsam durch die Finger gleiten ließ, fast wie ein Zauberer, der ein Seidentuch mit der Hand umschließt, um gleich darauf alle Flaggen der Welt auf einmal hervorzuziehen, strahlte er über das ganze Gesicht.

»Braver Junge!« Geschickt fing er das Kleidungsstück mit der anderen Hand auf und stopfte es in die Tasche, dann belohnte er Pommes Frites mit einem wohlwollenden Klaps.

Pommes Frites erstarrte. Er sah es der Miene seines Herrn an, daß er einen Fehler begangen hatte.

Ananas sah sich wieder im Zimmer um. »So, so, wir haben uns also ein bißchen vergnügt? Wie du mir – wenn Sie mir die Anrede gestatten – so ich dir.« An der Tür blieb er stehen. »Das Photo zurück, oder ich behalte mein kleines Geschenk. *A bientôt.*«

Er machte bereits Anstalten, die Tür zu schließen, aber Monsieur Pamplemousse hielt ihn noch einmal auf.

»Ich denke, Sie bekommen Ihre Photographie ohnehin zurück, nachdem die Polizei die Damen auf dem Photo verhört hat. Es war nämlich vorhin von meldepflichtigen Krankheiten die Rede. Ich kann mir vorstellen, daß sich die Polizei oder ein Amtsarzt zu gegebener Zeit bei Ihnen melden wird.«

Es war ein billiger Trick, aber der Ausdruck auf dem Gesicht seines Doppelgängers hob seine Stimmung.

Als Monsieur Pamplemousse die Tür geschlossen hatte, kam Mrs. Cosgrove aus dem Badezimmer. Mit einem Mal fühlte er sich schuldbewußt. In der Aufregung hatte er sie ganz vergessen. Aber seine Sorge war unbegründet. Ihre Augen glänzten, als sie die Tür schloß und zu ihm trat.

Er reichte ihr zum Gruß die Hände. »Es tut mir leid. Früher oder später hätte ich es Ihnen bestimmt gestanden. Wenn man etwas einmal begonnen hat, kann man nur sehr schwer wieder damit aufhören. Immerhin hatte ich vorhin wenigstens die dunkle Brille auf.«

Mrs. Cosgrove errötete, als ihr die ganze Wahrheit klar wurde. »Oh! Sie wollen doch nicht etwa sagen, daß Sie in meinem Zimmer, als ich geduscht habe, alles... Du meine Güte! Was müssen Sie nur gedacht haben?«

»Ich dachte, wie schön Sie doch sind.«

»Ich weiß nicht, was ich sagen soll.«

»Dann sprechen wir doch einfach nicht mehr darüber.« Monsieur Pamplemousse empfand plötzlich große Zuneigung für sie. Ihm war, als hätte er das Privileg genossen, sie so zu sehen, wie niemand sonst, vielleicht nicht einmal ihr

Mann. Das durfte man nicht mißbrauchen. »Ein falsches Wort weckt falsche Vorstellungen.«

Er griff nach dem Wein und füllte noch einmal die Gläser. Damit war die Flasche leider leer. »Trinken wir auf die Zukunft – nicht auf die Vergangenheit.«

Er neigte das Glas vor dem Hintergrund eines weißen Buchdeckels ein wenig. »Sehen Sie nur diese Farbe. Bedenken Sie all die Liebe, Sorgfalt und Aufmerksamkeit, mit der dieser Wein geschaffen wurde, und bedenken Sie, wie glücklich wir uns schätzen dürfen, ihn jetzt zu trinken.«

Mrs. Cosgrove stieß flüchtig mit ihm an. »Ich habe noch nie einen Geheimdienstbeamten aus nächster Nähe gesehen. Jedenfalls keinen französischen. Eigentlich hätte ich mir so jemanden ganz anders vorgestellt.«

»Ich bin ja auch keiner. Höchstens ein ehemaliger.«

»Ich wette, Sie waren ein guter Beamter, und es ist mir ganz gleich, weshalb Sie hier sind, solange Sie nicht auf der Seite dieser abscheulichen Kreatur stehen.«

»Angeblich soll er mir sehr ähnlich sehen.«

»Sie sehen sich überhaupt nicht ähnlich. Wer so etwas behauptet, muß verrückt sein.«

Er kostete einen Schluck Wein und konnte den Geschmack zum erstenmal richtig genießen. Er schmeckte rund und fruchtig und war gut ausgebaut, wenn er auch noch viele Jahre vor sich hatte. Ein vielversprechender Wein, den man auskosten und für den man sich Zeit nehmen mußte – ein Wein, der keine Eile duldete. Die Ähnlichkeit zwischen dem Wein und der Person, die ihm gegenübersaß, war unwiderstehlich.

»Sie müssen das Negativ finden.«

»Pah! Das Negativ macht mir keine Sorgen. Hier geht doch so viel anderes vor sich, was ich nicht verstehe.«

»Dann müssen wir eben herausfinden, was es ist. Ich helfe Ihnen dabei.« Ihre Augen sprühten jetzt wieder vor Erregung. »Zusammen sind wir klüger. Ich könnte Ihnen einiges erzählen. Was ich eben so höre. Es sind zwar vielleicht nur Gerüchte, aber nicht umsonst heißt es ›Kein Rauch ohne Feuer‹.«

Monsieur Pamplemousse zögerte. Eigentlich zog er es vor, allein zu agieren, und seine Arbeit für *Le Guide* hatte diese Neigung noch verstärkt. Andererseits...

»Das wäre – sehr schön.« Wieder zögerte er. »Vielleicht ist es jetzt an der Zeit für das *saucisson*. Wenn Sie möchten, drehe ich das Licht ab.« Er meinte die Antwort schon im voraus zu kennen und überlegte, was er tun würde, wenn er sich irrte.

Mrs. Cosgrove schüttelte den Kopf. »Ich bin nicht mehr in der richtigen Stimmung.«

»Man sagt, der Appetit kommt beim Essen.«

»Nein, irgendwie wäre es nicht recht. Trotzdem vielen Dank. Vielleicht morgen.« Sie erhob sich. »Ich habe eine Idee – morgen abend gehen wir hinunter ins Dorf. Es gibt dort ein kleines *bistro*. Genaugenommen dürfen Sie da nicht hin, aber es braucht ja niemand zu erfahren. Beim Essen können wir alles besprechen.« An der Tür drehte sie sich noch einmal um, als habe sie etwas vergessen. Monsieur Pamplemousse uberlegte, was er tun würde, wenn sie ihre *culottes* zurückforderte. Sollte er mit der Wahrheit herausrücken und ihr sagen, daß Ananas sie mitgenommen hatte? Oder sollte er ihr die Peinlichkeit ersparen und so tun, als wollte er selbst sie als *souvenir* behalten? Vielleicht konnte er auch vorschützen, daß Pommes Frites sie versteckt habe.

»Haben Sie einen Wagen?«

»*Oui*. Aber nicht hier.«

»Können Sie radfahren?«

»Radfahren?« Er fragte sich, ob er richtig gehört hatte.

»Ja, *aller à bicyclette*. Ich habe ein Fahrrad, und ich weiß auch, wo ich eines für Sie ausleihen könnte. Was halten Sie davon?«

Monsieur Pamplemousse überlegte volle zehn Sekunden. »Es heißt, daß man es nicht verlernt. Früher einmal…«

»Gut. *Dors bien!*« Überraschend drückte sie ihm einen Gutenachtkuß mitten auf den Mund. Gleich darauf war sie verschwunden.

»*Dors bien!*« Er war nicht so sicher, ob er in dieser Nacht gut schlafen würde.

Pommes Frites sah ihn fragend an und beschloß, sein Glück zu versuchen. Er streckte eine Pfote aus. Mit Bedacht auf den Geschmack seines Herrn und angesichts der Tatsache, daß die Zeit zum Abendessen längst vorbei war, hielt er ein *saucisson* – selbst wenn es beim Herumfliegen durchs Zimmer schon leichten Schaden genommen hatte – entschieden für besser als gar nichts.

Abendessen zu dritt

»Und übrigens«, erklärte Mrs. Cosgrove, »soviel ich weiß, waren es immer Ausländerinnen. Also keine Französinnen, meine ich. Die meisten kamen aus Spanien, ein paar aus Italien, einige aus Südamerika. Aus England war auch niemand dabei, fällt mir jetzt auf. Es waren lauter Südländerinnen.«

»Und alle hatten sie muskulöse Waden?«

»Auch wenn Sie mich auslachen, es stimmt. In meinem Beruf bekommt man genug alte Leute zu Gesicht. Wann haben Sie denn zuletzt jemanden in dem Alter mit Radfahrerwaden gesehen?«

Monsieur Pamplemousse schwieg. Diese Frage war nicht zu beantworten. Es zählte nicht zu seinen Gewohnheiten, alten Damen auf die Beine zu schauen.

Mrs. Cosgrove sah ihn über den Tisch hinweg besorgt an. »Ist wirklich alles in Ordnung? Sie haben sich doch nicht weh getan?«

»Aber nein. Nur eine kleine Unpäßlichkeit. Eine alte Verwundung. Es wird bald wieder gut sein.« Monsieur Pamplemousse schob den Füllhalter zwischen sein linkes Bein und die Sitzfläche des Stuhls, während er mit der anderen Hand eine beruhigende Geste machte.

Gelogen hatte er damit nicht direkt, nur die Wahrheit ein wenig verdreht. Er hatte tatsächlich Schmerzen im rechten Bein, aber mit seinem restlichen Körper verhielt es sich nicht anders. Körperteile, die er schon seit Jahren nicht mehr gespürt hatte, machten sich auf einmal schmerzhaft bemerkbar. Sein Kreuz, *par exemple*. Oder der Nacken. Ganz zu schweigen von seinem *derrière*. Und seine Oberschenkel – *mon Dieu!* Die fühlten sich an, als wären sie ganz langsam durch eine Mangel gedreht worden – aber durch eine Mangel mit Walzen aus Wellblech. Seine eigenen Waden waren bestimmt auf das Doppelte angeschwollen. Sein rechtes Bein war nur deshalb noch schlimmer dran als der Rest, weil es sich nie so recht von einer Schrotladung erholt hatte, die es bei einem seiner früheren Einsätze aus nächster Nähe abbekommen hatte.

Genaugenommen hatte er versucht, sich in seinem Büchlein verstohlen Notizen zu machen, und dies war keineswegs unproblematisch. Sobald das Gespräch einmal kurz stockte, jagte sein Füllhalter förmlich über das Papier. Ob er das Geschriebene später würde entziffern können, stand zwar auf einem anderen Blatt, aber das kleine *bistro*, in das Mrs. Cosgrove ihn geführt hatte, war unbestreitbar eine Entdeckung. Seines Wissens hatte es weder in *Le Guide* noch in einem der konkurrierenden Gourmetführer je Erwähnung gefunden. Wenn die aus der Küche dringenden Düfte ihn nicht täuschten, so war er hier auf einer ganz heißen Spur, vielleicht hatte er sogar einen neuen Anwärter auf eine »Kasserolle« gefunden. Das wäre wahrlich ein gelungener *coup*. Damit könnte er womöglich sogar sein Ansehen beim Direktor wiederherstellen, das wegen des verlorengegangenen Briefes wohl etwas angekratzt sein dürfte. Den heftigen Zuckungen unter dem rot-weiß karierten Tischtuch und den von Zeit zu Zeit erklingenden Schmatzgeräuschen entnahm Monsieur Pamplemousse, daß Pommes Frites seine Erregung teilte und seine wachsende Ungeduld einzig mit der Vorfreude auf die kommenden Genüsse zu bezwingen vermochte.

»Sind Sie oft verletzt worden? Ich meine, bringt Ihr Beruf Sie oft in gefährliche Situationen?«

Monsieur Pamplemousse dachte gründlich nach, ehe er sich dazu äußerte. »Die Antwort auf die erste Frage lautet – *touche du bois* – bisher nicht. Was die zweite Frage betrifft, so war ich wohl kaum je in einer gefährlicheren Situation als heute.«

Er sprach mit Nachdruck. Als Mrs. Cosgrove ihm am Vortag vorgeschlagen hatte, mit dem Fahrrad zum Abendessen ins Dorf hinunterzufahren, hatte er eigentlich ein eher gesetztes Fortbewegungsmittel im Auge gehabt; einen alten Drahtesel etwa, der einst dem *facteur* des Ortes gehört haben mochte. Aber statt dessen war Mrs. Cosgrove mit einem fast brandneuen britischen Dawes 18-Gang-Renner aufgekreuzt, komplett ausgestattet mit Shimano-Gangschaltung, speziell legierten *dérailleurs*, italienischem Rennlenker und holländischem Echtledersattel. Eine echte internationale Rennmaschine, der ein paar Feineinstellungen vor dem Start jedoch entschieden gutgetan hätten. Der Sattel zum Beispiel war viel zu hoch gewesen. Bei diesem Gedanken zuckte er zusammen und rutschte unbehaglich auf seinem Stuhl umher. Gott allein wußte, wo Mrs. Cosgrove dieses Rennrades habhaft geworden war. Er wagte nicht danach zu fragen.

Die ersten Minuten, als er das Rad durch das Gebüsch zu einem kleinen Weg hinter dem Château getragen hatte, waren noch ein Vergnügen gewesen. Das Fahrrad war leicht wie eine Feder und hatte Kindheitserinnerungen in ihm wachgerufen. Damals hatte er ein Modell von André Bertin besessen, und das Gespräch war um die relativen Vorzüge von Holzfelgen im Vergleich zu Metallfelgen, von gelöteten gegenüber geschweißten Rahmen gekreist.

Außerhalb von Château Morgue änderte die Situation

sich jäh. In jenen fernen Jugendtagen hatte er kaum sechzig Kilo auf die Waage gebracht – offensichtlich schwebte dieses Idealgewicht auch den Designern dieses neuen Rades vor. Damals waren auch die Straßen viel ebener gewesen und die Haarnadelkurven viel weniger spitz, dessen war er sicher. Aus der Nähe betrachtet, bestand jedenfalls die Straße von Château Morgue hinunter ins Dorf aus einem *nid de poule* nach dem anderen. Bei solchen Schlaglöchern von »Hühnernestern« zu sprechen, war allerdings eine nicht zu überbietende Untertreibung. Er hatte schon lange nicht mehr solche Angst gehabt. Nun wußte er aus eigener Erfahrung, wie sich Pommes Frites fühlen mußte, wenn er mit dem Kopf zuvorderst eine Treppe hinunterging. Nur daß bei Treppen das untere Ende meist in Sichtweite ist. Die Fahrt hinunter ins Dorf dagegen hatte schier kein Ende nehmen wollen.

Im Gegensatz zu ihm hatte Mrs. Cosgrove die Abfahrt spielend bewältigt. Jegliche zusätzliche Polsterung von Stoffschichten zwischen ihrem *derriére* und dem Sattel verschmähend, hatte sie sogar ihren Rock hochgehoben, so daß dieser sich zu beiden Seiten in höchst aufreizender Weise fächerte, während sie ihm den Berg hinunter voranfuhr. Zu jeder anderen Zeit und unter anderen Umständen hätte ihn ein solcher Anblick bestimmt einigermaßen aus dem Gleichgewicht gebracht. So aber klammerte er sich verbissen an die Lenkstange und wagte kaum, die Gangschaltung zu betätigen, aus Angst, darüber vollends die Balance zu verlieren oder, schlimmer noch, mit Pommes Frites zu kollidieren, der, ein neues Spiel witternd, vorausspintete, dann mitten auf der Straße seelenruhig wartete, bis sein Herr ihn einholte, und erst im allerletzten Augenblick zur Seite sprang.

Um seiner Schande bei der Ankunft im Dorf die Krone

aufzusetzen, begrüßte Mrs. Cosgrove ihn wie den Allerletzten der *Tour de France* und schmückte zum Trost seinen Lenker mit einem Riesenluftballon, den sie in einem Laden im Ort erstanden hatte.

Erwartungsvoll blickte sich Monsieur Pamplemousse im Restaurant um. Es hatte nur sieben Tische, an zweien saßen bereits Stammgäste. In einem großen offenen Kamin brannten Kiefernscheite, und darüber hing ein altmodischer Bratspieß mit einem komplizierten Flaschenzugmechanismus, wie er ihn schon lange nicht mehr gesehen hatte. Es machte sogar den Eindruck, als wäre er noch regelmäßig in Gebrauch. Bestellte man in den Sommermonaten ein Steak, stand gewiß ein Mädchen an der Feuerstelle und stapelte sorgfältig gerade soviel Holz übereinander, wie nötig war, um das Fleisch exakt so zu braten, wie der Koch es für richtig hielt. Und wer es so nicht wollte, der mußte es ja nicht essen.

Um ehrlich zu sein, war auch die Speisekarte im Grunde klein. Wiederum galt das Prinzip »Wer nicht will, der muß ja nicht«, aber als ihnen, kaum daß sie Platz genommen hatten, ganz selbstverständlich und ohne jeden Kommentar ein Teller mit Mandel- und Anisplätzchen frisch aus dem Ofen auf den Tisch gestellt wurde, da wußte Monsieur Pamplemousse, daß er es hier mit einem unverfälschten Original zu tun hatte: mit einem Küchenchef, dem sein Essen sichtlich selbst schmeckte. Und dazu noch einem überzeugend wohlbeleibten *chef*, wie ihm einige Blicke durch die Durchreiche zwischen Küche und Speisesaal gezeigt hatten. Dünne Köche erregten grundsätzlich sein Mißtrauen, sie kamen für ihn gleich nach den kahlköpfigen Friseuren, die einem Haarwuchsmittel anzudrehen versuchten – beide waren keine guten Werbeträger für ihr Geschäft.

Die Gattin des *patron*, die an der Kasse bei der Tür saß

Biscuits aux amandes et à l'anis
Mandel-Anisplätzchen

Zutaten

200 g Sahne
600 g weiche Butter
600 g Zucker
180 g Honig
360 g gehobelte Mandeln
360 g gestiftelte Mandeln
80 g Mehl
20 g Anis
2 cl Pernod

Zubereitung:
Alle Zutaten miteinander vermengen und mit einem Kaffeelöffel kleine Häufchen auf ein mit Pergamentpapier ausgelegtes Backblech setzen. Der Abstand sollte mindestens 4 Zentimeter betragen, da die Masse im Ofen zerläuft. In den vorgeheizten Ofen schieben und bei 180 Grad backen. Wenn die Plätzchen braun karamelisiert sind, aus dem Ofen nehmen.

und zwischendurch die Bestellungen entgegennahm, war das genaue Gegenteil: schmallippig und streng. Es handelte sich um die klassische Verbindung: der Mann selig in seiner Küche, und die Frau paßte draußen auf, daß die Kasse stimmte.

»Es tut mir leid. Das Restaurant ist nichts Besonderes.« Mrs. Cosgrove sah aufrichtig enttäuscht aus, als sie die handgeschriebene Speisekarte studierte. »Aber doch immerhin eine Abwechslung.«

»Nichts Besonderes?« Monsieur Pamplemousse starrte sie an. »Dies ist die aufregendste Speisekarte, die ich seit langem gelesen habe. Hier wird Ihnen ein Essen serviert, wie Sie es nirgendwo sonst in Frankreich bekommen werden. Warum? Weil der Küchenchef wahrscheinlich in seinem ganzen Leben nicht weiter als bis Narbonne gekommen ist. Er kennt keine andere *cuisine*, und selbst wenn, würde er es glattweg abstreiten.«

Er schob ihr den Teller mit den Plätzchen hin und gab der Wirtin ein Zeichen. »Probieren Sie doch noch eine *resquille*. Wir werden ihnen das Kompliment machen, sie mit einer Flasche Blanquette de Limoux hinunterzuspülen – falls sie ihn führen. Das ist ein Schaumwein aus der Gegend hier. Nicht gerade Champagner, aber Sie werden ihn trotzdem mögen.«

Mit geübtem Blick studierte er die Speisekarte. »Und dann würde ich vorschlagen, daß Sie die *cargolade-escargots* probieren; sie werden über Rebenholz gegrillt, das macht ihren unverwechselbaren Geschmack aus. Ich nehme meine Portion *à la languedocienne* – mit einer Sauce aus Anchovis, Schinken, Cognac und Walnüssen. Wir können miteinander teilen.«

Zu seiner Freude erfüllte der Blanquette de Limoux seine Erwartungen vollständig und vertiefte die gesunde

Escargots de bourgogne grillés sur des sarments de vignes
Weinbergschnecken über Weinstöcken gegrillt

Zutaten für 4 Personen

2 Dutzend Weinbergschnecken
1/2 l Weißwein
1 Suppengrünsträußchen
Salz und Pfeffer
3 Schalotten
1/2 Knoblauchzehe
80 g dünn geschnittener Speck
einige getrocknete Rebstöcke
(vom Weinbauern)

Vorbereitung:
Die Weinbergschnecken in einem Sieb mehrmals mit reichlich Wasser gut durchwaschen und in kochendem Salzwasser 15 Minuten kochen. Am besten arbeitet man mit zwei Töpfen und wechselt die Schnecken alle halbe Stunde in frisches, kochendes Salzwasser. Nach zwei Stunden puhlt man die Schnecken mit einer Stricknadel aus dem Häuschen. Die geringelten Teile werden entfernt und zurück bleibt ein kegelartiges Gebilde mit der Laufzunge vorn. Hinter der Zunge beginnt ein Wulst mit einer dunklen Haut. Dieser Wulst wird rundherum mit einem kleinen scharfen Messer abgeschnitten und die dunkle Haut entfernt.

Zubereitung:
Die vorbereiteten Schnecken werden nun mit einem halben Liter Weißwein, Salz und Pfeffer und dem Suppengrünsträußchen weitere zehn Minuten gekocht.
Die Rebstöcke klein hacken und im Gartengrill zum Glühen bringen.
Die Schnecken mit dem dünn geschnittenen Speck umwickeln und abwechselnd mit Schalottenstückchen auf Schaschlikspießchen stekken und grillen.

Farbe auf Mrs. Cosgroves Wangen, die im weichen Licht einer einzelnen Kerze auf dem Tisch noch rosiger wirkten. Die Gunst des Augenblicks nutzend, kritzelte er wieder etwas in sein Notizbuch. Der Wein hatte den Duft von *cidre* – ganz typisch für die Mauzac-Traube, die seinen Hauptbestandteil bildet –, aber da war noch ein weiteres Element, das er nicht ganz zuordnen konnte. Vielleicht eine kleine Beimischung von Chardonnay. Er hatte irgendwo gelesen, daß die besten *cuvées* damit das Aroma abrundeten.

Er spürte, daß Mrs. Cosgroves Blick auf ihm ruhte und wandte sich wieder der Speisenwahl zu. »Haben Sie schon einmal eine *brandade de morue* gegessen?«

Mrs. Cosgrove schüttelte den Kopf. »Ich habe davon gehört.«

»Dann ist sie ein absolutes Muß. Sie besteht aus Stockfisch, der mit Knoblauch und Olivenöl zu einer cremigen Paste püriert und auf *croûtons* serviert wird. Stockfisch ist hier das Winteressen, so wie anderswo Speck und gepökeltes Schweinefleisch.

Wie wäre es anschließend mit einer *tranche de mouton à la catalane*? Wir könnten auch *poivrons rouges à la catalane* probieren – mit Reissalat gefüllte rote Paprikaschoten –, immerhin befinden wir uns auf katalanischem Boden. Oder nehmen wir doch einfach beides und teilen miteinander. Dazu würde ich eine Flasche Côtes du Roussillon-Villages empfehlen – allein die Tatsache, daß dieser Wein hier angeboten wird, läßt darauf schließen, daß der *patron* ihn direkt von einem kleinen Winzer bezieht. Er könnte sich durchaus als ganz besonderer Tropfen erweisen.«

Monsieur Pamplemousse war in seinem Element. Er fühlte sich, als komponiere er ein Musikstück; auf den richtigen Takt kam es an und darauf, daß sich keine Dissonanzen einschlichen.

Escargots à la Langedoucienne
Weinbergschnecken à la langedoucienne

Zutaten für 4 Personen

2 Dutzend Weinbergschnecken
1/2 l Weißwein
Pfeffer, Salz und ein Suppengrünsträußchen
1 TL gehackte Anchovis
1 EL feingewürfelter Bayonner Schinken
4 cl Cognac
1 EL gehackte Walnüsse
3 gewürfelte Schalotten
4 EL kräftiger Rotwein
1/2 gepreßte Knoblauchzehe
100 g Butter
2 EL Semmelbrösel

Vorbereitung:
Schnecken wie im vorhergehenden Rezept vorbereiten.

Zubereitung:
Alle Zutaten mit Ausnahme der Semmelbrösel und dem Wein in 1 EL Butter anschwitzen. Mit dem Wein ablöschen und völlig reduzieren.
Erkalten lassen und erst die restliche Butter und dann die Brösel mit einem Holzlöffel unterkneten. Die Konsistenz sollte die eines weichen Breis sein. Mit Pfeffer und Salz abschmecken.
Die Schnecken in eine Gratinform setzen und die Gewürzmasse darübergeben. 5 Minuten unter dem Grill gratinieren.

Anrichten:
Mit frischem Weißbrot und grünem Salat servieren.

»Zum Abschluß könnten wir uns mit dem restlichen Wein noch eine Portion Roquefort teilen.«

»Da teilen wir ja eine ganze Menge heute abend«, stellte Mrs. Cosgrove vielsagend fest. »Zuerst die *escargots*, dann das Hauptgericht und nun auch den Roquefort.«

Monsieur Pamplemousse hob den Blick von der Speisekarte. Sie wippte schon wieder heftigst mit den Beinen. Er hoffte, daß Pommes Frites sich unter dem Tisch in acht nahm. Falls sie so weitermachte, bestand akute Kollisionsgefahr für seinen Kopf, und das würde ihm bestimmt nicht gefallen.

Vielleicht war es gut, daß sie sich keinen Chambertin zum Käse bestellten. Was hatte doch Casanova über die seiner Erfahrung nach hervorragenden Bettgenossen Roquefort und Chambertin gesagt? »Sie regen die romantischen Gefühle an und lassen keimende Liebesgeschichten alsbald erblühen.«

Er sprach diesen Gedanken aus, bereute es jedoch sofort. Der Blanquette de Limoux allein schien eine beachtliche Wirkung auf Mrs. Cosgrove auszuüben. Zu seinen Füßen rutschte Pommes Frites nervös hin und her.

»Also, mein lieber George schwört ja auf Zimt. Er streut ihn gern auf seinen Frühstückstoast. Er sagt immer, das spitzt ihm den Stift.«

Beim Stichwort »Stift« fiel Monsieur Pamplemousse sein Füllhalter ein, der gefährlich weit über die Stuhlkante hinausragte. Nicht nur sah er darin eine weitere Gefahr für den Kopf seines Partners, er erschauerte auch angesichts der Vorstellung, wie die zartgeformte Feder bei einem Sturz auf den Fliesenboden leiden könnte. Es würde gewissermaßen den schmerzhaften Verlust eines Fortsatzes seiner rechten Hand bedeuten. Ein neuer Füllhalter allein würde einen solchen Schicksalsschlag nicht wiedergutmachen.

Brandade de Morue
Stockfischpastete

Zutaten

500 g Stockfisch
50 g kleine schwarze Oliven
1 gepreßte Knoblauchzehe
2 EL Olivenöl
1 Zweig Petersilie
2 Zweige frischer Thymian
1 Baguette

Vorbereitung:
Den Stockfisch unter kaltem Wasser abspülen und 24 Stunden einweichen. Das Wasser alle 6 Stunden wechseln. (Beim Einkauf des Fischs darauf achten, daß er einen braunen Rücken und einen weißen, silbrig schimmernden Bauch hat.)
Oliven entkernen.

Zubereitung:
Den gewässerten Stockfisch abtropfen, zerteilen und die Stücke mit der Haut nach außen aufrollen und wie eine Roulade zusammenbinden. In einen Topf legen, mit kaltem Wasser bedecken und zum Kochen bringen. Ca. 15 Minuten bei geringer Hitze gar köcheln. Zwischendurch abschäumen. Sorgfältig abgießen. Alle Zutaten zu einer cremigen Paste pürieren.

Anrichten:
Das Weißbrot in Scheiben schneiden und rösten. Mit der Paste bestreichen und warm servieren.

Vorsichtig führte er die Hand unter den Stoff, doch nun ließ ihn sein Glück endgültig im Stich, denn dabei geriet er an ein Knie, das eindeutig nicht ihm gehörte.

Daraufhin entrang sich Mrs. Cosgroves Lippen ein entzücktes Seufzen. Im selben Augenblick wurden jedoch die *escargots* serviert: Die Wirtin trat mit grimmiger Miene an den Tisch heran, knallte ihnen mit unüberhörbar mißbilligendem Schnauben die Teller hin und stolzierte dann zurück zu ihrer Kasse.

Etwas verdrossen wegen der allseitigen Fehlinterpretation seines Tuns machte sich Monsieur Pamplemousse die Gelegenheit zunutze und zog seine Hand zurück.

»*Et du pain, s'il vous plaît.*«

Mit einem weiteren Knall wurde ihnen auch der Brotkorb hingestellt.

Mrs. Cosgrove lachte vergnügt. »Sie sind ganz wie George. So etwas bringt ihn auch immer auf Touren.« Ihr Wippanfall ebbte ab, dafür schlang sie schwungvoll beide Beine um sein rechtes, das nun wie in einem Schraubstock gefangen war. Gleichzeitig packte sie seine linke Hand. Er fühlte sich, als speiste er mit einer Krake zu Abend. »Für einen guten *dip* hat George auch eine Menge übrig!«

»*Dip? Qu'est-ce que c'est – un dip?*«

»Eine Sauce. Aber auch, nun ja… also, er taucht gern seinen Docht ein.«

Monsieur Pamplemousse verstand nicht genau, was sie meinte, aber denken konnte er es sich wohl. Er überlegte, was Doucette wohl sagen würde, wenn er eines Tages nach Hause käme und verkündete, er habe Lust auf *plonger sa mèche à lampe*. Er ließ die Idee lieber gleich wieder fallen.

Statt dessen schweiften seine Gedanken zu dem fernen George. Falls Mrs. Cosgroves gegenwärtiges Verhalten auch typisch für ihr Eheleben war, so dürfte George seine

Tranche de mouton à la catalane
Hammel auf katalanische Art

Zutaten für 8 Personen

1 Lammkeule von ca. 4 kg
2 in Scheiben geschnittene Knoblauchzehen
3 EL Olivenöl
Salz und frisch gemahlener Pfeffer
6 in Ringe geschnittene Schalotten
2 in Scheiben geschnittene Karotten
1/8 l Weißwein
1/4 l Lammfond
100 g in Scheiben geschnittene Champignons
1 TL Butter
6 kleine Zwiebeln
6 gekochte Kastanien
3 Chipolatawürstchen
2 geschälte, entkernte und in Würfel geschnittene Tomaten

Vorbereitung:
Den Backofen auf 230 Grad vorheizen. Die Lammkeule ein paarmal einschneiden, mit Knoblauch spicken und mit einer Kordel zusammenbinden. Salzen und pfeffern und mit 1 EL Olivenöl bestreichen.

Zubereitung:
2 EL Öl in einem gußeisernen Topf erhitzen. Schalotten und Möhren einfüllen. Die Lammkeule auf das Gemüse legen und ca. 10 Minuten in den Ofen schieben. Die Hitze auf 200 Grad herunterschalten und ca. 1 Stunde garen. Zwischendurch häufig mit Weißwein und Fond begießen. Aus dem Ofen nehmen und an einem warmen Ort in Alufolie gewickelt ca. 15 Minuten ruhen lassen.

Freizeit fast ausschließlich mit der Suche nach neuen Stimulantien verbringen. Vielleicht war er doch jünger, als er auf dem Bild aussah. Den Docht eintauchen… wirklich *incroyable*, welch eigenartige Umschreibungen sich die Engländer für alles ausdachten, was auch nur den leisesten Hauch eines Schuldgefühls wecken konnte. Offenbar hatten sie auch die richtige Sprache dafür, die jede Situation beschönigen konnte. Das galt auch für das Essen. Sie aßen nicht, sondern sie »naschten«, »futterten« oder »knabberten ein paar Bissen«, um ihren »inneren Schweinehund« zufriedenzustellen oder weil ihnen »das Wasser im Munde zusammenlief«, und nach dem Hauptgericht verzehrten sie Riesenportionen von *pud*, die sie als *afters* bezeichneten.

Vielleicht lag es an dem frühen Abschied vom Elternhaus und an der Geschlechtertrennung in der Schule. Er hatte gelesen, daß es derlei im Vereinigten Königreich noch immer gab.

Monsieur Pamplemousse versuchte, die Vision eines ganzen Schlafsaals voll auf ihren Betten sitzender und zur Demonstration ihrer Massenfrustration mit den Beinen wippender kleiner Mrs. Cosgroves zu verscheuchen, und wischte den irdenen Teller mit einem Stück Brot aus, das er Pommes Frites unter den Tisch weiterreichte.

Die *escargots* hatten ihm vorzüglich gemundet. Kein Wunder, daß man ihnen den Beinamen »Austern von Burgund« gab. Die in den Weinbergen des Languedoc gesammelten Schnecken waren zwar nicht ganz so groß, aber nicht minder köstlich. Als er in der Durchreiche den Blick des *patron* auffing, rundete er Daumen und Zeigefinger zu dem weltweit gebräuchlichen Zeichen der Anerkennung, das mit einem Lächeln quittiert wurde.

Beim Hauptgericht beschloß er, das Gespräch wieder

Den Fond und das Gemüse abgießen und in einen Topf geben. Die Champignons in 1 TL Butter sautieren und in den Fond geben. Die Kastanien halbieren und mit den glasierten Zwiebeln und den Tomatenwürfeln zufügen. Ca. 10 Minuten köcheln lassen. Die Chipolatawürstchen quer halbieren und in Stücke schneiden. Zum Gemüse geben und weitere 10 Minuten köcheln.

Anrichten:
Die Lammkeule in Scheiben schneiden. Eine Scheibe pro Person auf einen vorgewärmten Teller geben, mit der Sauce überziehen und mit warmem Baguette servieren.

Poivrons rouges à la catalane
Rote Paprikaschoten auf katalanische Art

Zutaten für 4 Personen

6 rote Paprikaschoten
200 g körniger Reis
2 große weiße Gemüsezwiebeln
1 gehackte Knoblauchzehe
1 EL Olivenöl
2 Tomaten, geschält, entkernt und in Würfel geschnitten
2 Chipolatawürstchen

Für die Vinaigrette:
4 EL Olivenöl
2 EL Weinessig
Salz und frisch gemahlener Pfeffer
1 TL gehackter frischer Koriander
1 TL gehackte glatte Petersilie
2 gekochte, gehackte Eier

auf die wesentlichen Dinge zu bringen. »Was wissen Sie denn nun noch über Château Morgue? Zum Beispiel über Madame und Monsieur Schmuck?«

»Herr Schmuck stammt aus Leipzig, ansonsten ist seine Vergangenheit eher dunkel. Er begann als Industriechemiker, aber was er dazwischen gemacht hat, weiß kein Mensch. Die Leute hier sagen, er sei einfach eines Tages aufgetaucht. Wo seine Frau herkommt, weiß keiner. Sie hat hier auch mit kaum jemandem Kontakt. Meine Vermutung ist, daß sie vor ihrer Vergangenheit davonläuft. Jedenfalls ist sie viel auf Reisen, aber immer allein.«

Monsieur Pamplemousse warf ihr einen fragenden Blick zu, als er den Wein einschenkte. »Woher wissen Sie das alles?«

»Die Leute schütten mir doch ihr Herz aus, wenn sie sich maniküren lassen. Sie würden sich wundern. Da bekommt man die erstaunlichsten Dinge zu hören. Es ist ein bißchen wie beim Psychiater, nur daß man sich die Schuldgefühle nachher erspart.«

»Und Doktor Furze?«

»Der ist auch in Leipzig geboren, aber er ist gleich nach dem Krieg aus Ostdeutschland geflohen. Er ist ebenso wenig Doktor wie ich. Jedenfalls kein Doktor der Medizin, aber genau das sollen hier alle glauben.«

Monsieur Pamplemousse spürte einen leichten Knuff unter dem Tisch und reichte Pommes Frites eine ordentlich bemessene Portion *tranche de mouton* hinunter. Da sie ohnehin beide nach Knoblauch riechen würden, konnte er ruhig großzügig sein. Allerdings durfte er nicht vergessen, über Nacht das Fenster offen zu lassen.

Der Côtes du Roussillon war jung und fruchtig, einem Châteauneuf-du-Pape nicht unähnlich, aber milder und runder im Geschmack. Zwar hätte ihm Casanova vermut-

Vorbereitung:
Von 4 der Paprikaschoten einen Deckel abschneiden und entkernen. Stiel und weiße Teile vorsichtig entfernen. Im auf 200 Grad geheizten Ofen ca. 15 Minuten garen.

Zubereitung:
Die beiden anderen Paprikaschoten halbieren, ebenfalls entkernen und im Ofen bei 200 Grad rösten. Die Haut abziehen und in kleine Stücke schneiden. Den Reis garen. Er soll noch bißfest sein. Die Gemüsezwiebeln hacken und mit dem ebenfalls gehackten Knoblauch in Olivenöl glasig dünsten. Die Chipolatawürstchen in kleine Scheiben schneiden und kurz in Olivenöl anbraten.
Alle Zutaten abkühlen und abtropfen lassen.
Aus den Zutaten für die Vinaigrette eine Sauce rühren und unter den Reis, die Zwiebeln, Tomatenwürfel, Paprikawürfel und Wurstscheiben mischen. Gut durchziehen lassen, in die ganzen Paprikaschoten füllen und anrichten.

Crème d'Homère
Wein-Honig-Creme

Zutaten für 6 Personen

200 cl süßer Weißwein
150 g heller Honig
6 Eier
1 Prise gemahlener Zimt
1 Streifen Zitronenschale
100 g Zucker

lich nicht die Eigenschaften des Chambertin zugebilligt, doch paßte er ganz hervorragend zum Roquefort. Und auch zu Mrs. Cosgrove. Er schien den Glanz ihrer Augen zu vertiefen.

Der kurze Gedankenaustausch mit dem *patron* schlug positiv zu Buche. Zusammen mit einer *crème d'Homère* – einer nach den Gepflogenheiten dieser Gegend mit Wein und Honig verfeinerten *crème caramel* – wurde ihnen ein Glas Muscat de Frontignan mit Empfehlung des Chefs serviert. Goldfarben und honigsüß wie das Dessert, rundete er das Mahl auf das gelungenste ab.

Monsieur Pamplemousse empfand großes Wohlbehagen. Dieses angenehme Gefühl wurde einzig und allein von einer kaum merklichen, aber hartnäckigen Beklommenheit in der Brust beeinträchtigt. Wahrscheinlich rührte sie von dem ungewohnten Energieaufwand, gewiß aber nicht vom Essen. Er sah damit die Theorie eines englischen Autors mit einem unaussprechlichen Namen bestätigt, wonach der Körper zahllose winzige Gefäße voller giftiger Säfte enthalte, die glücklich und zufrieden nebeneinander existierten, solange man sie in Ruhe ließ. Rüttelte man sie aber durch Laufen, Springen, Joggen oder andere widernatürliche Beschäftigungen durcheinander, so hatte man das Risiko selbst zu tragen. Und waren diese Säfte erst einmal miteinander vermischt, konnten die Folgen fatal sein.

»Stimmt etwas nicht, Aristide?« Mrs. Cosgrove griff wieder nach seiner Hand. »Sind Sie sicher, daß Ihnen nichts fehlt?«

Er erwiderte den Druck ihrer Hand und rieb sich gleichzeitig über das Brustbein. »Es wird gleich wieder gut sein. Ein kleiner innerer Aufruhr, sonst nichts. Es wäre wohl ratsam gewesen, vor der Abfahrt ein wenig frischgepreß-

Vorbereitung:
Den Backofen auf 150 Grad vorheizen.
Eine große oder 6 kleine feuerfeste Förmchen mit Zucker ausstreuen und im Ofen bei geringer Hitze den Zucker karamelisieren, bis er Blasen wirft.

Zubereitung:
Den Wein mit dem Honig, dem Zimt und der Zitronenschale in einen Topf geben und langsam zum Köcheln bringen. Wenn sich der Honig aufgelöst hat, beiseite stellen und abkühlen lassen.
Die Eier in einem großen, kühlen Gefäß schaumig schlagen und dann die Wein-Honig-Flüssigkeit langsam darunterziehen.
Den Ofen auf 160 Grad schalten. Die Förmchen mit der Ei-Honig-Mischung füllen und im Ofen 30 Minuten backen. Bei einer großen Form ist die Backzeit etwas länger.
Abkühlen lassen, stürzen und servieren.

ten Karottensaft zu mir zu nehmen.« Karottensaft hätte in einem Haus wie Château Morgue praktisch jederzeit vorhanden sein müssen.

»In meinem Zimmer habe ich ein Fläschchen«, erklärte Mrs. Cosgrove. »Ein Mittel, das von Mönchen im Rhône-Tal hergestellt wird und sehr gut für die Verdauung sein soll.«

Monsieur Pamplemousse lehnte dankend ab. Er wollte nicht undankbar erscheinen, aber ein Mittel, das der Verdauung eines Mönches zuträglich war, würde wahrscheinlich die Wirkung auf seine eigene verfehlen – nach allem, was sie gespeist hatten. Nach seiner Erfahrung wurden Klöster meist von Äbten mit Clipboards unter dem Arm nach strengen Richtlinien verwaltet. Wunder waren da nicht im Programm, jedenfalls nicht für die Allgemeinheit.

»Wie wär's mit einem kleinen *digestif*?« lenkte er ab und ließ damit seine Wahl offen. Mrs. Cosgrove strahlte.

Als er die Wirtin an seine schon bei der Ankunft geäußerte Bitte erinnerte, ein paar Knochen für Pommes Frites zu bekommen, und bei dieser Gelegenheit die Rechnung verlangte, wußte er nur allzu gut, daß es am Essen allein nicht lag. Vielleicht hätte er die zweite Flasche Côtes du Roussillon lieber nicht bestellen sollen.

Als er bezahlt hatte, erhob er sich, rückte seine dunkle Brille zurecht, klemmte sich die Plastiktüte für Pommes Frites und den weißen Stock unter den Arm und ging, ringsherum Höflichkeiten austauschend, zur Tür voraus.

»Ich fühle mich richtig *wibbly-woo*«, verkündete Mrs. Cosgrove, als sie draußen waren.

Wibbly-woo, oder auch schwipsi-schwapsi, war nicht ganz das richtige Wort. Andererseits beschrieb es den Zustand gar nicht so schlecht. Jedenfalls besser als *joie-de-vivre*. Außerdem konnte man es beliebig variieren. *Wobbly-wib*…

libbly-loo, schwapsi-schwipsi, wipschi-wapschi. Vielleicht hatten die Engländer doch nicht so ganz unrecht. Sie besaßen für alles ein Wort. Sogar singen konnte man es. Das von den Steinhäusern widerhallende *wibbly-woo* klang gar nicht so schlecht.

Monsieur Pamplemousse befestigte den Proviant seines Partners mit einer Gummilasche am Gepäckträger über dem Hinterrad, löste den Luftballon von der Lenkstange und band ihn Pommes Frites mit feierlichem Ernst ans Halsband.

Die Schwierigkeiten begannen, als er auf das Fahrrad steigen wollte und es ihm trotz Zuhilfenahme des weißen Stockes nicht gelingen wollte. Als er sich zum drittenmal vom Pflaster aufrappelte, hatte er das Gefühl, von jemandem beobachtet zu werden; er wandte sich um und blickte in ein Augenpaar, das durch einen Spalt zwischen den Vorhängen des Restaurants lugte. Es waren mißbilligende Augen – sie paßten gut zu den fest aufeinandergepreßten Lippen, und sie blickten so kalt und klar wie die Abendluft. Die Person, der diese Augen gehörten, fand das alles gar nicht lustig.

Monsieur Pamplemousse wandte der unerwünschten Zeugin des Geschehens den Rücken zu, hob das Fahrrad auf und schob es ein Stück weiter die Straße entlang, ehe er einen erneuten Versuch unternahm aufzusteigen. Diesmal hatte er mehr Erfolg.

»Mir nach!« Mrs. Cosgrove segelte bereits mit wehenden Röcken um eine Ecke.

Monsieur Pamplemousse setzte sich auf ihre Fährte. Rasch gewann er an Tempo, und die *pharmacie*, in deren Schaufenster große Steingefäße und Photozubehör ausgestellt waren, verschmolz mit der *boulangerie*, die einem *bureau de tabac* Platz machte und schließlich von dem Souvenirladen abgelöst wurde, in dem Mrs. Cosgrove den Luftballon erstanden hatte.

Das berauschende Gemisch von Wein und kalter Luft rief in ihm eine Euphorie wach, die ihn plötzlich verwegen werden ließ wie nie zuvor. Auf einmal fühlte er sich sicher genug, aufrecht im Sattel zu sitzen und die Lenkstange zuerst auf der einen und dann auch auf der anderen Seite loszulassen.

Einem plötzlichen Impuls folgend, drehte er eine zweite Runde um die *mairie*. Als er danach erneut am *bistro* vorbeischoß, tauchte die Wirtin wieder in seinem Blickfeld auf, und er winkte ihr mit dem weißen Stock zu. Sein Gruß wurde nicht erwidert. Sie stand neben ihrer Kasse und sprach mit ernster Miene in ein Telephon. Er hatte das Gefühl, daß ihr Blick ihm folgte.

Bald hatte er das Dorf hinter sich gelassen und den Weg in Richtung Château Morgue eingeschlagen. Gleich darauf begann die Straße anzusteigen. Vom Erfolg berauscht und selbstsicher wie schon seit Jahren nicht mehr, schaltete er sich durch alle achtzehn Gänge, bis er abrupt zum Stehen kam, als er auf den nicht vorhandenen neunzehnten schalten wollte. Er sah über die Schulter zurück und mußte sich enttäuscht eingestehen, daß er trotz allem kaum hundert Meter zurückgelegt hatte.

Monsieur Pamplemousse stieg ab, schob das Rad um eine Straßenbiegung und entdeckte am Zugang eines Rastplatzes ein anderes Fahrrad, das verlassen am Straßenrand lag. Hinter der Begrenzungsmauer schwebte gespenstisch und im Mondlicht silbrigglänzend der Luftballon, und dahinter lag ausgestreckt auf einem Tisch Mrs. Cosgrove. Die Arme unter dem Kopf verschränkt, die Knie angewinkelt, das Haar über den Tischrand wallend, sah sie aus wie die Reinkarnation der Aphrodite, die sich vom langen Schwimmen im Mittelmeer ausruhte.

Monsieur Pamplemousse legte sein Rad vorsichtig neben das ihre und spürte, wie sein Puls sich beschleunigte, während sich in der Magengrube ein flaues Gefühl ausbreitete, das von einem heftigen stechenden Schmerz etwas weiter oben abgelöst wurde, als er sich bückte, um die Fahrradklammern von seinen Hosen zu entfernen.

»*Merde!*« Ein höchst unpassender Moment für Verdauungsstörungen.

Monsieur Pamplemousse wollte sich eben aufrichten, als aus nächster Nähe ein langgezogener, tierischer, röchelnder Laut an sein Ohr drang. Es war ein komplexes Geräusch voller Urgewalt, von einem schnüffelnden Unterton begleitet und mit einem Beiklang von solcher Wildheit, daß er schon erwog, die Klammern zu lassen, wo sie waren, und statt dessen seinen Stock zu ergreifen.

Pommes Frites mußte es ebenfalls gehört haben, denn der Luftballon hüpfte auf und ab, als wäre er von einem plötzlichen Windstoß erfaßt worden, und wechselte ständig die Richtung. Monsieur Pamplemousse wandte sich gerade einem schwarzen Gebüsch unterhalb der Bäume auf der anderen Straßenseite zu, in der Annahme, dort könnte ein Wildschwein verborgen sein. Da hörte er wieder das Geräusch, diesmal von hinten. So schnell er konnte, wirbelte er herum, bereute dies aber im selben Augenblick. Von der Drehung schwirrte ihm der Schädel, als befände er sich auf einer Umlaufbahn um die Erde. Aber immerhin hatte er nun die Geräuschquelle identifiziert. Die röchelnden Töne kamen ohne jeden Zweifel vom Tisch her: Mrs. Cosgrove erfreute sich eines tiefen, wenn auch nicht ganz geräuschlosen Schlafes.

Vom Tal drang Motorenlärm herauf. Dem Geräusch

nach zu urteilen, näherten sich zwei Fahrzeuge mit rasantem Tempo, denn in jeder Kurve quietschten die Reifen. Monsieur Pamplemousse war froh, daß er nicht mehr auf dem Fahrrad saß. Sekunden später bestätigte sich seine Vermutung, daß es sich um mehr als ein Fahrzeug handeln mußte, denn in einer Biegung knapp vor dem Dorf waren kurz zwei Scheinwerferpaare zu sehen, ehe sie wieder aus seinem Blickfeld verschwanden.

Sein Instinkt riet ihm, sich zu verstecken. Er rief Pommes Frites zu sich und lief zum anderen Ende des Picknickplatzes, um in einer alten Waldarbeiterhütte Schutz zu suchen. Sich um Mrs. Cosgrove oder die Fahrräder zu kümmern, dafür war es beim besten Willen zu spät. Sie erreichten die Hütte keinen Augenblick zu früh. Noch ehe er sich halbwegs zurechtgefunden, ja kaum richtig Atem geschöpft hatte, huschten auch schon die Scheinwerfer vorbei und beleuchteten Mrs. Cosgrove und den Luftballon, der sich inzwischen von Pommes Frites losgerissen hatte.

Die Bremsen des ersten Fahrzeugs kreischten schrill, gleich darauf noch abrupter die des zweiten, dann wurde krachend der Rückwärtsgang eingelegt, die Motoren kamen nochmals auf Touren, und die Autos setzten ein Stück den Hang zurück, ehe sie endgültig zum Stillstand kamen. Jemand stieg aus, dann wurden Türen zugeschlagen. Anschließend waren knirschende Schritte auf dem Kies und schließlich der Klang vertrauter Stimmen zu hören.

»Das muß die Frau sein, die die Alte vom Café am Telephon gemeint hat.« Monsieur Pamplemousse erkannte die Stimme von Paradou und auch die seines Kollegen, als sie die auf dem Tisch ruhende Gestalt mit einer Taschenlampe beleuchteten. Er hörte einige kaum unterdrückte Pfiffe, dann eine unverständliche Bemerkung des anderen *gendarme*, über die sie in derbes Gelächter fielen. Eine weitere Stimme schnitt durch die Finsternis und ließ sie unverzüglich verstummen.

Monsieur Pamplemousse schlich um die Hütte und sah Inspektor Chambard von den Fahrrädern her auf die beiden zukommen. »Könnt ihr sie nicht aufwecken?«

»Versuchen Sie's doch mal, Chef.« Das war der zweite *gendarme*. »Die ist ja völlig weg.«

Chambard brummte ungeduldig. Er ging zur Begrenzungsmauer und sah dem Luftballon nach, der langsam über das Tal zog. »Was um alles in der Welt ist bloß mit Pamplemousse passiert? Das kann doch nur er gewesen sein. Sonst spaziert doch um diese Zeit niemand mit einem weißen Stock durch die Gegend.«

»Ich möchte mir lieber nicht ausmalen, was ihm passiert sein könnte, wenn er da hinuntergestürzt ist.« Paradou trat neben den Inspektor und ließ seine Taschenlampe ziellos jenseits der Mauer wandern.

»*Zut alors!*« Inspektor Chambard ging wieder zum Tisch hinüber und betrachtete Mrs. Cosgrove. »Wir können sie schlecht hierlassen, sie holt sich ja den Tod. Ihr beiden bringt sie am besten mit ins Revier. Und ladet auch die Fahrräder ein. Auf dem einen Gepäckträger ist ein Päckchen – Paradou, Sie sehen sich den Inhalt näher an und erstellen eine Liste.«

Paradou betastete zaghaft das Paket mit den Knochen für Pommes Frites. »Wieso muß immer ich die Dreckarbeit machen, Chef?«

Aber Inspektor Chambard war bereits eingestiegen. Die Wagentür schlug zu, und das Auto setzte sich in Bewegung. Paradou wartete, bis der Wagen verschwunden war, ehe er seinen Gefühlen freien Lauf ließ.

»Daß das dem alten Pamplemousse gehört, merkt man

sofort. Der muß doch einen Tick haben. Fühl mal, hier, fühl doch mal!«

Sein Kollege schlug dieses Angebot aus, hob das zweite Fahrrad auf und lehnte es hinten in den Kleinbus. »Hast du den Analysebericht über den ersten Fund gesehen? Sechzig Prozent reines Hühner- und Schweinefleisch. Fünfzehn Prozent reine Zwiebel –«

»Rein? Daß ich nicht lache. Aber warte nur, wenn er das Zeug hier kriegt!«

Als auch das zweite Rad untergebracht war, wandten sich die beiden *gendarmes* Mrs. Cosgrove zu.

Von seinem Versteck, das ihm zusehends unbequemer wurde, gewann Monsieur Pamplemousse den Eindruck, daß die beiden unnötig viel Aufhebens machten von der doch relativ einfachen Aufgabe, ihre Last vom Picknicktisch auf den Vordersitz des Polizeibusses zu befördern.

Es kostete ihn große Beherrschung, nicht hervorzuspringen und zu protestieren, aber seine Besonnenheit setzte sich schließlich durch. Er hatte keine Lust, sich auf die komplizierten Erklärungsversuche einzulassen, die man ihm zweifellos abverlangen würde. Ratsamer erschien es, statt dessen den Dingen ihren Lauf zu lassen.

Endlich waren sie fertig. Als die roten Rücklichter sich ins Tal entfernten, wischte sich Monsieur Pamplemousse trotz der Kälte mit dem Ärmel den Schweiß von der Stirn.

Sein Blick wanderte hinauf zum Château Morgue. Die Lichter in den Fenstern unter dem Dach des Turmes ließen es abweisender und unbezwingbarer denn je erscheinen, und er war plötzlich zutiefst deprimiert. Um zu erfahren, was dort oben vorging, müßte er entweder einen Hubschrauber samt Piloten auftreiben oder eine kleine Maus mit dem Luftballon seines Partners hinaufschicken.

Mit wundgescheuertem Sitzfleisch, Schmerzen in allen

Gliedern, revoltierenden Magensäften, brummendem Kopf und seines einzigen Transportmittels entledigt, bereitete Monsieur Pamplemousse sich auf den langwierigen Aufstieg vor.

Nur eines fehlte noch, um das Faß seines Unglücks zum Überlaufen zu bringen. Es betraf Pommes Frites – und diesem Problem würde er nur allzubald ins Auge blicken müssen.

Noch hatte Pommes Frites allerdings anderes im Kopf. Er stand mit den Vorderpfoten auf dem Mäuerchen und suchte nach seinem verschwundenen Luftballon; die Rückkehr auf den harten Boden der Realität würde ihm zweifellos einen ebensolchen Schlag versetzen. Seine Laune würde sich trüben, wenn ihm dämmerte, daß nicht nur Mrs. Cosgrove und die Räder verschwunden waren, sondern auch das Paket mit seinem Abendessen. Er würde mit seinem Schicksal hadern, Schwermut würde ihn überkommen. Und wenn Pommes Frites einen Anfall von Schwermut hatte, mußten alle darunter leiden. Es waren keine angenehmen Aussichten.

»*Merde!*« Monsieur Pamplemousse griff nach seinem Stock und bohrte ihn in den nächsten Strauch. Da endete ein Abend, der so vielversprechend begonnen hatte, auf solch unwürdige Weise.

Eine Fahrt in die Lüfte

Wider alle Erwartungen schlief Monsieur Pamplemousse in dieser Nacht ein, sobald sein Kopf das Kissen berührte. Am Morgen erwachte er um acht, nicht unbedingt so frisch und munter wie der sprichwörtliche Fisch im Wasser, aber doch wie einer, der nur eine Portion Regenwürmer brauchte, um den neuen Tag gebührend zu begrüßen. Frisch gebadet, frisch rasiert und gestärkt mit ein paar herzhaften *saucisses de Montbéliard* zum Frühstück, war er bestens gerüstet für die Arbeit, die auf ihn wartete.

Zu behaupten, daß Mrs. Cosgrove ihm die ganze Nacht hindurch nicht aus dem Kopf gegangen war, hätte die Tatsachen schlicht entstellt. Zwar tauchte sie mehrmals in seinen Gedanken auf, aber stets nur ganz nebenbei. Schließlich wußte er sie in guten Händen, und es war gewiß nur eine Frage der Zeit, bis sie das Bewußtsein wiedererlangte.

In seinem Kopf wirbelten alle möglichen Notizen, Beobachtungen und Gedanken umher, die samt und sonders dringend danach verlangten, in geordnete Bahnen gelenkt zu werden. In mancherlei Hinsicht war ihm dieser Teil seiner Arbeit der liebste – das Sichten der vorhandenen Informationen, das Analysieren, Vergleichen und Zusammensetzen der vielen verschiedenen Teile wie in einem Puzzle, bei dem man hier ein Stück wegnimmt und dort ein Stück dazulegt, bis sich allmählich alles zu einem Gesamtbild fügt. Der ganze Vorgang verlangte eine gewisse Präzision, und die Notwendigkeit, letzten Endes eine Antwort finden zu müssen, sprach seine mathematische Ader an. Gewiß, im vorliegenden Fall fehlte noch so manches Puzzleteil, dennoch hatte er nicht den geringsten Zweifel, daß sich alles von selbst ergeben würde, hatte er erst einmal die Eckpfosten eingeschlagen, den Rahmen, in dem er sich bewegen mußte, abgesteckt und die Parameter festgelegt.

Ohne auf die Zeit oder auf Pommes Frites zu achten, arbeitete er ununterbrochen fast eine Stunde lang, legte dann seinen Füllhalter weg, überlegte eine Zeitlang und gelangte schließlich zu einem unausweichlichen Schluß. Egal wie er die Sache betrachtete, aus welcher Richtung er das Problem auch anpackte, um seine Theorie zu belegen, brauchte er einen stichhaltigen Beweis für die Vorgänge im Turm. Er trat ans Fenster und betrachtete die Landschaft, während er noch einmal Revue passieren ließ, was er seit seiner Ankunft auf Château Morgue beobachtet hatte. Wie schon so oft in der Vergangenheit, wenn er in einer ähnlichen Situation aus dem Fenster seines Büros am Quai des Orfèvres geblickt und in den Fluten der Seine Inspiration gesucht hatte, brauchte er auch diesmal wieder nur die Beine auszustrecken und eine vollkommen neue Aussicht zu genießen, schon stellte sich ein Ergebnis ein.

Auf Zehenspitzen stehend, sah er gerade noch das Dorf, in dem er mit Mrs. Cosgrove den letzten Abend verbracht hatte; er kletterte auf einen Stuhl, von dem aus er sogar noch den Picknickplatz erkennen konnte, und als er träge überlegte, was wohl aus dem Luftballon seines Partners geworden sein mochte – ob er ins Landesinnere gezogen war oder vielleicht gar aufs Mittelmeer zusteuerte –, kam ihm plötzlich eine Idee.

Gedankenverloren blieb er eine Zeitlang auf dem Stuhl stehen. Er würde Ausrüstung brauchen, die er nicht besaß und die sich so kurzfristig gewiß nicht ohne weiteres auftreiben ließ. Es sei denn... Im Nu führte die eine Idee zur nächsten. Er sah auf die Uhr. Punkt zehn. Er stieg vom Stuhl, ging ins Badezimmer und machte sich unter den wachsamen Blicken seines Partners an die Arbeit.

Um 10.13 Uhr zeigte Pommes Frites, der die Situation sichtlich keinen Augenblick länger zu ertragen gewillt war, seinen unmißverständlichen Wunsch, sich an einen anderen Ort zu begeben. Mit beunruhigter Miene verließ er das Badezimmer und trottete durch den Korridor davon, fest entschlossen, eine Behinderung seiner Pläne keinesfalls zu dulden.

Monsieur Pamplemousse war nicht der einzige, der den Vormittag zum Nachdenken genutzt hatte. Auch Pommes Frites hatte seine kleinen grauen Zellen arbeiten lassen und war nach sorgfältiger Abwägung aller Für und Wider und unter angemessener Berücksichtigung möglicher Fehleinschätzungen zu der Überzeugung gelangt, daß sein Herr einen Anfall von Geistesverwirrung haben mußte und daher keine Zeit mehr zu verlieren war.

Alle Anzeichen deuteten in diese Richtung. Zuerst die Sache mit dem weißen Stock und der dunklen Brille; dann die unerwartete Veränderung der Ernährungsweise: Speisenfolgen von grenzenloser Vielfalt waren einer eintönigen Wurstdiät gewichen. Die Anschaffung eines Fahrrades war ein weiteres schlechtes Zeichen gewesen. Pommes Frites hatte gewisse Einwände gegen Fahrräder – sie rasten immer gleich von allen Seiten auf einen los. Was den kindischen Luftballon betraf, so blieb er besser ganz unerwähnt. Aber die Tatsache, daß sein Herr an der Hundehütte herumhantierte, machte das Maß nun endgültig voll. Die Situation verlangte offenbar nach einem sofortigen und wirkungsvollen Eingreifen seinerseits.

Was die Auswertung von Informationen betraf, war

Pommes Frites nicht minder befähigt, wenn auch etwas langsamer als sein Herr, und so hatte es eine Zeitlang gedauert, bis er die ganze Tragweite der Situation begriffen hatte. Als es dann endlich soweit war, konnte er nicht verstehen, warum er die Zusammenhänge nicht schon viel früher begriffen hatte. An allem war ganz allein er schuld. Da brauchte sein Herr dringend Fürsorge und Aufmerksamkeit, doch in der Stunde seiner Bedrängnis hatte er, Pommes Frites, wenn auch gänzlich unabsichtlich, etwas verschenkt, an dem Monsieur Pamplemousse viel zu liegen schien. Es war – ein besserer Vergleich hätte ihm gar nicht einfallen können –, als hätte jemand das Versteck mit seinen saftigsten Knochen entdeckt und sie ohne viel Federlesens einem anderen Hund geschenkt.

Pommes Frites hielt nichts von halben Sachen. Wenn er sich einmal ein Bild von etwas gemacht hatte, sah er alles sonnenklar, und er war nicht mehr zu bremsen. Hätte er in diesem Augenblick aber seinen Herrn beobachtet, so wäre er gewiß noch rascher seinem endgültigen Ziel zugestrebt, denn dann hätten sich seine schlimmsten Befürchtungen bestätigt.

Mittels des in einer Tasche an der Rückwand untergebrachten Flickzeugs war Monsieur Pamplemousse nämlich gerade eifrig damit beschäftigt, den Eingang der Hundehütte mit dem darüber befindlichen Rollo zu verkleben, um so einerseits jeden auszusperren, der hineinwollte, und andererseits alles einzusperren, was hinauswollte, einschließlich der Luft im Inneren der Hütte, wie Monsieur Pamplemousse erfreut feststellte, als er sich mit seinem ganzen Gewicht darauflegte und die Gummiwülste mehrmals kräftig drückte.

Hätten diesen Vorgang noch weitere Zeugen beobachtet, wäre Pommes Frites mit seiner Besorgnis gewiß nicht allein geblieben, Monsieur Pamplemousse hingegen betrachtete hingerissen das Ergebnis seiner Anstrengungen. Er war so vertieft in sein Werk, daß er das Läuten des Telephons erst mit einiger Verspätung registrierte.

»Aristide.« Es war Mrs. Cosgrove.

»Anne. Wie fühlen Sie sich?«

»Ich fühle mich fürchterlich.«

Monsieur Pamplemousse griff sich an die Stirn. »Ich bin auch nicht gerade – wie würden Sie das ausdrücken? – *fit as a fiddle*, aber –«

»Ach was, ich spreche doch von gestern abend. So etwas ist mir noch nie passiert. Mir geht es eigentlich ganz gut.«

Monsieur Pamplemousse beschloß, einen zweiten Versuch zu unternehmen und sie etwas anderes zu fragen. »Wo sind Sie denn überhaupt?«

»Auf der Polizeiwache. Ein Inspektor Sowieso hat mich verhört. Er sagt, er kennt Sie.«

»Chambard?«

»Ja, so heißt er. Er denkt, wir beide wären gestern abend zusammen gewesen. Offenbar hat uns die Frau im Restaurant beschrieben. Aber ich habe nichts ausgeplaudert, sondern ihm vorgeflunkert, es sei Ihr Doppelgänger gewesen. Der, der vorgestern abend in Ihrem Zimmer war.«

»Ananas?« Er griff sich ein zweites Mal an die Stirn. Da war wieder dieses Schwindelgefühl. »Ananas!«

»Zuerst wollte er mir nicht recht glauben, wegen Ihres Blindenstocks. Aber inzwischen habe ich ihn überzeugt. Ich wollte Sie nicht in die Sache verwickeln, für den Fall, daß Sie lieber unerkannt bleiben.«

»Sehr rücksichtsvoll von Ihnen.« Monsieur Pamplemousse zögerte. Aus einem völlig irrationalen Grund verspürte er leisen Ärger darüber, daß jemand, den er so sehr verabscheute, seine Stelle eingenommen hatte, wenn auch gewissermaßen nur *pro forma*.

»Sie sind doch nicht etwa böse?« fragte sie bekümmert.

»Aber keineswegs. Höchstens eine Spur eifersüchtig.«

»Du meine Güte. Das tut mir wirklich leid. Aber gut, dagegen läßt sich ja später etwas unternehmen. Etwas möchte ich noch –«

»Bitte hören Sie erst einmal...« Monsieur Pamplemousse fiel ihr ins Wort, ohne abzuwarten, was sie ihm noch anvertrauen wollte. Ihr Anruf kam ihm sehr gelegen. Vielleicht sollte er ihn als gutes Omen für sein Vorhaben nehmen. Er überlegte, ob ihr Gespräch wohl abgehört würde, beschloß aber, es trotzdem zu riskieren. Es war eine Chance, die er einfach nicht ungenutzt verstreichen lassen durfte. »Sie könnten auf dem Rückweg etwas für mich besorgen. Ich möchte, daß Sie im Dorf haltmachen und zuerst dem Souvenirladen einen Besuch abstatten, um dort noch so einen Luftballon wie gestern zu kaufen. Anschließend gehen Sie bitte in die *pharmacie*. Ich vermute, Sie werden feststellen, daß der Besitzer ein begeisterter Photograph ist. Auch von dort brauche ich einiges. Das meiste davon habe ich gestern im Schaufenster gesehen. Am besten, Sie schreiben alles auf.«

Während Monsieur Pamplemousse seinen Wunschzettel diktierte, staunte er über die Wunder des menschlichen Gehirns, das selbst die trivialsten Details unaufgefordert registrierte und speicherte, obwohl das seine gleichzeitig vollauf damit beschäftigt gewesen sein mußte, jenen Abschnitt mit Informationen zu versorgen, der dafür sorgte, daß er aufrecht im Sattel blieb. Dennoch erinnerte er sich noch bis ins kleinste Detail an die Schaufensterauslage der *pharmacie*.

»Haben Sie alles?«

»Ich denke schon. Soll ich es Ihnen noch einmal vorlesen?«

»Nicht, wenn Sie sicher sind.« In diesem Stadium wollte er Chambards Aufmerksamkeit nicht unnötig auf sich und seine Aktivitäten ziehen. Zumindest vorläufig zog er es vor, ohne Hilfe vorzugehen. Nur er und Pommes Frites... und Mrs. Cosgrove. Chambard war ein guter Mann, aber er würde zwangsläufig Fragen stellen. Und wenn Monsieur Pamplemousse' Theorien sich bewahrheiteten, würde Chambard ohnehin bald eine Menge zu tun bekommen.

»Eines muß ich Ihnen noch erzählen, bevor Sie auflegen. Es hat einen seltsamen Zwischenfall auf dem Château gegeben.«

»Zwischenfall?«

»Ja, anscheinend ist da jemand wie der Wirbelwind durch den Damenumkleideraum gefegt.« Mrs. Cosgroves Stimme wurde gedämpft durch die Hand, hinter der sie ein unterdrücktes Lachen zu verbergen suchte. »Als die Damen von der Morgensauna und der Massage kamen, waren plötzlich ihre besten Dessous verschwunden. Jetzt ist natürlich der Teufel los. Inspektor Chambard telephoniert gerade deswegen. Das ist auch der Grund, warum ich anrufen konnte. Er glaubt, daß es derselbe Dieb gewesen sein muß, der vor ein paar Tagen das Wurstpaket gestohlen hat. Er sagt –«

Monsieur Pamplemousse sah wieder auf die Uhr. Sosehr ihm der Klang von Mrs. Cosgroves Stimme gefiel, es war bereits 10.43 Uhr, und jeder Augenblick war kostbar. Er hatte noch viel vor.

»Eines weiß ich sicher, und darauf würde ich sogar meinen Ruf verwetten: Wer auch immer neulich die *charcuterie* gestohlen haben mag, hat mit dieser Sache bestimmt nicht das geringste zu tun.« Er wollte schon hinzufügen: »Das können Sie Inspektor Chambard von mir bestellen!«, besann sich jedoch eines besseren. Als er sich bewußt wurde, daß er vielleicht etwas großsprecherisch geklungen hatte, schlug er zum Abschluß einen liebevolleren Ton an.

»Dann also alles Gute. Ich hoffe, wir sehen uns bald.«

Um 10.45 Uhr, als er eben seine Photoausrüstung auf dem Bett auspackte, um sie zu überprüfen, krachte etwas gegen die Tür. Er machte auf, und Pommes Frites torkelte herein. Das heißt, er konnte nur annehmen, daß es sich um Pommes Frites handelte, denn unter dem riesigen bunten Bündel, das um seine Schnauze gewickelt war, war sein Partner kaum zu erkennen.

Zerknirscht wie ein alter Zauberkünstler, dessen *pièce de résistance* – sein allergrößter und geheimster Spezialtrick, bei dem er alle *culottes* der Welt auf einmal wegzaubert –, vollkommen mißglückt war, kam er mitten im Zimmer zum Stillstand und lud seine Last auf dem Teppich ab.

Mit einem Gefühl von *déjà-vu* blickte Monsieur Pamplemousse rasch prüfend in beide Richtungen des Korridors. Irgendwo in der Ferne läutete eine Alarmglocke, sonst war alles ruhig. Er schloß die Tür und betrachtete sorgenvoll den Haufen *lingerie*. Schwarz war zwar eindeutig vorherrschend, knapp gefolgt von Weiß, doch auch *culottes* in Rot, Grün, Lila und Blau, ja in allen Farben des Regenbogens und dazu in den verschiedensten Formen, Größen und mit variierendem Spitzenbesatz waren darunter. Rein statistisch gesehen, schien diese neueste Exkursion seines Partners in die Welt der Mode auf den ersten Blick sogar noch erfolgreicher gewesen zu sein als sein Vorstoß in die profaneren Gefilde der *charcuterie*.

Zufrieden mit seiner vormittäglichen Leistung, dehnte sich Pommes Frites und wedelte in freudiger Erwartung eines wohlverdienten Lobes mit dem Schwanz. Auch wenn es seinem Herrn vorübergehend die Sprache verschlagen zu haben schien, war er gern bereit, Geduld zu üben und sich einstweilen mit dem Bewußtsein zu bescheiden, endlich einmal das Richtige getan zu haben. Schließlich hatte er seinen Fehler vor zwei Tagen in bester Absicht begangen. Mrs. Cosgrove hatte ein Kleidungsstück abgelegt, das als Geschenk für Monsieur Pamplemousse gedacht war, und er, Pommes Frites, hatte es einfach weitergeschenkt. Kein Wunder, daß sein Herr verärgert gewesen war; ebensowenig verwunderlich war es, daß ihn jetzt die Freude überwältigte – sie verlangte nach noch heftigerem Schwanzwedeln.

Monsieur Pamplemousse starrte Pommes Frites aus glasigen Augen an; es waren nicht etwa Tränen, die ihm den Blick trübten, sondern schiere Ungläubigkeit. Er brachte es nicht fertig, ihn mit einem *bon garçon* zu loben; seine Lippen weigerten sich schlichtweg, diese Worte zu formen. Andererseits wäre es unfair gewesen, ihn zu bestrafen. Im übrigen war er in Kürze auf die willige Mitarbeit seines Partners angewiesen und wollte auf alle Fälle vermeiden, daß ein weiteres Mißverständnis sie entzweite.

Ohne jede Hast kniete er nieder und faltete die Wäschestücke zu einem ordentlichen Stapel zusammen. Er öffnete den Schrank, schüttelte die noch übrigen Würste aus dem Einwickelpapier, das er dann zum Verpacken der *lingerie* verwendete, um daraus ein neues Paket zu machen, das er unter das Bett schob.

Nun hatte er einen Grund mehr, so schnell wie möglich zu arbeiten. Mit allergrößter Wahrscheinlichkeit würde Inspektor Chambard diese Gelegenheit zu einem neuerlichen Besuch auf Château Morgue nicht ungenutzt lassen. Er war gewiß nicht der Typ, der sich leicht von etwas abbringen ließ, und auf der Suche nach dem Dieb würde gewiß jede Hosentasche von innen nach außen gekehrt; und wenn Paradou ein Wörtchen mitzureden hätte, wohl auch jedes einzelne Paar *culottes*. Die Aussicht, zahllosen aufgebrachten Damen bei der Identifizierung ihrer Unterwäsche gegenübertreten zu müssen, reizte Monsieur Pamplemousse nicht im geringsten. Außerdem fiele es ihm dann vermutlich sehr schwer, eine zweite Vorladung des Inspektors aufs Polizeirevier zu vermeiden.

Er trat ans Fenster, um zu sehen, ob Mrs. Cosgrove endlich kam, als der Mercedes, in dem er selbst auf Château Morgue eingetroffen war, durch das Tor fuhr. Er wurde von einem Abschleppwagen gezogen, an dessen Steuer ein Mechaniker in blauem Overall saß. Von dem Chauffeur war weit und breit nichts zu sehen. Der Wagen hatte offenbar einiges durchgemacht, seit er ihn zuletzt gesehen hatte. Die Windschutzscheibe war zersplittert, die vordere Stoßstange verbogen, und der Kühler hatte eine ziemlich schlimme Beule abbekommen.

Der Morgen war klar und sonnig, und Monsieur Pamplemousse wollte eben das Fenster öffnen und die frische Luft hereinlassen, als seine Aufmerksamkeit von dem Mast über dem Eingangstor angezogen wurde. Zum zweitenmal seit seiner Ankunft wehte die Fahne auf Halbmast. Hätte er Zweifel daran gehabt, daß es an der Zeit war zu handeln, so wurden sie durch diese Beobachtung endgültig ausgeräumt.

Zuerst galt es die Photoausrüstung zu überprüfen. Er trat wieder ans Bett und schloß im Vorbeigehen die Badezimmertür. Einstweilen hielt er es für klüger, wenn Pommes Frites seine Hundehütte nicht zu sehen bekam.

Monsieur Pamplemousse öffnete den Dienstkoffer von *Le Guide* und hob den Einsatz mit der Photoausrüstung heraus. Er wählte die Leica R4 und schraubte ein Standard-Summicron-Objektiv mit 50 mm Brennweite und den Motorwinder auf. Letzterer sprach gleich beim ersten Versuch an. Dann legte er einen Ilford-XP1-Schwarzweißfilm ein, programmierte die Verschlußzeit von einer Zweihundertfünfzigstelsekunde und die Brennweite auf etwa zehn Meter. Blende 2, kombiniert mit einer Lichtempfindlichkeit von vierhundert ASA, sollte wohl in jedem Fall ausreichend sein. Und wenn nicht, wäre Trigaux in seinem Labor in der Zentrale mit ein paar Tricks gewiß imstande, mehr als das Übliche aus dem Film herauszuholen.

Aus seinem eigenen Koffer holte Monsieur Pamplemousse die Fernsteuerung hervor. Wieder einmal konnte er sich des Eindrucks nicht erwehren, daß hier das Schicksal seine Hand im Spiel hatte. Auf keiner seiner bisherigen Missionen hatte er ein solches Gerät mitgeführt. Glücklicherweise war er Rabilliers Rat gefolgt und hatte auch ein ausreichend langes Verlängerungskabel eingepackt. Auf diese Weise konnte er mit der Fernsteuerung in der Hand ziemlich exakt bestimmen, wann er den automatischen Motorwinder auslösen mußte. Bei einer Transportgeschwindigkeit zwischen zwei bis sechs Aufnahmen pro Sekunde mußte es eigentlich möglich sein, die optimale Belichtung zumindest annähernd zu treffen.

Zuvor mußte er noch das Gelände sondieren und die ungefähre Länge der äußeren Turmmauer feststellen; dividiert durch die Gesamtzahl der Aufnahmen, würde das die erforderliche Auslösefrequenz ergeben. Selbst dann riskierte er ein paar Leeraufnahmen – Bilder der Mauer –, aber wenn er die Fensterfläche halbwegs richtig berechnete, konnte nicht viel schiefgehen.

Aller Wahrscheinlichkeit nach würde die Zeit nur für einen Durchgang reichen. Es hatte keinen Sinn, das Glück auf die Probe zu stellen, daher mußte es unbedingt gleich beim erstenmal klappen. Aus Sicherheitserwägungen war die Hundehütte seines Partners aus lichtreflektierendem Material in grellem Orange gefertigt und mußte daher jedem in die Augen springen, der gerade zufällig aus dem Fenster sah. Es sei denn... wieder durchfuhr Monsieur Pamplemousse ein Gedankenblitz... es sei denn, man hängte etwas darüber, das das Licht *nicht* reflektierte.

Er griff unter das Bett. Wenn er schwarzen Stoff, der das Licht absorbierte, über die Hundehütte hängte, wäre sein Problem gelöst.

Pommes Frites hielt in der Regel nicht viel von lautstarken Freudenkundgebungen. Solche Gefühlsausbrüche überließ er lieber niederen Kreaturen. Jedem, der ihn nicht gut genug kannte, hätte man es jedenfalls verziehen, wenn er an Pommes Frites eine seltsame, fast ins Katzenhafte gehende und überdies ansteckende Verwandlung zu bemerken gemeint hätte, als sein Herr nun das Paket aufschnürte. Ansteckend deshalb, weil sie alsbald auf seinen Herrn übergriff. Monsieur Pamplemousse schnurrte nämlich geradezu vor Vergnügen. Hätte er Marktstudien für einen Modeschöpfer durchgeführt, der den Nachweis erbringen wollte, daß trotz aller Bemühungen seiner Rivalen, den Trend in eine andere Richtung zu lenken, die gefragteste Farbe weiblicher *lingerie* nach wie vor Schwarz war, er hätte sich kein besseres oder weniger anfechtbares Beweismaterial wünschen können. Vielleicht lag es an Château Morgue selbst. Vielleicht kamen ja viele Gäste nicht sosehr der »Kur« wegen, sondern aus weniger lobenswerten Gründen. Wie auch immer, Tatsache war, daß er damit über reichlich Stoff verfügte, um gleich ein ganzes Dutzend Hundehütten zu verhüllen. Monsieur Pamplemousse wählte mehrere Exemplare aus, deren Besitzerinnen von der Natur am großzügigsten bedacht worden waren, verwarf andere, die kaum das Luftventil verdeckt hätten, und schnürte die seinen Anforderungen nicht gerecht gewordenen *culottes* zu einem neuen, wenn auch kleineren Paket, das er wieder unter das Bett schob.

»Also waren Sie es *doch*!« Mrs. Cosgroves Stimme ließ ihn aufspringen und erröten wie einen ertappten Schuljungen, der etwas Anstößiges in seinem Schreibpult versteckt. Er war so konzentriert bei der Sache gewesen, daß er ihr Eintreten völlig überhört hatte. Sie wirkte sehr konsterniert, als wäre soeben ihre letzte kostbare Illusion ein für allemal zerstört worden.

»Was ich am Telephon behauptete, entsprach durchaus noch den Tatsachen, als ich es sagte. Inzwischen hat sich die Situation jedoch etwas verändert. Andererseits, *après la pluie le beau temps*.« Er griff nach dem nächstbesten Wäschestück und ließ es durch die Finger gleiten. »Kein Unglück ist so groß, stets birgt's ein Glück im Schoß. Mit diesem Fund läßt sich eine Schwierigkeit ausräumen.« Zu seiner Erleichterung schien Mrs. Cosgrove sich mit dieser Erklärung völlig zufriedenzugeben. Das las er jedenfalls ihrem Gesicht ab.

»Haben Sie alles bekommen, worum ich Sie gebeten hatte?«

Mrs. Cosgrove griff in eine Tragetasche. »Einen Teil davon habe ich hier, die Chemikalien und die geflochtene Nylonschnur. Ich habe die extra starke genommen. Sie hält über fünf Kilo aus. Ich hoffe, daß das richtig war, aber da ich nicht wußte, wozu Sie das alles brauchen…«

Monsieur Pamplemousse erläuterte ihr seinen Plan in kurzen, knappen Worten und stellte währenddessen blitzschnell einige Berechnungen an. Kamera und Objektiv wogen zusammen etwa neunhundert Gramm, der Motorwinder weitere vierhundert. Mit Gas gefüllt, müßte die Hundehütte über eine mehr als ausreichende Auftriebskraft verfügen.

»Alles andere ist in meinem Zimmer. Bis auf die Heliumflasche. Die wiegt eine Tonne und läßt sich bestenfalls zu zweit heben. Ich habe sie im Mietwagen gelassen.«

»Und er befindet sich wo?«

»Ich habe ihn an einer Stelle geparkt, wo man ihn nicht sehen kann. Ziemlich weit abseits. Ich glaube kaum, daß ihn jemand finden wird, außer vielleicht durch Zufall.«

»Hervorragend. Ich kann Ihnen gar nicht genug danken.« Jetzt, wo die Aktion in Gang kam, war er entspannt. Diese Stimmung übertrug sich auch auf Mrs. Cosgrove.

»Was haben Sie denn heute noch vor?«

Er zögerte. »Arbeiten.« Das war noch vorsichtig ausgedrückt. Messungen mußten vorgenommen, Berechnungen durchgeführt werden. Er mußte versuchen, eine Art Geschirr zu konstruieren, das er unter der Hundehütte befestigen wollte, damit die Kamera immer in horizontaler Stellung blieb und in die richtige Richtung zielte. Solange das Wetter hielt, dürfte es keinerlei Probleme geben. Wenn es aber umschlug, wie das in den Bergen oft geschah, plötzlich und ohne Warnung...

Mrs. Cosgrove folgte ihm ins Badezimmer. In ihrem Blick lag Skepsis. »Glauben Sie wirklich, daß sie fliegen wird?«

Monsieur Pamplemousse zuckte nonchalant die Achseln. »Dieselbe Frage wurde auch den Brüdern Montgolfier gestellt, als sie 1783 ihr Luftschiff auf dem Champ de Mars starteten.« Er klang überzeugter, als er war, denn immerhin war der Ballon der Montgolfiers wenigstens rund gewesen. Was die Aerodynamik betraf, ließ die Hundehütte seines Partners hingegen sehr zu wünschen übrig;

auch hinsichtlich des Designs war sie nicht eben auf der Höhe der Zeit.

»Und am Abend?«

»Am Abend werde ich noch viel mehr zu tun haben.« Er mußte mit Pommes Frites ein paar Probedurchläufe machen, damit dieser sich an die möglicherweise wenig erfreuliche Vorstellung gewöhnen konnte, ein *dirigeable* in Miniaturausgabe am Halsband hängen zu haben. Das und die Erprobung der heliumgefüllten Hundehütte mußten bis nach Einbruch der Dunkelheit warten. Und dann mußte es gleich beim erstenmal funktionieren; aller Wahrscheinlichkeit würde er keine zweite Chance bekommen.

Er bemerkte Mrs. Cosgroves enttäuschten Blick und wandte sich ihr zu. »Vielleicht«, sagte er sanft, »wenn Sie mir ein wenig zur Hand gingen, könnte ich es in der halben Zeit schaffen. Und dann ...«

»Und dann?« Sie stellte die Tragetasche ab.

»In Frankreich sagt man: ›*On s'abandonne à son imagination*‹ – man läßt seiner Phantasie freien Lauf.«

»In England sagen wir das auch«, erklärte Mrs. Cosgrove bestimmt. »Wir sagen aber auch: ›*There's no time like the present*‹ – die beste Gelegenheit ist immer gerade jetzt.«

Als etwas Weiches, Seidiges auf dem Badezimmerboden landete, drang ein zufriedenes Seufzen aus dem angrenzenden Zimmer. Zwar lag es Pommes Frites nicht, sich zu brüsten oder Loblieder auf sich selbst zu singen, doch genoß er das Gefühl zu wissen, daß seine Bemühungen, das seelische Gleichgewicht seines Herrn wiederherzustellen, doch nicht völlig vergeblich gewesen waren.

Als Monsieur Pamplemousse hinter Pommes Frites aus dem Fenster kletterte, war es bereits finster.

»Viel Glück!« Mrs. Cosgroves Stimme drang gedämpft

durch die Finsternis, als sie die frisch mit Gas gefüllte Hundehütte unter Schwierigkeiten durch das Fenster schob.

»*Merci.*« Im Stillen gestand Monsieur Pamplemousse sich plötzlich ein, daß er es gewiß brauchen würde. Das heißt, Pommes Frites würde es brauchen.

Ein Schuldgefühl überkam ihn, als er das Schnurende an dem Geschirr befestigte und der Behelfsballon sich in die Lüfte erhob. Ein schrecklicher Fehler mußte sich in seine Berechnungen geschlichen haben. Vielleicht hatte er aus Unkenntnis die Auftriebskraft des Heliums stark unterschätzt. Was auch immer schuld sein mochte, er stand eindeutig vor einem Problem.

Hätte er nur den geplanten Probelauf gemacht... Aber seine guten Absichten hatten sich in nichts aufgelöst und waren unmittelbareren, fleischlichen Bedürfnissen gewichen.

Er wickelte die Schnur Zentimeter für Zentimeter ab und sah besorgt zu, wie die Hundehütte immer wieder gegen die Seitenmauer des Gebäudes stieß.

Merde! Wenn die Kamera *en route* eines der Fenster einschlug, wäre das Spiel ein für allemal vorbei.

Bei seinem letzten ärztlichen Check-up hatte Pommes Frites an die fünfzig Kilo gewogen, und wie es aussah, würde er jedes Gramm davon sehr gut gebrauchen können. Die leichte Brise, die Monsieur Pamplemousse schon vorher aufgefallen war, hatte mittlerweile aufgefrischt und verursachte immer wieder unberechenbare Luftwirbel. Einen Augenblick spielte er mit dem Gedanken, den Flugkörper mit zusätzlichem Ballast zu beschweren, ließ ihn aber gleich wieder fallen. Es würde längere Zeit dauern, bis er exakt das richtige Gewicht erreichte, doch nun, da er den Mechanismus in Bewegung gesetzt hatte, mußte es vor allem schnell gehen.

Die Anspannung übertrug sich sichtlich auf Pommes Frites, als das Ende der Schnur erreicht war und er spürte, wie sie anzog. Seltsam leichtfüßig setzte er sich entlang des Gebäudes in Bewegung und blickte voll Staunen immer wieder zum Himmel, während Monsieur Pamplemousse ihn langsam zu seiner Startposition führte. Zwar konnte man nie so recht wissen, was Pommes Frites so durch den Kopf geisterte – wenn er wollte, konnte er ein richtiges Pokerface aufsetzen –, diesmal jedoch gab es keinen Zweifel; die Beunruhigung stand ihm unübersehbar ins Gesicht geschrieben.

»*Avancez!*« Sich einen Augenblick zunutze machend, da der Mond vorübergehend von einer Wolke verdeckt war, gab Monsieur Pamplemousse ihm einen ermutigenden Klaps.

Ihre Glückssträhne hielt ganze zwei Minuten. Wie ein Jumbo-Jet mit einem unerfahrenen Piloten am Steuer, der dringend einen Auffrischungskurs nötig hatte und jeden Zentimeter der Startbahn ausnutzte, steuerte Pommes Frites auf höchst unstetem Kurs dem anderen Ende des Gebäudes zu.

Monsieur Pamplemousse hielt den Atem an. Wenigstens eine seiner Berechnungen war richtig. Soweit er von seiner Position aus sehen konnte, zielte die Kamera exakt auf die Mitte der Fenster. Er betätigte einen Knopf der Fernsteuerung und löste damit den automatischen Filmtransportmechanismus aus, dann zählte er die Sekunden – sicherheitshalber mit zweistelligen Zahlen, um den Zeitablauf richtig im Griff zu behalten. Eine Minute und zwölf Sekunden später hatten sie die Hälfte des Weges am Gebäude entlang zurückgelegt. Er blickte auf die Fernsteuerung. Das Leuchtdisplay zeigte die Zahl 18. Erleichtert atmete er auf. Also war es genau richtig gewesen, einen Zeitabstand von vier Sekunden zwischen jeder Aufnahme zu veranschlagen.

Erst im oberen Abschnitt des Gebäudes verließ ihn das Glück: Aus unerfindlichen Gründen schien die Kamera nun steiler als am Anfang geneigt zu sein, zu sehr auf den oberen Fensterrand, wie Monsieur Pamplemousse meinte. War es möglich, daß das Gelände plötzlich leicht anstieg? Er sah wieder nach unten und stellte entsetzt fest, daß seine schlimmsten Befürchtungen sich bewahrheitet hatten: Pommes Frites strampelte in der Luft; seine Vorderpfoten hatten bereits vom Boden abgehoben und ihre hinteren *pendants* schickten sich an, es ihnen gleichzutun.

Monsieur Pamplemousse setzte zu einem Sprung nach vorne an, fing sich jedoch im allerletzten Moment, als er erkannte, daß er beinahe über den Rand eines Abgrunds gestürzt wäre. Aber es war ohnehin schon zu spät. Pommes Frites hatte, um es dem Jumbo-Jet bis ins letzte gleichzutun, die Startbahn bereits hinter sich gelassen.

Ohne ein einziges Positionslicht, umrißhaft beleuchtet nur vom geisterhaften Schein des Mondes, der nun wieder hinter den Wolken hervorgetreten war, hätte er unter anderen Umständen einen furchterregenden Anblick geboten. Wäre jemand aus der Gegend, der nach einem feuchtfröhlichen Abend mit seinen Kumpanen nach Hause torkelte, Zeuge dieses Ereignisses geworden, man hätte es ihm nicht verdenken können, wenn er ein Kreuz geschlagen und sich mit einem jähen Kopfsprung geradewegs von den Klippen ins Tal gestürzt hätte. Wie die Dinge lagen, konnte Monsieur Pamplemousse jedoch nur hilflos dastehen und zusehen, wie sein treuer Freund und Helfer plötzlich eine Wendung nach Steuerbord vollführte und, mit jeder Sekunde an Höhe gewinnend, langsam und gemächlich in Richtung der Pyrénées-Orientales davonschwebte.

Die Dinge entwickeln sich

Es war weit nach Mitternacht, als Monsieur Pamplemousse endlich wieder in sein Zimmer zurückkehrte.

»Aristide!« Mrs. Cosgrove streckte ihm die Arme aus dem Fenster entgegen, um ihm hereinzuhelfen. »Ist alles in Ordnung? Sie waren so lange weg, daß ich schon das Schlimmste befürchtet habe. Wie ist es gelaufen?«

Sie fühlte sich kalt an, als Monsieur Pamplemousse sie berührte, und ihm wurde klar, daß sie wahrscheinlich die ganze Zeit am offenen Fenster auf ihn gewartet hatte. Als sie die Vorhänge zuzog, drückte er sie flüchtig an sich. »Das werde ich erst mit Gewißheit sagen können, wenn der Film entwickelt ist.«

»Aber was ist passiert?« Sie kniffen beide die Augen zusammen, als sie das Licht einschaltete. »Sie sehen ja aus, als hätte Sie jemand mit den Füßen zuvorderst durch eine Hecke geschleift.«

Er betrachtete sein Bild im Spiegel. Die Beschreibung war wirklich treffend. Und wenn man die »Hecke« durch einen »Baum« ersetzte, so war sie ganz und gar zutreffend.

»Pommes Frites hatte einen verhängnisvollen Unfall. Er erhob sich nämlich völlig ohne eigenes Verschulden in die Lüfte und wäre beinahe für immer meinen Blicken entschwunden. Glücklicherweise hielt ich noch die Fernsteuerung in der Hand, so daß es mir gelang, ihn mit Hilfe des Kabels wieder auf die Erde zu ziehen. Es wäre also nicht falsch, mich als seine Nabelschnur zu bezeichnen. Wenn das Kabel nicht gehalten hätte – *alors…!*« Alles weitere überließ er ihrer Phantasie. Leitz verdiente wirklich die Höchstnote für diese Qualitätsarbeit. Der Himmel mochte wissen, was passiert wäre, wenn er ein Kabel aus der Produktion eines weniger qualitätsbewußten Herstellers verwendet hätte.

»Armes Kerlchen.« Ein dankbares Schwanzwedeln belohnte Mrs. Cosgrove, als sie sich bückte, um Pommes Frites zu streicheln. »Gott sei Dank, daß du wieder hier bist.«

»Unglücklicherweise haben wir seine Hundehütte eingebüßt. Sie verfing sich bei der Landung in einem Baum und bekam ein Loch.«

Monsieur Pamplemousse schilderte die Ereignisse wie etwas völlig Alltägliches, in Wahrheit jedoch hatte ihm der Anblick des in die Finsternis davonsegelnden Pommes Frites einen gewaltigen Schock versetzt. Er hätte es sich nie verziehen, wenn die Sache übel ausgegangen wäre. Dagegen war es geradezu harmlos gewesen, in der Dunkelheit auf den Baum zu klettern, wiewohl die Bergung seiner kostbaren Last sich schon bedeutend schwieriger gestaltet hatte; die Erinnerung daran würde ihn des Abends wahrscheinlich noch lange wachhalten. Jetzt aber hatte er noch viel zu tun.

»Ist alles fertig?«

»So gut wie. Ich habe die Chemikalien angemischt und die Behälter anschließend in einem Topf Wasser auf Ihrem tragbaren Gaskocher erwärmt, so, wie Sie es gesagt haben. Dann habe ich versucht, die Lösungen möglichst auf der angegebenen Temperatur zu halten.«

»Gut.« Monsieur Pamplemousse umarmte sie dankbar. »Ich weiß nicht, was ich ohne Sie getan hätte.«

Er spulte den Film zurück und inspizierte dabei die Kamera. Die Notlandung hatte sie fast ohne einen Kratzer überstanden. Alle Einstellungen waren unverändert. Als er fertig war, ließ er das Gehäuse mit einem Klicken aufspringen und nahm den Film heraus. Jetzt kam der große Augenblick. Er hatte seit Ewigkeiten keinen Film mehr entwickelt. Es wäre furchtbar ärgerlich, wenn er jetzt durch einen törichten Fehler alles zunichte machte.

Als er im abgedunkelten Badezimmer vorsichtig herumtastete, spürte er, daß Mrs. Cosgrove zum Greifen nahe war.

Sobald er den Film in die Entwicklerdose gelegt hatte, schaltete er das Licht wieder ein. Zehn Minuten mit Mrs. Cosgrove in einer schummrigen Dunkelkammer konnten seine ganze Arbeit gefährden. Im übrigen schnüffelte Pommes Frites bereits unüberhörbar draußen an der Tür.

»Müssen Sie denn wirklich noch jetzt in der Nacht nach Paris zurückfahren?«

Er zuckte die Achseln und versuchte, sich weiter auf seine Arbeit zu konzentrieren und zugleich die Zeit nicht außer acht zu lassen. »Das hängt davon ab, was auf dem Film ist. Falls mein Verdacht sich bestätigt, lautet die Antwort ›ja‹. Von Carcassonne geht ein Zug um 4.33 Uhr, der am frühen Nachmittag in Paris ist.«

»Ich fahre Sie hin.«

»Das ist wirklich nicht nötig. Ich kann den Wagen am Bahnhof stehenlassen und mich von Paris aus darum kümmern, daß er abgeholt wird.«

»Bitte. Ich möchte es gern.«

»Dann nehme ich das Angebot mit Freuden an.« Monsieur Pamplemousse mußte zugeben, daß er sehr froh über ihren Vorschlag war. Großen Spaß würde es bestimmt nicht machen, in einem fremden Wagen des Nachts voll konzentriert und mit der Landkarte in der Hand die mindestens zweihundertfünfzig Kilometer lange und kurvenreiche Bergstraße hinter sich zu bringen. Pommes Frites würde fest schlafend auf dem Rücksitz liegen, und es war durchaus möglich, daß ihm selbst ebenfalls die Augen zufielen.

Exakt zwölf Sekunden vor Ablauf der ersten fünf Minuten goß Monsieur Pamplemousse die Entwicklerflüssigkeit ab und kippte aus einem anderen Behälter eilig die Fixierlösung in die Dose. Mrs. Cosgrove hatte alles sehr gut vorbereitet.

Nach weiteren fünf Minuten leerte er die zweite Lösung aus und drehte den Hahn über dem Waschbecken auf. Drei Minuten unter kaltem Wasser sollten eigentlich genügen; oder besser vier, um ganz sicher zu gehen.

»Kommen Sie noch einmal her?«

»Vielleicht.« Schon als er es aussprach, wußte er, daß er die Unwahrheit sagte. Und wie in dem uralten Sketch wußte er, daß sie wußte, daß er wußte, daß es nicht stimmte. Eine Rückkehr hätte zu viele Deutungen zugelassen und ihm möglicherweise jeden Rückzug versperrt.

»Wer weiß? Vielleicht treffen wir uns eines Tages wieder. Die Welt ist klein.« Er drehte den Hahn wieder ab und begann, den Deckel der Entwicklerdose aufzuschrauben. »Haben Sie den Fön mitgebracht?«

»Er ist im Zimmer.« Sie öffnete die Tür und ging ihn holen. Pommes Frites wedelte unsicher mit dem Schwanz.

Monsieur Pamplemousse zog den Filmstreifen auseinander und achtete sorgfältig darauf, daß der Fön ihm nicht zu nahe kam. In kurzer Zeit waren alle Spuren von Nässe verschwunden.

Er ließ den Film auf einer Seite los, so daß er sich wieder ein Stück einrollte, hielt dann im Licht der Deckenlampe das Startband über ein Stück auf dem Tisch liegendes weißes Papier und zog den Film langsam wieder auseinander, um jedes einzelne Bild eingehend zu betrachten.

Das erste zeigte halb Wand, halb Fenster, hinter dem, wie es aussah, nichts Besonderes vorging. Auf dem zweiten und dritten sah man eine Art Foyer. Zahlreiche, vorwiegend männliche Gestalten saßen oder standen in kleinen Gruppen zusammen, waren aber so winzig, daß er sie ohne Vergrößerung nicht zu erkennen vermochte. Offenbar war hier eine Party im Gange.

Dann kam eine weitere Aufnahme von der Turmwand. Pommes Frites mußte wohl kurzfristig die Geschwindigkeit gewechselt haben, vielleicht abgelenkt von einem interessanten Duft *en route* oder einem plötzlich aufkommenden Seitenwind.

Die nächsten zwei oder drei Bilder gaben weitaus mehr her. Sie waren ausgesprochen scharf und gut belichtet und zeigten eine Turnhalle, ähnlich der, die er selbst an seinem ersten Tag auf Château Morgue von innen gesehen hatte, und ausgestattet mit Geräten, bei deren Anschaffung sichtlich keine Kosten gescheut worden waren: Barren, Rudergeräte, elektrische Massagebänder und ganze Regale mit Hanteln. Eine einzelne ältere Frau im Gymnastikanzug befand sich in dem Raum und trainierte eifrig auf einem Trimmrad, die Schultern angezogen, den Kopf so weit vornübergebeugt, daß ihr kurzgeschnittenes Haar fast den Kilometerzähler auf der Lenkstange berührte. Sie kam Monsieur Pamplemousse irgendwie bekannt vor, aber ohne Negativbetrachter oder die Möglichkeit, einen Positivabzug herzustellen, ließ sich schwer sagen, woran das lag.

Auf Bild acht und neun war wieder nur die Wand. Zehn bis vierzehn zeigten Aufnahmen von einzelnen Suiten. Offenbar waren die Lampen ausgeschaltet, denn die Photos waren unterbelichtet, und es war kaum zu erkennen, was in den Zimmern vor sich ging.

Bild fünfzehn bis zwanzig waren hingegen gut belichtet und ließen eindeutig eine Küche erkennen; an den Wänden standen weiße Schränke, und im Hintergrund blinkten mehrere Geräte, die wie Nirosta-Backöfen aussahen. Eines der Bilder war eine etwas unscharfe Nahaufnahme von einer Waage – sie mußte direkt am Fenster gestanden haben –, und auf einem anderen sah man eine Reihe von Gefäßen, die eindeutig Mehl enthielten. Gleich daneben lag ein Berg *saucissons*. Nummer neunzehn zeigte Doktor Furze, ausnahmsweise einmal ohne sein Clipboard. Er stand vor einer zweiten Waage und kontrollierte deren Anzeige. Ab der zwanzigsten Aufnahme entbehrten die Bilder konkret erkennbare Motive und hielten nur noch den Höhenflug seines Partners für die Nachwelt fest. Einige davon mochten interessante und in ihrer Art einzigartige Vergrößerungen ergeben, doch fürs erste hatte Monsieur Pamplemousse genug gesehen.

»Die Antwort auf Ihre Frage vorhin lautet ›ja‹. Ich muß den ersten Zug nach Paris nehmen.«

»Wann wollen Sie losfahren?«

»So bald wie möglich.« Plötzlich hatte er den Wunsch, Château Morgue zu verlassen. Er spürte ihre Enttäuschung und versuchte sie zu trösten. »Verstehen Sie doch, ich will nicht fahren – ich *muß*.«

Monsieur Pamplemousse hielt es für höchst unwahrscheinlich, daß seine Expedition mit Pommes Frites gänzlich unbemerkt geblieben war, und wenn man sie beobachtet hatte, würde es sich zweifellos bald herumsprechen. Sie hatten keine Zeit zu verlieren. »Vorher muß ich jedoch noch etwas erledigen.«

»Kann ich Ihnen dabei helfen?«

Er ergriff ihren Arm. »Ich werde jetzt meine Sachen packen, und Sie könnten mir helfen, indem Sie sie zum Wagen bringen. Dort treffen wir uns dann. Wir müssen möglichst schnell und unauffällig verschwinden.«

Mrs. Cosgrove betrachtete ihn nachdenklich, fast so, als sähe sie ihn zum erstenmal.

»Sind Sie wegen irgend etwas wütend?«

»Wütend?« Monsieur Pamplemousse überlegte. Ja, er war tatsächlich wütend. Er wurde immer wütend, wenn er eine Ungerechtigkeit bemerkte, besonders dann, wenn sie sich gegen sehr junge Menschen richtete oder gegen solche, die zu alt oder zu schwach waren, um sich wehren zu können. Damals bei der Sûreté hatte er dieses Gefühl teils als Stärke, teils auch als Schwäche empfunden, insgesamt aber war er eigentlich froh, daß seine Empfindungen nie abgestumpft waren. Er hatte Mühe, die richtigen Worte zu finden, um es Mrs. Cosgrove zu erklären.

Seine Ausführungen erleichterten sie sichtlich. »Ich dachte, ich hätte vielleicht etwas Falsches gesagt.«

Monsieur Pamplemousse ergriff ihre Hand. Sie reagierte sofort auf seine Geste, doch spürte er in diesem Augenblick, daß es die Hand einer Fremden war und daß sie einander trotz allem kaum kannten.

»Ich glaube, das könnten Sie gar nicht.« Er ließ eine angemessene Zeitspanne vergehen, ehe er wieder sachlich wurde. »Da ist noch etwas, was Sie für mich tun könnten.«

»Ja, was denn?«

»Sobald Pommes Frites und ich weg sind, gehen Sie den Korridor nach rechts entlang. Gleich hinter der ersten Ecke finden Sie eine Feuerglocke. Schlagen Sie das Glas exakt zu dem von mir genannten Zeitpunkt ein. Das wird alle unerwünschten Zeugen ins Freie treiben, und Sie können das Gebäude dann unbeobachtet mit dem Gepäck verlassen.«

»Keine Fragen?«

»Keine Fragen.« In Wahrheit war es so, daß Monsieur Pamplemousse selbst noch keinen konkreten Plan hatte, sondern nur eine vage Vorstellung davon, wie alles ablaufen sollte. Er würde improvisieren müssen, je nachdem, wie die Dinge sich entwickelten.

Der Bahnhof von Carcassonne lag bei ihrer Ankunft leer und verlassen da. Nur aus den Fenstern des wartenden Zuges waren einige gleichgültige Blicke auf sie gerichtet.

Im Massif du Canigou hatten sie einmal eine falsche Abzweigung genommen, ansonsten war die Fahrt ereignislos verlaufen; erst die Abkürzung über Molitg-les-Bains auf der D84 erwies sich als verhängnisvoll und verlängerte die Fahrt um eine gute Stunde. Sie ersparten sich damit zwar einen großen Umweg, handelten sich aber zugleich zahlreiche kleine ein, so daß sie schließlich nicht den erhofften zeitlichen Spielraum, sondern nur noch knappe zehn Minuten bis zur Abfahrt des Zuges nach Toulouse hatten. Vielleicht war es aber auch besser so. Monsieur Pamplemousse hielt ohnehin nichts von langen Abschiedszeremonien.

»Sie haben eine lange Rückfahrt vor sich.«

»Das macht nichts. Ich habe nichts gegen das frühe Aufstehen – wenn ich erst einmal munter bin.« Mrs. Cosgrove blickte zum Himmel. »Die Sonne wird gerade aufgehen. Vielleicht bleibe ich unterwegs stehen und sehe zu.«

Sie hatte recht. Kein Wölkchen trübte den Himmel. Monsieur Pamplemousse hatte für diese Stunde des Tages besonders viel übrig, und er beneidete sie fast um die Fahrt durch die Berge. Im Scheinwerferlicht würde sie am Straßenrand gewiß jede Menge Wild sehen – elegante Tiere, die wie gebannt stehenblieben und dann von Panik ergriffen davonstoben. Und sie würde Bauern begegnen, die auf die Pirsch gingen und sie voller Entrüstung über diese Ruhestörung anblickten.

Er fragte sich, was wohl jetzt auf Château Morgue vorgehen mochte. Kurz nach ihrem Aufbruch waren sie einem hinauffahrenden Feuerwehrwagen begegnet, gefolgt von einer Ambulanz und mehreren Polizeiautos. In einem davon hatte er Inspektor Chambard sitzen sehen. Es hatte den Anschein, als plane man eine Art Belagerung. Etwas später war noch ein zweiter Wagen mit einer großen Drehleiter gefolgt, die so groß war, daß der Fahrer manche Kurven nur mit Mühe bewältigte. Wenn die Polizei sich Zutritt zum Turm verschaffen wollte, würde diese Leiter sehr gelegen kommen. Nachdem Monsieur Pamplemousse sich gründlich Mühe gegeben hatte, den Aufzug außer Gefecht zu setzen, würde selbst ein gelernter Elektriker wohl mehrere Stunden brauchen, um ihn wieder in Gang zu bringen. Die Bewohner des Turmes saßen also unentrinnbar in der Falle. Der einzige andere Weg nach unten, den er hatte entdecken können, war eine in die Tiefgarage führende Nottreppe. Aber auch diese hatte er *hors de service* gesetzt. Ausgeklügelte Schließvorrichtungen sind zwar durchaus nützlich, wenn man sich gegen unbefugtes Eindringen schützen will, mit etwas Geschick können sie aber jederzeit ebensogut dazu umfunktioniert werden, auch das Verlassen des Gebäudes unmöglich zu machen.

»Ihre Frau wird sich gewiß freuen, Sie wiederzusehen.«

Er fuhr zusammen. Zum erstenmal brachte sie die Rede auf Doucette. »Woher wissen Sie, daß ich verheiratet bin?«

»Man braucht kein Detektiv zu sein, um zu sehen, daß sich jemand um Sie kümmert. Irgendwie wirken Sie perfekt. Alles ist so schön gebügelt und nirgends ein loser Knopf.«

»Nun, wie dem auch sei, Sie sind ja auch bald wieder bei Ihrem George.« Auch Monsieur Pamplemousse sprach zum erstenmal den Namen ihres Mannes aus. Er zögerte, weil er unsicher war, wie er das, was er sagen wollte, ausdrücken sollte.

»Es tut mir leid, daß es so enden muß. Aber ich bin sicher, George wird es wettmachen.« George war bestimmt schon ganz scharf darauf. Nachdem er so lange auf seinen *dip* hatte verzichten müssen, würde er gewiß kaum zu halten sein.

Mrs. Cosgrove lächelte schief. »Ich wäre ja überglücklich darüber. Aber dem armen alten George liegt so etwas nicht besonders. Das war eigentlich noch nie anders. Um Ihnen die Wahrheit zu sagen, er zieht es vor, sich schönzumachen.« Ihre Worte sprudelten hervor, als wollte sie etwas ein für allemal loswerden.

»Sich schönzumachen?«

»Na, Sie wissen schon, mit Frauenkleidung und so was. Sein Kleiderschrank ist größer als meiner. Er kann nicht anders, der Arme – vor allem bei Vollmond. Deswegen bin ich auch hierhergekommen. Vor ein paar Monaten ist ihm nämlich in Knightsbridge ein kleines Mißgeschick passiert – bei der Kaserne dort. Morgen ist seine Gerichtsverhandlung, und er wollte mir wohl die Peinlichkeit ersparen.«

»Ein paar *Monate*. Das ist allerdings eine lange Wartezeit.«

»Dreieinhalb, genaugenommen. Er wollte unbedingt vor ein Schwurgericht, das hat die Sache verzögert.«

»Er hat hoffentlich einen guten Anwalt?«

»Den besten. Einen alten Freund.« Jetzt war sie an der Reihe zu zögern. »Ich habe... also... schon mehrere Jahre nicht mehr. Fünfzehn, um genau zu sein.«

»Fünfzehn Jahre!«

Plötzlich fiel ihm ein Zitat von Tolstoi ein. »Der Mensch überlebt Erdbeben, Seuchen, die Greuel des Krieges und die vielfältigsten Seelenqualen, aber die Tragödie, die ihn seit jeher quält und immer quälen wird, ist die Tragödie im Schlafzimmer.« Er dachte an all die Georges, die er in seiner Laufbahn verhaftet hatte, nur weil sie anders waren und sich kleideten wie das andere Geschlecht. George, diese graue Gestalt auf dem Photo, tat ihm plötzlich sehr leid. Mit Mrs. Cosgrove verheiratet zu sein und trotzdem... *Mon Dieu!* Was für eine Verschwendung! Und Sie? Er fragte sich, ob sie wohl immer schon für exotische Unterwäsche geschwärmt haben mochte – für den Fall der Fälle. Aber vielleicht gab sie sich auch einfach mit dem zufrieden, was George ablegte.

»Das ist ja furchtbar.«

»Ich weiß. So ist das eben. Aber was man nie kennengelernt hat, kann man angeblich auch nicht vermissen. Vielleicht waren wir beide, Sie und ich, einfach nicht füreinander bestimmt. Trotzdem«, sie senkte den Blick, »das bißchen, was wir hatten, war sehr nett. Ach, schon wieder dieses schreckliche Wort. Es war nicht bloß ›nett‹, es war *wundervoll*!« Sie sah plötzlich auf und preßte ihre Lippen auf die seinen.

Die Bahnhofsuhr zeigte eine Minute vor der Abfahrtszeit. Noch ehe diese Minute um war, würden die Türen mit einem Surren automatisch schließen. Seit den Zugführern für jede Minute Verspätung ein Teil ihrer gesetzlichen Zulagen gestrichen wurde, achteten sie sehr darauf, pünktlich abzufahren.

Er zögerte. Es gingen noch andere Züge, an anderen Tagen. Warum mußte es gerade dieser um 4.33 Uhr sein? Als er Mrs. Cosgrove in die Arme nahm und die Wärme ihrer Wangen an seinen spürte, fing er den Blick seines Partners auf. Pommes Frites schüttelte nicht direkt den Kopf, aber sein Blick allein sagte genug.

Natürlich hatte er recht. Es gab kein Zurück. Das Räderwerk hatte sich in Bewegung gesetzt. Fragen mußten beantwortet, Formulare ausgefüllt werden. Für ihn persönlich galt es, seine Ausgaben in der *pharmacie* auf einem P39er-Formular zu rechtfertigen. Auch wenn ihm der Direktor *carte blanche* zugesichert hatte, würde Madame Grante vermutlich nur wenig Verständnis zeigen. Sicher mußte er ihr über alles genauestens Rechenschaft ablegen.

Als der Zug den Bahnhof verließ und Mrs. Cosgrove zu einem einsamen Punkt auf dem Bahnsteig wurde, lehnte er sich auf seinem Sitzplatz zurück und schloß die Augen. Er stellte sich vor, wie sie auf der Rückfahrt nach Château Morgue irgendwo haltmachte und sich den Sonnenaufgang ansah. Für den, der zurückblieb, war es immer schlimmer. Der Gedanke an ihre Einsamkeit erfüllte ihn mit Wehmut.

Vielleicht würde er sie von Paris aus anrufen. Es würde zwar gegen die Regeln verstoßen, aber so wüßte sie wenigstens, daß er noch an sie dachte – daß sie ihm mehr bedeutet hatte als ein Schiff, das in der Nacht vorbeigezogen war.

Er mußte sich einen stichhaltigen Grund ausdenken. Etwas Harmloses… etwas… Seine Gedanken eilten bereits voraus, während er gleichzeitig gegen die durch das Rütteln des Zuges und die Wärme im Abteil herbeigeführte Schläfrigkeit ankämpfte. Je früher er seiner Gedanken Herr wurde und sich daranmachte, seinen Bericht abzufassen, desto besser. Ananas jedenfalls würde ihm die Rückfahrt nicht verderben. Und einen Blinden mußte er auch nicht mehr spielen.

Er sah Pommes Frites an. Pommes Frites plagten keinerlei Sorgen dieser Art. Er lag bereits eingerollt auf dem Boden und schlief tief und fest. Wie schön mußte es sein, ein Hundeleben zu führen und sich nicht für alles, was man tat, rechtfertigen zu müssen.

Die Männer aus dem Ministerium

»*Entrez!*«

Monsieur Pamplemousse nutzte den kurzen Moment zwischen seinem Klopfen an der Tür zum Büro des Direktors und dem Öffnen, um innerlich tief Atem zu holen. Seit seinem letzten Besuch hatte er jedes Zeitgefühl verloren. In mancherlei Hinsicht kam es ihm vor, als wäre er erst gestern hier gewesen, andererseits hätte es auch Wochen oder gar Monate her sein können. Pommes Frites an seiner Seite, dem die Wichtigkeit des Anlasses deutlich bewußt war, betrachtete sein Abbild in dem großen Spiegel, der im Vorzimmer hing. Er schien einigermaßen zufrieden mit dem, was er sah.

Obwohl über die Bedeutung von Pommes Frites kein Zweifel bestand (einmal war sogar davon gesprochen worden, ihm sein eigenes P39er zu geben, was Madame Grante jedoch strikt abgelehnt hatte), beschränkten sich seine Besuche in der Zentrale von *Le Guide* normalerweise auf das Großraumbüro im Erdgeschoß. Es war schon lange her, daß er mit ins Allerheiligste eingeladen wurde.

»*Entrez!*« Diesmal klang die Stimme lauter und auch etwas ungeduldig. Die Aufforderung fiel mit dem Öffnen der Tür zusammen.

»Pamplemousse! Willkommen daheim!« Der Direktor kam um seinen Schreibtisch herum und streckte ihm grüßend die Arme entgegen.

Einen schrecklichen Augenblick lang befürchtete Monsieur Pamplemousse, umarmt zu werden. Er hoffte, daß sein kaum merkliches Zurückzucken nicht allzu auffällig war.

»Und Pommes Frites!«

Der Direktor wollte die allseitige Verlegenheit überspielen und beugte sich hinab, um ihn zu streicheln. Pommes Frites wirkte noch überraschter als sein Herr. Dergleichen war noch nie passiert. Er reagierte darauf, indem er hochsprang und dem Direktor die Pfoten auf die Schultern legte.

»Äh, ja. *Bon chien.*« Der Direktor zog ein Tüchlein aus der Brusttasche und tupfte sich das Gesicht ab. Pommes Frites besaß eine Zunge, die ebenso groß wie feucht war.

»Meine Herren...« Er wandte sich um, und erst jetzt wurde Monsieur Pamplemousse bewußt, daß sie nicht allein waren. Direkt unter dem Porträt von Hippolyte Duval saßen zwei unscheinbar wirkende Männer, beide tadellos gekleidet in uniformen dunkelblauen Anzügen und passenden Krawatten. Etwas abseits, hinter den beiden, saß noch eine dritte Person – und zu seiner Überraschung stellte Monsieur Pamplemousse fest, daß es sich um Inspektor Chambard handelte.

Nun wünschte er, statt seinem Polohemd lieber einen Anzug oder wenigstens ein Jackett angelegt zu haben. Die Einladung hatte recht informell geklungen – eine Art von abschließendem Zusammensein mit dem Chef –, aber offenbar war es doch noch etwas mehr als das.

»Meine Herren, ich stelle Ihnen Monsieur Pamplemousse und Pommes Frites vor.« Der Direktor bedeutete ihm, nach vorn zu treten. »Inspektor Chambard haben Sie ja wohl schon kennengelernt. Die anderen beiden Herren sind vom *ministère*.«

Monsieur Pamplemousse registrierte hierbei sehr wohl,

daß weder das Ministerium noch dessen Vertreter mit Namen genannt wurden.

Der größere der beiden Ministerialbeamten erhob sich zur Begrüßung. »Monsieur Pamplemousse, wir sind gekommen, um Ihnen zu gratulieren. Wir haben ein Exemplar Ihres Berichtes bekommen, den ich nur als kleines Meisterstück bezeichnen kann.«

Monsieur Pamplemousse hatte Mühe, seine Überraschung zu verbergen. »Das ist doch nicht der Rede wert. Ich habe nur die Tatsachen festgehalten, wie sie sich mir darstellten.«

»Sie sind zu bescheiden.« Der zweite Beamte assistierte seinem Kollegen. »Nur die Tatsachen, ja. Aber ausschlaggebend war ja, was Sie mit ihnen angestellt haben.«

»Eine *tour de force*, wahrhaftig.«

»Einfach, aber brillant.«

»Phantastisch, ohne unmöglich zu sein.«

Dieser Dialog kam so flüssig heraus, daß sich Monsieur Pamplemousse fragte, ob die beiden ihn etwa schon den ganzen Vormittag lang einstudiert hatten. Vielleicht setzte sie ihr Ministerium, welches es auch sein mochte, als wandernde Doppelconférence ein.

»Sagen Sie mir eins, Pamplemousse«, begann der Direktor, der sich in seinem eigenen Büro nicht in den Schatten stellen lassen wollte, »haben Sie je daran gedacht, sich schriftstellerisch zu betätigen? Wir würden Sie ungern verlieren, aber Sie haben eindeutig ein Talent zur Literatur. Ich muß gestehen, daß mir dies bisher nicht aufgefallen ist, wenn ich Ihre Restaurantkritiken las. Sie sind natürlich immer sehr gewandt formuliert, manchmal sogar durchaus appetitanregend lebendig, doch bisweilen haben sie einen Hang ins Wortreiche – so wie manche Ihrer Artikel in unserer Hauspostille. Dies hier jedoch ...« Er nahm hinter dem Schreibtisch Platz und griff nach etwas, das Monsieur Pamplemousse als seinen Bericht wiedererkannte. Mit einer übergroßen Büroklammer waren mehrere Vergrößerungen von Bildern des Films daran geheftet, den er gleichzeitig abgegeben hatte. »Das hier –«

»Könnte wohl Ihre größte literarische Leistung sein«, unterbrach ihn der erste der beiden Beamten, der sich damit wieder in die Handlung einschaltete. Er schien etwas verärgert über die Konkurrenz. »Was mir für immer im Gedächtnis bleiben wird, ist das Bild, das Sie vom Château Morgue heraufbeschwören. All diese netten alten Damen, die da wie verrückt auf ihren Trimmrädern drauflosstrampeln.« Er mußte kichern. »Und daß die deshalb alle gleich übergroße Waden entwickeln – also, wirklich ein großartiger Einfall.«

»Und diese Teegesellschaften. Die Teegesellschaften dürfen wir nicht vergessen.« Auch sein Begleiter gestattete sich nun ein Lächeln. »All diese Berge von *pâtisserie*, die sie vertilgen – immer frisch von der Bäckerei im Turm des Schlosses.«

»Und zu welchem Zweck?«

»Damit ihre Herzkrankheit sich derartig verschlechtert, daß heftige sportliche Betätigung unmittelbar danach möglicherweise einen plötzlichen Tod herbeiführt –«

»Vorher natürlich müssen sie noch ihr Testament zugunsten der Schmucks geändert haben. Das dürfen wir nicht vergessen.«

»*Ici Paris* wird sich auf so eine Story stürzen.«

Monsieur Pamplemousse sah sich etwas ratlos um. Daß sein Bericht in dieser Art und Weise aufgenommen würde, hatte er wirklich nicht erwartet. Er lauschte mit wachsender Verwirrung dem unbeherrschten Gelächter.

»Aber jetzt sagen Sie doch, Pamplemousse«, fragte der

Direktor, der zwar Tränen lachte, aber doch wieder ein wenig Ruhe schaffen wollte, »wie sind Sie nur auf diese Idee gekommen? Sie haben ja wirklich eine großartige Begabung, alles so klingen zu lassen, als glaubten Sie selbst jedes einzelne Wort von dem, was Sie da schreiben.«

Da Monsieur Pamplemousse nicht genau wußte, was hier eigentlich vorging, beschloß er, den Gang der Dinge abzuwarten. Er sagte gar nichts.

Der Direktor deutete sein Schweigen falsch. »Meine Herren, dies ist, wenn ich so sagen darf, einfach typisch für Aristide. Ein zutiefst bescheidener Mensch.«

Er ging zu einem Schränkchen und zog einen Schlüsselbund aus der Hosentasche. Als er die Tür öffnete, ging ein Licht an und beleuchtete eine Sammlung von Flaschen. »Ich würde sagen, dies ist ein Grund zum Feiern. Aristide, Sie haben die Dinge ins Rollen gebracht. Was möchten Sie haben?«

Er griff ins Innere des Schränkchens und öffnete eine zweite Tür im hinteren Teil. Noch ein Licht ging an, diesmal aus dem Inneren eines Kühlschranks. »Das hier wird Sie gewiß interessieren – ein Malvoisie. Er stammt von einem kleinen Weingut im Loiretal. Der Winzer ist der letzte einer aussterbenden Art. Nach ihm wird wohl niemand mehr so etwas anbauen.«

Monsieur Pamplemousse nahm das Angebot mit Vergnügen an. Abgesehen davon, daß es einen willkommenen Themenwechsel einleitete, freute er sich auf die Kostprobe. Hie und da hatte er in Büchern flüchtige Hinweise auf diesen Wein gefunden: die Geschichte dieses Weins, der aus einer ähnlichen Traube wie der Tokay d'Alsace gekeltert wurde, ging zurück auf die Zeiten, als alle Handelswege aus Kleinasien an Malvasie vorbeiführten. Daß an der Loire noch jemand diesen Wein machte, war an sich schon eine Sensation.

Er hielt sein Glas gegen das Licht. Die Farbe war blaß und strohgelblich, das Aroma honigsüß, aber nicht unangenehm, und man spürte eine gewisse Tiefe. Insgesamt ein köstliches Ereignis, das auch von allen Anwesenden mit beifälligem Murmeln bedacht wurde. *Le Guide*, so vermerkte Monsieur Pamplemousse mit Entzücken, wurde seinem guten Ruf durchaus gerecht.

Nachdem so die Zungen gelöst und gemeinsame Bande hergestellt waren, schenkte der Direktor allen nach und kehrte an seinen Schreibtisch zurück.

»Glauben Sie, daß die Presse Pamplemousse seine Story abnehmen wird?«

»Wenn wir ihnen entsprechende Fingerzeige geben, ja. Die Presse glaubt alles, solange damit nur Zeitungen verkauft werden. Außerdem ist die ganze Geschichte auf eine verdrehte Art einfach zu weit hergeholt, als daß man sie nicht glauben könnte.« Der ältere der beiden Ministerialbeamten sah seinen Begleiter zustimmungsheischend an.

»Das meine ich auch. Und wenn die Presse es schluckt, dann schluckt es die Öffentlichkeit auch. Die Leute haben doch nichts lieber als einen schönen, saftigen Skandal.«

»Wenn auch die Wahrheit weitaus prosaischer ist...«

»... und auf keinen Fall außerhalb dieser vier Wände bekannt werden darf.«

»Immerhin sind gewisse Persönlichkeiten verwickelt.«

»Angehörige des internationalen Jet-Set... einige Minister...«

»Ganze Regierungen könnten deshalb stürzen.«

»Natürlich werden alle Betroffenen bestraft, aber auf sehr indirekte Weise. Sie werden still und heimlich aus der Öffentlichkeit verschwinden. Auf der ganzen Welt wird es zu einer Reihe von vorzeitigen Pensionierungen kommen, man wird etliche *golden handshakes* verteilen. Und es ist auch besser so.«

»Andere wird man heftig unter Druck setzen. Sie dürften bald feststellen, daß das Leben sich von nun an sehr viel schwieriger gestaltet. Manche werden wohl auch für eine Zeitlang von den Fernsehschirmen verschwinden.« Das klang wie eine flüchtige Anspielung auf Ananas. Wirklich, ein äußerst vielversprechender Gedanke.

Inspektor Chambard griff nach seiner Brieftasche und entnahm ihr eine Postkarte. »Ich muß schon sagen, Sie haben uns ganz schön in Atem gehalten.«

Verblüfft erkannte Monsieur Pamplemousse seine Karte an Doucette. Kein Wunder, daß sie sich über seine Schreibfaulheit beschwert hatte. Und er hatte der französischen Post die Schuld gegeben!

»Wir ahnten sofort, daß darin irgendeine geheime Botschaft verborgen sein mußte, aber Sie haben ja keine Ahnung, wie lange es gedauert hat, bis wir darauf gekommen sind. Der Begriff *Cous-cous* hat uns dabei einige Rätsel aufgegeben.«

»Nun, so nenne ich bisweilen meine Frau«, sagte Monsieur Pamplemousse etwas defensiv. »Diesen Kosenamen benutze ich für sie, wenn ich auf Reisen bin und ihr schreibe.«

»Das haben wir dann auch festgestellt... irgendwann!« Inspektor Chambard sagte es mit tadelndem Unterton.

»Wir haben unsere besten Männer darauf angesetzt, und die haben alle bekannten Tricks versucht. Die Botschaft unter der Briefmarke – daß sie verkehrt herum aufgeklebt war, gab ihnen nämlich zu denken. Sie haben sogar überlegt, ob Sie etwa die gute alte Geheimtinte aus Milch verwendet hätten. Dabei stand uns die Lösung die ganze

Zeit direkt vor Augen.« Er drehte die Karte um und hielt sie den anderen hin. »Hier, das Kreuz und die Aufschrift ›meine Etage‹ – genau jene Etage, wo sich alles abspielte –, und dazu die Worte: ›Wenn du nur auch hier wärst!‹ Aber so waren wir jedenfalls vorgewarnt und konnten uns die größte Drehleiter beschaffen, die sich beim *Corps de Sapeurs-Pompiers* von Narbonne auftreiben ließ und mit der man bis aufs Dach hinaufsteigen konnte.«

»Tja, die einfachsten Ideen sind letzten Endes doch immer die besten, was, Aristide?« Der Direktor genoß sichtlich den Ruhm seines Untergebenen, der auch auf ihn abstrahlte. Er erhob sich und trat wieder an das Schränkchen.

»Das größte Problem lag in der Kommunikation.« Inspektor Chambard wandte sich den beiden anderen zu, während er die Hand mit seinem leeren Glas ausstreckte. »Wir hatten Anweisung, uns bereit zu halten, aber ohne ausdrücklichen Befehl nicht einzugreifen. Wir hatten einen unserer Männer eingeschleust – als Chauffeur. Aber ich kann Ihnen sagen, als wir den verloren, habe ich mir gehörige Sorgen gemacht.«

»Den Chauffeur?« Monsieur Pamplemousse klammerte sich an jede winzige Information, die ihm Klarheit verschaffen konnte. »Sie haben ihn verloren?«

»Er hatte einen Unfall auf der N9. Als Fahrer scheint der Bursche eher unfähig zu sein. Offenbar schien ihm hinter einer Kurve plötzlich die Morgensonne voll ins Gesicht, und er setzte sich eine Sonnenbrille auf, die auf dem Rücksitz gelegen hatte – darauf ist er frontal gegen einen Baum gefahren.«

»Er ist doch nicht ...?«

»Nein. Er liegt im Krankenhaus und wird in ein paar Wochen wiederhergestellt sein – was man von dem Wagen nicht behaupten kann.«

»Auch Ihre Photos erwiesen sich als äußerst hilfreich.« Nun meldete sich wieder der Mann vom Ministerium zu Wort. »Dieses hier zum Beispiel… *pardon*, Monsieur.« Er nahm eine der Vergrößerungen von dem Stapel auf dem Schreibtisch des Direktors. »Was Sie so humorvoll als ›Küche‹ bezeichnen, ist natürlich in Wahrheit das Labor von Doktor Furze. Bei vorsichtiger Schätzung – aber von diesen Dingen verstehen Sie vermutlich mehr als ich – befinden sich in jedem dieser Gefäße mehr als fünfzig Kilogramm Kokain.«

»Zu einem Marktwert von circa siebzig Millionen Franc.«

»In Kolumbien angebaut.«

»Und über Spanien und die Pyrenäen ins Land gebracht.«

»Zu den größeren Verteilerzentren wie Paris und Marseille in den Särgen transportiert.«

»Und an die Zwischenhändler im Innern von ausgehöhlten *saucisses* und *saucissons* weitergegeben.«

»Immer wenn eine größere Lieferung zur Verteilung erwartet wurde, ereignete sich praktischerweise ein Todesfall auf Château Morgue.«

»Dann trat jedesmal Madame Schmuck in Aktion. Sie war bestens geeignet für diese Rolle.«

»Ihre Eltern waren Schauspieler, der Vater Spanier, die Mutter Italienerin.«

»Die beiden zogen mit einer Wanderbühne durch Rußland, und ihre Tochter stand von Anfang an mit auf den Brettern. Alte Damen waren ihre Spezialität – schon als Teenager.«

»Ein Wechsel der Garderobe, farbige Kontaktlinsen, eine andere Perücke. Diese Maskerade lag ihr hervorragend.«

»Sie kam immer als Gast auf das Château und hauchte in einem günstigen Moment ihr Leben aus, und die Distributionsmaschinerie setzte sich in Gang. Die ›Leichenwagenfahrer‹ trafen ein und transportierten den Sarg ab. Danach war sie wieder Madame Schmuck.«

»Einen Leichenwagen würde man eben nie aufhalten.«

»Tss!« Inspektor Chambard machte eine wütende Geste. »Wenn ich daran denke, wie oft ich vor diesem Wagen andächtig den Hut gezogen habe! Ich habe sogar den Verkehr angehalten, damit er durchfahren konnte.«

Monsieur Pamplemousse lehnte sich zurück. Allmählich wurde ihm alles klar. Der Lieferwagen, den er bei seiner Ankunft in der Tiefgarage gesehen hatte: wahrscheinlich war gerade an diesem Abend eine frische Lieferung von *charcuterie* angekommen. Kein Wunder, daß deren Verschwinden soviel Aufruhr verursacht hatte. Er erschrak allerdings bei dem Gedanken daran, was hätte geschehen können, wenn die *saucisses* bereits mit Kokain gefüllt gewesen wären. Sowohl er als auch Pommes Frites hätten sich dann auf einen Trip ohne Wiederkehr begeben.

Er betrachtete die übrigen Photos. Auf das Format 20x25 vergrößert, zeigten sie eine unübersehbare Ähnlichkeit zwischen Frau Schmuck, die er am ersten Abend in seinem VIP-Zimmer, und der Dame, die er später auf der Bahre liegend gesehen hatte. Allerdings konnte man im nachhinein leicht klug sein. Immerhin war es erstaunlich, was eine Perücke und andersfarbige Kontaktlinsen bewirken konnten. Und natürlich hatten alle Toten so kräftige Waden gehabt – die ließen sich eben auch in einer Schönheitsfarm nicht so einfach wegzaubern.

»Das Schlimme aber war, daß sich Château Morgue nicht nur zu einem der größten Drogenzentren entwikkelte, das wir seit langem aufgedeckt haben – es wurde außerdem rapide zu einer Bedrohung für die Sicherheit der westlichen Welt.«

»Was nämlich im Kleinen begonnen hatte – mit Einladungen an einige wenige gute Bekannte –, nahm in kürzester Zeit gewaltige Dimensionen an. Sehr bald vergnügten sich mehrere höchst einflußreiche Personen im Château, und keineswegs nur mit Kokain. Man konnte dort noch ganz anderen Lastern frönen. Herr Schmuck hatte seine Existenz im Nachkriegsdeutschland gegründet, das damals in Schutt und Asche lag – dort waren die Menschen zu allem bereit, was ihnen das Überleben ermöglichte.«

»Seine Frau Irma war ihm dabei eine mehr als willige Gehilfin.«

»Schließlich erfuhr der KGB von der Sache und machte den Schmucks eines der bekannten ›unwiderstehlichen Angebote‹. Daher mußte mit Erpressungen gerechnet werden.«

Der Direktor rutschte auf seinem Stuhl hin und her. Offenbar entschlossen, auf sich aufmerksam zu machen, unterbrach er das Duo und nahm die Photos wieder an sich. »Zwei Dinge begreife ich noch nicht ganz, Pamplemousse. Erstens: wie sind Sie an diese Bilder gekommen? Soweit ich weiß, zeigen sie Zimmer in den oberen Etagen des Schlosses, aber sie sind doch eindeutig von außen aufgenommen – durch die Fenster. Falls Sie zu diesem Zweck einen Hubschrauber gemietet haben, so befürchte ich ernste Probleme mit Madame Grante. Wir sollten dann gut vorbauen, ehe wir ihr die Rechnung präsentieren.«

»Wenn Sie gestatten, *monsieur le directeur*«, schaltete sich Chambard ein. »Manche Dinge sollte man besser nicht aufklären. Ich bin sicher, daß Sie mich verstehen, wenn ich das Wort *sécurité* benutze: *Sécurité Nationale*.«

»Was die Kosten angeht«, – hier hob der ältere der beiden Beamten eine perfekt manikürte Hand, »seien Sie ganz unbesorgt. Das wird schon erledigt werden.«

Der Direktor wirkte einigermaßen beeindruckt. »Natürlich. Ich verstehe. Dies jedoch führt mich zu meiner zweiten Frage.« Während er dies sagte, drehte er sich auf seinem Stuhl herum, so daß dieser nun in die andere Ecke des Zimmers zeigte.

Monsieur Pamplemousse tat es ihm nach. Dabei glitt sein Blick zuerst über das Modell des *idealen Inspektors* – glattrasiert, makellose Frisur, ein Krawattenknoten wie im Bilderbuch. Als er den Blick jedoch nach unten wandern ließ, fuhr er zusammen. Auf einem großen Bogen Packpapier, schlammbespritzt und ziemlich ramponiert, am ehesten an einen gefangengenommenen feindlichen Panzer erinnernd, stand dort ein nur allzu bekanntes Objekt. Es wurde von mehreren großen eisernen Gewichten am Boden gehalten.

Pommes Frites sah es ebenfalls. Er sprang durch den Raum, umrundete das Objekt mehrmals, wobei er beinahe Alphonse umstieß, ehe er seinen Gefühlen mit einem lauten Geheul Ausdruck verlieh und sich dann verwirrt niederließ, um über diese Entwicklung nachzudenken.

Monsieur Pamplemousse atmete tief ein. »Das Ganze ist nicht ganz einfach zu erklären, *monsieur le directeur.* Das dort ist – oder besser: war – Pommes Frites' Hundehütte –«

»Ich weiß sehr wohl, daß dies seine Hundehütte ist, Pamplemousse.« Der Direktor sprach in dem Tonfall, der andeuten sollte, daß er ›die Geduld in Person‹ war. »Die Frage ist nur, weshalb ist der Eingang verklebt, und warum sind etliche Damenunterwäscheartikel daran befestigt? Schwarze *lingerie* zudem! Wenn die Hütte schon von außen so aussieht, dann weiß der Himmel allein, was sich im Innern befindet. Das Ganze geht wirklich über meinen Horizont.«

Monsieur Pamplemousse sah sich versucht zu behaupten, daß der Direktor im Innern höchstwahrscheinlich nichts als die Überreste einer Lieferung *charcuterie* fände, doch ehe er antworten konnte, ergriff Inspektor Chambard wieder das Wort.

»Wir glauben zu wissen, wer dafür verantwortlich ist, *monsieur le directeur.* Es dürfte sich um das Werk einer gewissen Person aus der Unterhaltungsbranche handeln, die, wenn ich so sagen darf« – hier verneigte er sich kurz vor Monsieur Pamplemousse –, »eine erstaunliche Ähnlichkeit mit einem Ihrer Mitarbeiter besitzt. Diese Person hat einen etwas bizarren Geschmack und ist daher bei uns keineswegs gern gesehen. Eine Angestellte von Château Morgue hat ihn zuletzt am Abend unserer Razzia gesehen, und damals trug er dieses Objekt hier ins Gebüsch davon. Daraufhin allein können wir ihn natürlich nicht strafrechtlich verfolgen; trotzdem wird er nicht daran interessiert sein, daß es bekannt wird. Wir haben ihm daher eindeutig zu verstehen gegeben, daß wir, falls er seine *visage* je wieder im Raum Narbonne blicken läßt, kein Pardon mit ihm kennen.«

Mit leisem Abscheu musterte der Direktor den Gegenstand ihrer Unterhaltung. Er stieß einen Seufzer aus. »Wir leben eben in einer schmutzigen Welt. Manchmal frage ich mich, ob die Verworfenheit der Menschen überhaupt Grenzen kennt. Chambard, mit Ihnen möchte ich um nichts in der Welt tauschen. Wozu in aller Welt würde jemand wohl eine aufblasbare Hundehütte haben wollen, an der mit Klebstoff lauter Damenunterwäsche befestigt ist? Was kann man mit so etwas nur anfangen?«

Inspektor Chambard zuckte vielsagend die Achseln. Er wandte sich an Monsieur Pamplemousse. »Mit Ihrer Erlaubnis, Monsieur, würden wir dieses Objekt gern dem

Musée des Collections Historiques de la Préfecture de Police als ständiges Ausstellungsstück überlassen – für die Abteilung *Déviations Sexuelles*. Natürlich werden wir für die Kosten einer Ersatzhütte aufkommen.«

Monsieur Pamplemousse hatte zunächst protestieren wollen, änderte dann jedoch seine Meinung. Die Hütte wieder in so unversehrten und sauberen Zustand wie ehedem zu bringen, würde nicht leicht sein. Er hatte einen Schlitz in die Außenhülle machen müssen, um sie mit Gas zu füllen; außerdem konnten Reste von *lingerie* für immer daran haftenbleiben. Und es wäre eigentlich auch ganz nett, wenn Pommes Frites einen Platz in der Ruhmeshalle erhielte. Vielleicht konnte er eines Tages sogar mit ihm eine kleine *promenade* dorthin unternehmen. Und abgesehen von alledem hatte er Chambards Augenzwinkern bemerkt.

»Gut. Damit wäre das also geklärt.« Der ältere der beiden Ministerialbeamten stand auf und leerte sein Glas. Sein Begleiter tat es ihm nach.

»Sie haben Ihrem Land einen unschätzbaren Dienst erwiesen, Monsieur Pamplemousse. Nicht nur was die Drogen betrifft und den ständigen, wohl niemals enden wollenden Kampf gegen dieses Problem – kaum hat man ein Nest ausgehoben, entsteht daneben schon ein neues –, sondern auch in einer Sache, die uns allen am Herzen liegt: der Sicherheit der westlichen Welt. Eine Auszeichnung ist Ihnen gewiß.«

»In absehbarer Zeit jedenfalls. Es wäre unklug, schon jetzt die Aufmerksamkeit der Öffentlichkeit zu erregen, indem wir Ihnen einen Orden verleihen.«

»Das gilt auch für Pommes Frites . Wie wir hören, war er es, der die *charcuterie* aufgespürt hat.«

Bei der Erwähnung seines Namens zusammen mit dem

assoziativ befrachteten Wort *charcuterie* spitzte Pommes Frites die Ohren. Soweit es ihn betraf, war bisher viel geredet und wenig getan worden. Außerdem bekam er langsam Hunger. Vielleicht würde sich dies nun ändern.

Monsieur Pamplemousse zögerte. Doucette würde sich bestimmt freuen, aber er wußte im tiefsten Inneren, daß er dieses Angebot nicht akzeptieren konnte. Für ihn war es leichter, er kannte alle Risiken, die damit verbunden waren. Pommes Frites dagegen handelte aus Liebe und Großherzigkeit, aus dem einfachen Wunsch heraus, seinem Herrn zu gefallen. Ihn machte ein freundliches Wort und ein Tätscheln des Kopfes glücklich.

»Keine Ursache. Früher einmal war das Teil meiner Pflicht. Für Pommes Frites hingegen fände ich eine lobende Erwähnung durchaus angebracht. Ein kleiner Orden, den er am Halsband tragen kann. Das gefiele ihm bestimmt.«

Hinter seinem Rücken zuckte der Direktor die Achseln – eine Geste, aus der teils Verzweiflung, teils auch Stolz über die Reaktion von Monsieur Pamplemousse sprach.

Nach höflichen Abschiedsworten machten sich die beiden Ministerialbeamten auf den Weg; vielleicht gaben sie anderswo eine weitere Matineevorstellung. Inspektor Chambard nickte kurz und folgte ihnen in diskretem Abstand.

Der Direktor bedeutete Monsieur Pamplemousse und Pommes Frites mit einem Wink, noch eine Weile zu bleiben. »In der Flasche ist noch ein *soupçon* Malvoisie. Es wäre doch schade, den Schluck zu vergeuden.«

»*Merci, monsieur le directeur.*« Als Monsieur Pamplemousse sich wieder setzte, schweifte sein Blick zu der arg mitgenommenen Hundehütte und dann mit einem gewissen Widerwillen zu Alphonse.

Der Direktor las seine Gedanken. »Wir werden Alphonse vermutlich in den vorzeitigen Ruhestand schikken«, sagte er. »Ich bin zu dem Schluß gelangt, daß er möglicherweise ein wenig zu perfekt für unsere Anforderungen ist. Um ehrlich zu sein, geht mir sein Lächeln langsam auf die Nerven. Ich muß ihn sogar von Zeit zu Zeit mit einem Tuch verhängen.«

»Etwas zu perfekt für Sie?« bemerkte Monsieur Pamplemousse.

»Wohl zu perfekt für uns alle, Aristide«, erwiderte der Direktor. »Ich würde sagen, es ist höchste Zeit, daß er zurück in das Schaufenster wandert, wo er hergekommen ist. Gerade rechtzeitig für die Frühjahrsmode. Jedenfalls hat er hier seinen Zweck erfüllt, und damals schien es mir eine recht gute Idee zu sein.

Wie ich Ihnen in dem Brief mitteilte, stand ich unter erheblichem Druck der Mächtigen dieses Landes, als ich Sie nach Château Morgue geschickt habe. Es ergab sich sozusagen als Folge einer zufälligen Bemerkung über unsere Pläne, die ich bei einem offiziellen Empfang fallenließ.

Aber sagen Sie mir eines, Aristide«, – der Direktor senkte die Stimme. »Solche Dinge interessieren mich immer, es ist eine so andere Welt als jene, die ich gewohnt bin. Dieser Brief... haben Sie... haben Sie ihn gegessen?«

Monsieur Pamplemousse sah zu Boden. Eine Lüge brachte er einfach nicht über die Lippen.

Der Direktor folgte seinem Blick, dann ging ihm ein Licht auf. »Also wieder Pommes Frites! Ich hätte es mir denken können. Ein Notfall, nehme ich an. Ich werde Sie nicht in Verlegenheit bringen und allzu viele Fragen stellen.«

Er leerte sein Glas, ging zu dem Schränkchen hinüber und schloß die beiden Türen mit einer Geste der Endgültigkeit. »Ach, Pamplemousse, wie ich Sie doch beneide – dieser Außendienst... Sie führen ein so aufregendes Leben.«

Monsieur Pamplemousse verstand. Die Unterredung war beendet.

»Sie werden bestimmt heute abend Madame Pamplemousse auf ein *dîner surprise* einladen wollen. Wohin werden Sie gehen? Zu Robuchon ins ›Jamin‹, ins ›Taillevent‹? Sagen Sie doch meiner Sekretärin Bescheid, sie soll einen Tisch reservieren.«

»Sehr nett von Ihnen, *monsieur le directeur,* aber ich glaube, wir werden heute *chez nous* speisen.« Doucette wäre vermutlich höchst mißtrauisch, wenn er sie in eines der vom Direktor genannten Restaurants ausführte. Diese Lokale waren für ganz besondere Gelegenheiten reserviert. Sie würde bestimmt glauben, er habe ihr gegenüber Schuldgefühle, und das Schlimmste annehmen.

»Ich verstehe.« Während er die Tür öffnete, schlug der Direktor einen weltmännischen Ton an, für den Fall, daß auf dem Gang jemand Zeuge ihrer Unterredung wurde. »Wir werden uns das also für ein anderes Mal aufheben.«

Als Monsieur Pamplemousse das Büro des Direktors verließ und den Gang entlangging, hatte er das seltsame Gefühl, daß irgend etwas noch nicht ganz stimmte; es fehlte noch ein Stück des Puzzles. Er kam um eine Biegung, und da wartete Inspektor Chambard auf ihn. Nach einem kurzen Händedruck gingen sie gemeinsam weiter.

»*Déjeuner?*« Chambard warf ihm einen hoffnungsfrohen Blick zu. »Ich lade sie ein. So oft komme ich nicht nach Paris.«

»Warum nicht? Wir können ins vierzehnte *arrondissement* hinüberspazieren. Dort kenne ich ein nettes kleines *bistro.* Dienstags machen sie dort eine *cotriade* – wir können uns eine Terrine teilen, wenn Sie wollen.« Der Malvoisie hatte ihm großen Appetit auf Fisch gemacht. Und hinunterspülen könnten sie das Ragout mit einer guten Flasche Muscadet. Hatte nicht einmal jemand gesagt, der Herrgott habe es so gewollt, daß an der Mündung der Loire ein guter Wein erzeugt werde, damit man ihn zu den *fruits de mer* trinken könne?

»Der Muscadet, den man dort ausschenkt, ist einer der wenigen, der noch *sur lie* gemacht wird – direkt vom Faß. Er hat sehr viel Charakter.«

Pommes Frites kannte das *bistro* ebenfalls. Er war hier gut bekannt und wurde oft zur Hintertür eingelassen. Als ihm der Duft der Küche in die Nase stieg, legte er einen Schritt zu. Es tat gut, wieder in heimischen Gefilden zu sein.

Während sie darauf warteten, daß ihre Bestellung aufgenommen wurde, zog Inspektor Chambard sein Notizbuch hervor und schlug es auf. Er blätterte einige Seiten um.

»Hoffentlich stört es Sie nicht, wenn ich Ihnen noch ein paar Fragen stelle. Natürlich müssen Sie mir nicht antworten. Es wäre sozusagen ein Freundschaftsdienst. Allerdings muß auch ich einen Bericht schreiben, und bei mir gibt es noch ein oder zwei offene Fragen. Sie verstehen?« Er lächelte dünn. »Leider fehlt mir Ihre Phantasie. Deshalb muß ich die simple Wahrheit herausfinden.«

Monsieur Pamplemousse nickte. Er verstand das gut. Einmal Polizist, immer Polizist. Er wünschte nur, Chambard käme endlich zur Sache.

»Erstens: als unser Mann in Narbonne mit Ihnen Kontakt aufnahm, reagierten Sie nicht auf das vorher abgesprochene Losungswort. Ich nehme an, dafür hatten Sie einen guten Grund?«

»Ach ja, das Losungswort«, sagte Monsieur Pamplemousse und versuchte Zeit zu gewinnen.

»Unser Mann sagte: ›Es steht alles zum besten‹ zu Ihnen, und darauf sollten sie antworten: ›... in der besten aller möglichen Welten‹. Das ist von Voltaire.«

»Man kann eben nicht vorsichtig genug sein«, sagte Monsieur Pamplemousse. »Außerdem bin ich daran gewöhnt, allein zu arbeiten.«

Inspektor Chambard schien verletzt. »Unser Mann dachte daraufhin, Sie wären vielleicht doch Ananas. Wir hatten erfahren, daß er im selben Zug war. Vermutlich war unser Beamter nicht eben freundlich zu Ihnen. Er ist nämlich nicht gerade einer von Ananas' Fans, milde gesagt.«

»Da ist er nicht allein.«

Chambard verstand. »Ich kann mich dem nur anschließen. Aber ich glaube, dieses Problem werden Sie eine Weile lang nicht mehr haben. Wenn unser Freund weiß, was gut für ihn ist, dürfte er sich längere Zeit sehr bedeckt halten. Gerechterweise muß ich allerdings sagen, daß er gar nicht wußte, worauf er sich einließ. Da er selbst ein schwacher Mensch ist, wurde er von gleichgesinnten Charakteren angezogen. Solche Menschen erkennen einander mit geradezu telepathischer Sicherheit.« Es entstand eine Pause.

»Noch eine andere Sache. Sagen Sie mir, waren Sie das neulich abend mit der englischen *madame* oder nicht?«

»Ja, wir waren zum Abendessen im Dorf.« Monsieur Pamplemousse fragte sich, worauf die Frage hinauslief.

»Und habe ich Ihr Wort, daß Sie nicht für den Diebstahl im Damenumkleideraum verantwortlich waren?«

»Das haben Sie.«

Inspektor Chambard schien erleichtert. Er zog methodisch Linien über die Seite, dann klappte er sein Notizbuch zu und legte ein Gummiband um die Deckel.

»Sie würden staunen, was auf diesen Gesundheitsfarmen so los ist. Menschen, denen man die Nahrung entzieht, geraten in Verzweiflung. Ich habe eine Verlustmeldung über mehr als vierzig Paar *culottes*, Sie glauben gar nicht, was für Kopfschmerzen mir das bereitet. Die einzigen, die wir bisher wiedergefunden haben, sind jene auf der Hundehütte von Pommes Frites. Aber die anderen werden wir schon auch noch aufstöbern. Nur keine Sorge. Auch die finden wir.«

Aber Monsieur Pamplemousse war mit seinen Gedanken woanders. »*Pardon*.« Er erhob sich. »Ich muß ein dringendes Telephongespräch erledigen.«

Wie lange war er jetzt in Paris? Drei Tage? Er fragte sich, ob er vielleicht schon zu lange gewartet hatte. Möglicherweise hatte man sein Zimmer durchsucht. Schlimmer noch, Mrs. Cosgrove konnte längst nach England zurückgekehrt sein. Als es am anderen Ende der Leitung klingelte, drückte er sich instinktiv die Daumen.

»Château Morgue?« Wenigstens die Telephonzentrale war auf ihrem Posten. »Madame Cosgrove, *s'il vous plaît*?«

»*Oui*, Monsieur.«

Er atmete erleichtert auf. Sie war also noch da. Als er bemerkte, daß ein Paar an einem nahen Tisch ihm mit halbem Ohr zuhörte, drehte er ihnen den Rücken zu. Im Spiegel hinter der Bar konnte er in die Küche sehen. Dort beschäftigte sich Pommes Frites intensiv mit einem Napf.

»Anne!«

»*Oui, je vais bien, merci*.« Als er ihre Stimme hörte, wurde er ganz aufgeregt. »Es tut mir leid... ich wollte anrufen, aber... ich war mir nicht sicher, ob Sie noch da sind.« Als Entschuldigung klang es ziemlich dünn.

»Morgen? Dann wünsche ich eine gute Reise.«

»Er ist freigekommen? Da werden Sie aber erleichtert sein –«

»Ja, das hoffe ich auch.«

»Hören Sie ... ehe Sie aufbrechen, könnten Sie mir nicht noch einen Gefallen tun? Unter dem Bett in meinem Zimmer steht noch ein Paket. Könnten Sie es wohl für mich abschicken?«

»Nein, nicht *an* mich, sondern nur *für* mich!« Das wäre eine Katastrophe – wenn ein Päckchen assortierter *lingerie* für ihn ankam, während er unterwegs war, und Doucette es versehentlich öffnete, würde er das den Rest seines Lebens zu hören bekommen.

»An welche Adresse?« Er überlegte kurz. »Schicken Sie es an Madame Grante, an die Adresse von *Le Guide*.« Da hätte sie Grund zum Nachdenken. Er steckte noch eine Münze in den Schlitz. »Mir bleibt leider nur noch sehr wenig Zeit.« Einen Franc lang, um genau zu sein, dabei wollte er ihr noch so viel sagen.

»Wer weiß? Eines Tages, vielleicht.«

»*Oui*, die Welt ist klein. Also ... vielen Dank nochmals, *et bonne chance*. Auch an George.«

Es klickte, dann war sie weg. Die Post ließ ihnen nicht einmal Zeit für ein *au revoir*.

Als er an den Tisch zurückkehrte, wurde gerade die Terrine mit *cotriade* gebracht. Dazu wurde ein Teller mit den traditionellen herzförmigen *croûtes* serviert. Er überlegte, wie er Chambard kurz ablenken könne, um eine davon heimlich einzustecken. Es würde ihn an die Zeit mit Mrs. Cosgrove erinnern.

Er blickte aus dem Fenster. »Sieht nach Schnee aus.« Das stimmte. Es blies ein bitterkalter Wind aus dem Norden. Die Leute draußen eilten mit hochgestellten Krägen vorüber.

Während sein Tischgefährte hinaussah, stibitzte er rasch eine der *croûtes* und klemmte sie zwischen Stuhlsitz und Bein.

Doch sein Triumph währte nur kurz. Schon als Inspektor Chambard sich wieder umdrehte, spürte Monsieur Pamplemousse, wie sich etwas an ihm vorbeizwängte. Fast zur gleichen Zeit ertönte ein lautes mahlendes Geräusch unter dem Tisch.

Pommes Frites sah dankbar zu ihm auf. Es war gut, wieder zu Hause zu sein und einen so besorgten Herrn zu haben, der alle Wünsche und Bedürfnisse seines Partners erriet. Der Napf mit *navarin d'agneau*, den ihm der Koch hingestellt hatte, hatte ihm gemundet, aber so ein Ragout schmeckte doch um vieles besser, wenn man ihm ein Stück geröstetes und gut mit Knoblauch eingeriebenes Brot folgen ließ.

Pommes Frites war in diesem Moment der bescheidenen Meinung, das Leben habe nur wenige schönere Dinge zu bieten. Und obwohl er bemerkte, daß Monsieur Pamplemousse aus irgendeinem, wohl nur ihm selbst begreiflichen Grund, diese Meinung nicht vollends zu teilen schien, sagte ihm sein Instinkt, daß es nur eine Frage der Zeit war, bis sein Herr ebenso dachte.

Inhalt

Band 1 der ZS-Gastronomie Mysteries:

Michael Bond
Monsieur Pamplemousse greift ein

Mit Rezepten von Paul Bocuse, Roger Vergé, Vincent Klink u.a.
Aus dem Englischen von Werner Richter
240 Seiten. Gebunden

Nachdem die Karriere von Aristide Pamplemousse bei der Pariser Sûreté ein unrühmliches Ende gefunden hat, begibt er sich als Restaurant-Inspektor in die Dienste von Frankreichs ältestem und renommiertestem Restaurantführer *Le Guide*. Seltsamerweise tragen sich immer dort, wo Pamplemousse in Begleitung seines Partners Pommes Frites, einem Bluthund mit besonders ausgeprägtem Geschmackssinn, auftaucht, merkwürdige Dinge zu.
Im ersten Band der »Gastronomic Mysteries« verschlägt es die beiden nach Evian. Am Tag ihrer Ankunft verschwindet der Chef-Pâtissier und damit dessen berühmteste Kreation, das Soufflé Surprise, von der Speisekarte. Dies wiederum ist die Lieblingsspeise eines arabischen Ölpotentaten, dessen Ankunft unmittelbar bevorsteht und von dessen Goodwill Frankreichs Ölversorgung abhängt. Doch seine Vorliebe für Süßigkeiten, blonde Engländerinnen und Chateau d'Yquem 1948 werden dem Bösewicht zum Verhängnis, als Pamplemousse seltsame Verbindungen zwischen allen dreien feststellt...

Band 2 der ZS-Gastronomie Mysteries:

Michael Bond
Monsieur Pamplemousse hebt ab

Mit Rezepten von Vincent Klink
Aus dem Englischen von Werner Richter
232 Seiten. Gebunden

Im zweiten Band der »Gastronomic Mysteries« werden Pamplemousse und Pommes Frites in die Bretagne beordert, wo Pamplemousse den Jungfernflug eines Luftschiffes mit den Staatsoberhäuptern Englands und Frankreichs an Bord kulinarisch ausstatten soll. Schon die Fahrt nach Saint Augustin erweist sich als lebensgefährlich. Ein Kombi voller Nonnen mit frommen Gesichtern und unfrommem Fahrstil drängt Pamplemousse' 2CV in den Straßengraben. Um Hilfe winkend wird er beinahe von einem schwarzem BMW über den Haufen gefahren, dessen Besitzerin, eine jungen Zirkusartistin, um ihr Leben zu fürchten scheint. Nicht zu unrecht, wie sich noch am selben Abend herausstellt.

Bei der Ausführung seines Auftrags kommen Pamplemousse nicht nur Gondelvertäuungen, Trapezseile und Gummikrokodile in den Weg, sondern auch eine höchst abstoßende Stadtstreicherin, die aus der Nähe berochen ein teures Aftershave benutzt.

Alle Spuren führen zu einem kleinen Zirkus. In einem atemberaubenden Wettlauf mit der Zeit legen Pamplemousse und Pommes Frites schließlich einem international gesuchten Terroristen das Werk.